艺文类聚

序跋

书里书外

杨春俏 编著

中华书局

图书在版编目(CIP)数据

书里书外:序跋 / 杨春俏编著.—北京:中华书局,
2010.2
(艺文类聚)
ISBN 978 – 7 – 101– 07199 – 3

Ⅰ.书⋯ Ⅱ.杨⋯ Ⅲ.序跋—作品集—中国—古代
Ⅳ.I262

中国版本图书馆 CIP数据核字(2010)第 010112 号

书　　　名	书里书外——序跋
编 著 者	杨春俏
丛 书 名	艺文类聚
责任编辑	周　旻
出版发行	中华书局
	(北京市丰台区太平桥西里 38 号　100073)
	http://www.zhbc.com.cn
	E-mail:zhbc@zhbc.com.cn
印　　　刷	北京未来科学技术研究所有限责任公司印刷厂
版　　　次	2010 年 2 月北京第 1 版
	2010 年 2 月北京第 1 次印刷
规　　　格	开本 /630×990 毫米　1/16
	印张 13½　插页 2　字数 150 千字
印　　　数	1-8000 册
国际书号	ISBN 978 – 7 – 101– 07199 – 3
定　　　价	22.00 元

前　言

　　序跋作为一种文体，是叙述一书作意（包括宗旨、目的或写作动机等）的文字。以今人习惯而论，冠于一书之前的称作"序"（或"叙"），有时也称作序言、题记、弁言、前言、引言等；置于一书之末的称作"跋"，有时也称后序、后记、题跋、跋尾等。相比而言，序一般是对全书的总体说明，相对详细丰富；跋一般只是有感而发，内容比较灵活，或抒情、或考订、或议论，长短不拘，风格更为简劲峭拔。不过，古代的书序最初并不置于书前，而是放在书后，比如《史记》一百三十卷，最末一卷即为《太史公自序》。书序位置的改变，与古代书籍载体与装帧形式的演变有一定关系。在简册时代，书籍大都以单篇形式流传，一篇就是一个装订单位，读者取阅时可以不受篇目先后次第的限制，故而书序放在书前抑或书后，对于阅读不会产生太大影响。书籍进入册页装订形式之后，篇目的先后次第在装订时已经固定，不可能再单独抽出一篇来阅读，故而如果依旧将应当最先阅读的序言置于书末，从阅读角度说显得不便，于是人们逐渐改变古例，将序言移至全书之前。书序普遍置于书前，应该发生在北宋时期；李清照的《金石录后序》、文天祥的《指南录后序》等特别冠以"后序"二字，说明至迟到南宋时期，序通常已不再置于书后了。

　　序跋往往是一部书的要点与精神的体现，可以成为人们畅游书山的捷径，横绝书海的渡船。在古人的序跋中，我们发现一大批富于"真见识"与"真性情"的作品。这种"真见识"与"真性情"，具体来说包括三个方面，即申义补遗、见瑜指瑕（真见识）和言志遣怀（真性情）。

　　"申义补遗"是序跋最基本的表意功能。"申义"不仅包括对原著的"释义"，还包括在原著基础上的"引申"。不论自序还是他序，序跋作者是原著真正的知情人，他们对原著的"申义"，可以帮助我们最大限度地还原原著的历史语境，重建和更新我们的阅读经验。古人的序跋会把我们带入作者（序跋作者和原著作者）的人生舞台，舞台上演绎着一个由原著生发出来的动人故事。今天，我们翻开先人们的序跋，依然可以清晰地感受到他们所讲述的心灵史：《兰亭集序》描绘了悠游山水、兴寄诗酒的文人雅集，《东京梦华录序》再现了孟元老眼中"失落的繁华"，《陶庵梦忆自序》是国破家亡后的张岱在忏悔中静静地回忆，《金石录后序》则道尽了李清照夫妇悲欢交集、生死血泪的收藏历程……"补遗"则是对"申义"的进一步扩展，是序跋作者对他认为原著所缺失部分的补充。如果说"申义"是对原著语境的"重建"，"补遗"则是对原著语境的"扩张"。最有力度的"补遗"当属韩愈的《张中丞传后叙》，韩愈抱憾于李翰《张巡传》内容上的缺失，补叙了许远、南霁云在安史之乱中的悲壮事迹，从而使得"睢阳血战"作为一个完整的英雄故事向历史呈现。"申义补遗"使我们对"书里书外"的情境了然于心，从而顺利、放心地走向原著，这是阅读序跋最重要的收获之一。

　　"见瑜指瑕"承担着序跋对原著的基本价值判断，体现着序跋作者的基本价值倾向。好的序跋要使原著的独特价值得以彰显，同时亦指出原著存在的瑕疵（如果有的话）。比如，对陶渊明诗文的欣赏达到"爱嗜其文，不能释手"程度的萧统在《陶渊明集序》中开创性地张扬了陶诗的自然意趣，确立了不同于当时诗坛主调的诗学风范，但是仍旧指出《闲情赋》"劝百而讽一"的瑕疵；杜牧的《李长吉歌诗序》揭示了李贺诗歌"《骚》之苗裔"的诗歌风格，从而引导了千百年来人们对其诗歌的基本理解，但仍不回避其"辞过于理"的不足。虽然这些"指瑕"从内容上看不无争议，但这种"指瑕"的态度，却是中华文化中"不虚美、不隐恶"的良史精神的体现。序跋作者以其方家法眼"见瑜指瑕"，就像为读者提供了一张"藏宝图"。如果你对书中的宝藏全然不知，"藏宝图"可以指点你怎样读书；如果你对书的内容有自己的看法，你可以对"藏宝图"加以修正，与序跋的观点进行交流；如果你没有时间或心思去实地淘宝，赏玩"藏宝图"也是一桩乐事。而且有的"藏宝图"本身就是一件宝贝，你不用费心去淘宝，直接将这张"藏宝图"据为己有就行了——有的序跋的确超过原著。

"言志遣怀"承担着序跋的表情功能，它体现着序跋作者的情感倾向和审美趣味。很多古人的序跋不仅是对原著的演绎，更是序跋作者的一种自我表达；它是本于原著的叙说，却灌注着序跋作者的独特生命体验。阅读古人的序跋，常常感到一种心灵的震撼与精神的享受，原因即在于此。"诗以言志"，这是中国悠久的文学传统，很多序跋也彰显了序跋作者的人格操守和人生态度。韩愈的《张中丞传后叙》直面炎凉世态，展示为流言所遮蔽的英雄故事，全文充溢着一种刚直不阿的浩然正气；欧阳修的《记旧本韩文后》记述了作者不媚时俗的文章态度和"进不为喜、退不为惧"的人生操守；萧统的《陶渊明集序》赞扬了陶潜"与大块同荣枯"的人生态度；李清照的《金石录后序》则升华出一种遍历生死别离、得失聚散后超迈通达的人生境界。这种"言志"功能在自序中往往表现得更为明显，文天祥的《指南录后序》堪为典型。他的"人生自古谁无死，留取丹心照汗青"几乎成为中华传统人生价值观的代言；他的《指南录后序》则通过惊心动魄、九死一生的经历，以及舍生取义、死而无憾的情怀，对这种价值观做出最好的诠释。当然，不论为他人还是为自己写的序跋，都是序跋作者感慨人生际遇、表达人生态度、抒写人生情怀的重要方式；它们都有着源自生命深处的真切情感，同时又有富于审美特质的语言形式。比如：《指南录后序》中历经生死的叙说、超越生死的情怀，深切厚重的激情、痛快淋漓的表达，能让人体验到一种崇高的美感；李清照的《金石录后序》具有一种历经人世沧桑后的情感震撼力，比她那些"凄凄惨惨戚戚"的婉约词更能催人泪下；蒲松龄的《聊斋自志》则诉说了屡试不第、一生潦倒，唯借《聊斋》消释块垒的"孤愤"，让人深切感受失意文人那种普遍的悲凉……"言志遣怀"是一盏灯，它闪烁着人性的光。在它的映照下，不论是序跋还是原著，都笼罩了一种丰盈的情蕴与生命的灵气。正是这种人性的光，使我们似乎看到了在千百年前、在那盏清灯下饱经沧桑的面容，使我们似乎感受到那颗敏感而真诚的心灵。

"申义补遗"、"见瑜指瑕"和"言志遣怀"是古代序跋内容的三个方面，实际也是叙事、言理、抒情三种功能的展现。这三种功能帮助我们畅游书里书外，感受到一个本于原著、又不同于原著的意义世界。当然，在具体的序跋作品中，这三个方面未必一一涉及，更未必等量分配。不过，也确有不少优秀序跋同时兼具三个层面，既能以"真见识"服人，又能以"真性情"感人，《陶渊明集序》、《李长吉歌诗序》、《张中丞传后叙》就是这样富于真见识与真性情的妙手文章。

好的序跋就像冠冕上的明珠，以其优美的文字、真情的抒写、独拔的境界，让人惊赞，让人流连。这时的序跋，已经不是作为原著陪衬的"附件"，而是具有与原著并立的价值。甚至有的序跋，其耀眼光芒反而使原著本身显得黯淡，比如《兰亭集序》和《指南录后序》，有多少人是先知道《兰亭集》和《指南录》，然后才知道《兰亭集序》和《指南录后序》的呢？大多数人先是惊叹于明珠耀眼的辉光，然后方才注意到明珠下的冠冕——原著因其序跋而不朽。

目　录

太史公自序（节选）

司马迁

【题解】

《史记》是以烛照万世的史家良心、纵横千古的绝大笔力以及史家的生命人格熔铸而成的一部奇书，想要真正读懂《史记》，需从"一篇之中三致志焉"的《太史公自序》入手。

首先，史公反复申明其文化理想：他自视为周公、孔子以来伟大传统当仁不让的继承人，明确秉承孔子作《春秋》以"当一王之法"的史学精神。他要通过史笔褒贬善恶，昭告天下，确立不为权力所左右的是非善恶标准。

其次，史公委婉暗示其所身处的政治环境：司马迁和孔子所要处理的都是真实的当代史，而孔子生活的春秋末期王权解体，司马迁生活的武帝时期却是高度专制。壶遂"夫子所论，欲以何明"的质问，让意欲效法孔子"贬天子，退诸侯，讨大夫"的太史公陷入尴尬与危险。他只好强调圣贤著述"非独刺讥"、"载述明圣盛德"是史官之职，完成先父遗愿是著述动机，尤其强调自己"述而非作"，根本不同于"作《春秋》"的孔子。

再次，司马迁沉痛诉说其身世际遇：他生于辉煌的史官世家，肩负着父子相承的修史使命，怀抱"不令己失时"的倜傥之志，却遭逢"身毁不用"的惨祸。这样的经历，最终使其在精神上与贤圣息息相通，使其真正看到了文化传承的动力与意义。以这样的"人的因素"注入史料，《史记》方能超越史料编次而升华为真正的史学，成为"一家之言"。

最后，司马迁指示了读《太史公书》的方法：本纪、表、书、世家、列传五种体裁的有机统一，是史学上震古烁今的伟大创造。史公以这五种体裁控御历史，使之得到突出、关联、完整的重现。《自序》对五种体例的阐发，是理解太史公如何"究天人之际，通古今之变"的钥匙。后世官史遗神得形地沿用这种格局，为帝王将相树碑立传，走向史公史学精神的对立面。从这个意义上看，《史记》亦堪为"史家之绝唱"。

迁生龙门[①]，耕牧河山之阳[②]。年十岁则诵古文[③]。二十而南游江、淮，上会稽，探禹穴[④]，窥九疑[⑤]，浮于沅、湘[⑥]；北涉汶、泗[⑦]，讲业齐、鲁之都[⑧]，观孔子之遗风[⑨]，乡射邹峄[⑩]；厄困鄱、薛、彭城[⑪]，过梁、楚以归[⑫]。于是迁仕为郎中[⑬]，奉使西征巴、蜀以南[⑭]，南略邛、笮、昆明[⑮]，还报命[⑯]。

【注释】

①龙门：山名，在今陕西韩城东北，山西河津城西北十二公里的黄河峡谷中，相传即禹治水时所凿之龙门，亦称"禹门"。

②河山之阳：《史记正义》曰："河之北，山之南也。"此指龙门山之南。

③古文：指先秦流传下来的用古文所写的六国书籍，如《左传》、《国语》等，以区别于秦始皇焚书以来汉代社会上流行的用隶书写成的书籍。

④上会稽，探禹穴：会稽，山名，在今浙江绍兴南。相传禹曾巡狩至此，会诸侯计功，故称此山为"会稽"。山上有孔，称之曰"禹穴"。

⑤窥：泛指观看。九疑：山名，在今湖南道县东南，其山有九峰，皆相似，故称"九疑"。相传舜巡狩至此而死，遂葬焉。《史记索隐》引张晏云："九疑葬舜，故窥之，寻上探禹穴。盖以先圣所葬处有古册文，故探窥之，亦搜采远矣。"

⑥浮：水上航行。沅、湘：二水名，皆在湖南境内，流入洞庭湖。

⑦涉：泛指渡水。汶、泗：二水名。古汶水在今山东境内，流经今莱芜北、泰安南，至梁山南入济水；古泗水流经今山东泗水、曲

阜，南入江苏，经徐州，东南入淮水。

⑧讲业：讲习儒家的学业。齐、鲁之都：齐都临淄，在今山东淄博之临淄区；鲁都曲阜，即今山东曲阜。

⑨观：观察，察看。《荀子·强国》："入境，观其风俗，其百姓朴，其声乐不流污，其服不挑，甚畏有司而顺，古之民也。"

⑩乡射邹峄：在邹县的峄山参加当地举行的乡射仪式。乡射，儒家所讲究的古礼之一，据说是州（乡）官于春秋两季在乡学里召集乡民，按照一定仪式举行饮酒与射箭，谓之"乡射"。邹峄，邹是汉代县名，县治在今山东邹县东南，峄山在其境内。按，曲阜是孔子的故乡，邹峄是孟子的故乡，司马迁在这里讲儒业、行儒礼，充分表现了他对这两位儒家先贤的崇敬。《孔子世家》云："《诗》有之：'高山仰止，景行行止。'虽不能至，然心向往之。余读孔氏书，想见其为人。适鲁，观仲尼庙堂车服礼器，诸生以时习礼其家，余祗回留之不能去云。"可资参考。

⑪厄困：困厄，艰难窘迫。鄱：同"蕃"，汉县名，县治在今山东滕县，春秋时是邾国的都城。薛：汉县名，县治在今山东滕县南，战国时是齐国孟尝君的封地。彭城：今江苏徐州，是楚汉战争时期项羽的都城。

⑫过梁、楚以归：梁是汉代诸侯国名，国都先后为今之山东定陶与河南睢阳（今商丘城南）。按，前已云"厄困彭城"，彭城即是楚国，今云"过梁楚而归"，"梁"下似不宜再出"楚"字。近来有人以为"楚"或指陈涉为"张楚王"时的都城陈县，即今河南淮阳。

⑬仕为郎中：因父亲为官而得保任为郎中。

⑭奉使西征巴、蜀以南：事在武帝元鼎六年（前111）。是年武帝平定西南夷，在今云南、贵州以及四川南部新设了武都、牂柯、越嶲、沈黎、文山五个郡，故派司马迁前往考察。巴、蜀，汉郡名，巴郡的郡治江州，在今重庆市西北；蜀郡的郡治即今成都市。

⑮略：行视，视察。邛：邛都，在今四川西昌东，当时为越嶲郡的郡治所在地。笮：笮都，在今四川汉源东北，当时为沈黎郡的郡治所在地，后来并入蜀郡。昆明：古地区名，在今云南昆明西，当时属于归

汉的滇王，后来设为益州郡，郡治在今晋宁东北。

⑯还报命：回京向皇帝报告视察结果。

【译文】

司马迁出生在龙门，在黄河北岸、龙门山南麓耕种放牧。十岁时诵读古文经书，二十岁开始南游长江、淮河一带，登会稽山，探察禹穴，观览九疑山，在沅水、湘水之上航行；北渡汶水、泗水，在齐、鲁旧都讲习儒家学业，考察孔子遗风，在邹县峄山行乡射之礼；在鄱、薛、彭城遭受艰难窘迫，经过梁、楚之地返回家乡。不久司马迁被保任为郎中，奉命出使西行到巴蜀以南，再往南视察邛、筰、昆明，归来向朝廷复命。

是岁天子始建汉家之封①，而太史公留滞周南②，不得与从事③，故发愤且卒④。而子迁适使反，见父于河洛之间⑤。太史公执迁手而泣曰："余先周室之太史也。自上世，尝显功名于虞夏，典天官事⑥。后世中衰⑦，绝于予乎？汝复为太史，则续吾祖矣。今天子接千岁之统⑧，封泰山，而余不得从行，是命也夫，命也夫！余死，汝必为太史；为太史，无忘吾所欲论著矣⑨。且夫孝始于事亲，中于事君，终于立身。扬名于后世，以显父母，此孝之大者⑩。夫天下称诵周公⑪，言其能论歌文、武之德⑫，宣周、邵之风⑬，达太王、王季之思虑⑭，爰及公刘⑮，以尊后稷也⑯。幽、厉之后⑰，王道缺，礼乐衰⑱，孔子修旧起废⑲，论《诗》、《书》⑳，作《春秋》㉑，则学者至今则之㉒。自获麟以来四百有余岁㉓，而诸侯相兼，史记放绝㉔。今汉兴，海内一统，明主贤君忠臣死义之士，余为太史而弗论载，废天下之史文㉕，余甚惧焉，汝其念哉！"迁俯首流涕曰："小子不敏，请悉论先人所次旧闻，弗敢阙㉖。"

【注释】

①是岁：指汉武帝元封元年（前110）。封：封禅，到泰山峰顶增土祭天称作"封"，到泰山下的梁甫拓土祭地称作"禅"。这在过去被人认为是只有道德高、成功大的帝王才能举行的一种盛典。

②留滞：因病停留下来。周南：西周成王时，周公与召公分陕（今河南三门峡）而治，陕以东称为周南，陕以西称为召南。这里的周南即指今河南洛阳一带。

③不得与从事：不能亲自参加去泰山的封禅活动。按，司马谈任太史令，封禅活动是他所在部门的应管之事；据《封禅书》，司马谈还亲自参加过有关封禅礼仪的制订，故而深以不能参与此次活动为憾。从事，参与做（某种事情）。

④发愤：含恨。梁玉绳《史记志疑》引清代笔记《咫闻录》云："太史谈且死，以不及与封禅为恨；（司马）相如且死，遗《封禅书》以劝。当时不独世主有侈心，士大夫皆有以启之。"

⑤河洛之间：指洛阳。洛阳地处洛水之北、黄河之南。

⑥自上世，尝显功名于虞夏，典天官事：司马迁认为司马氏是"世序天地"的重、黎之后。《太史公自序》开篇追述家世："昔在颛

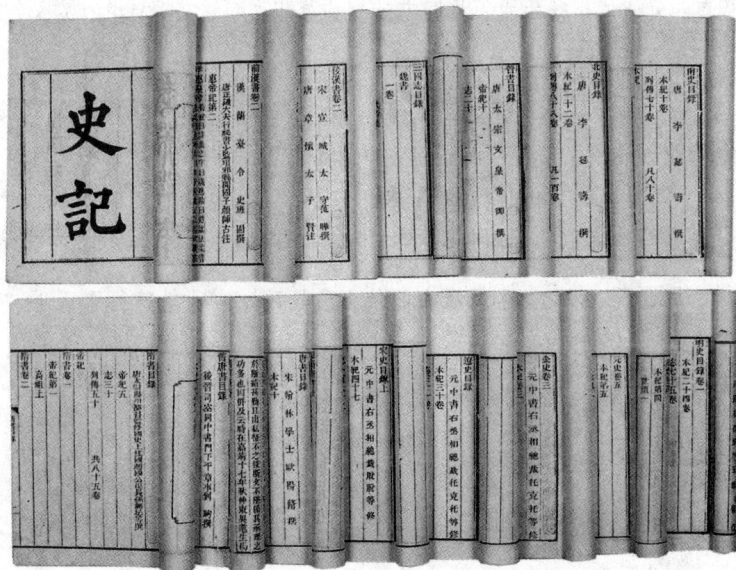

二十四史书影　《史记》为二十四史之首

项，命南正重以司天，北正黎以司地。唐虞之际，绍重、黎之后，使复典之。"说自己的祖先在五帝时期曾经主管天文地理，在唐尧、虞舜时期又重新担任这一职位。典，掌管，主持，任职。天官，主管观测天文星象。

⑦后世中衰：《太史公自序》追述家世，说到了周宣王时，重氏、黎氏的后人程伯休甫"失其守而为司马氏"。具体情况是：淮夷发生叛逆，宣王诏尹氏任命本为史官的休甫为大司马，将兵伐之。这个家族自此一度中止序天地的职守，在司马谈看来是"中衰"。

⑧接千岁之统：据《史记·封禅书》，西周初年，周成王曾登封泰山，后来秦始皇也封过泰山。但汉朝人囿于对秦朝的偏见，不把秦朝看作一个王朝，说汉朝上继周朝。自周成王（前11世纪）到汉武帝元封元年，相隔九百多年，此云"千岁"是约举成数。

⑨吾所欲论著：指写《史记》。

⑩"且夫"至"此孝之大者"：语本《孝经》："身体发肤，受之父母，不敢毁伤，孝之始也。立身行道，扬名于后世，以显父母，孝之终也。夫孝始于事亲，中于事君，终于立身。"

⑪周公：名旦，文王之子，武王之弟，先辅佐武王灭商，建立了周朝；又辅佐年幼的成王将国家治理成盛世，是儒家心目中的圣人。周朝的礼乐制度相传是由他制定的。

⑫论歌文、武之德：指写文章、作诗歌以宣传、歌颂文王、武王的功业和道德。旧说今《诗经》中的《文王》、《大明》、《文王有声》以及《尚书》中的《牧誓》等歌颂文王、武王功业的作品皆为周公所作。

⑬宣周、邵之风：谓周公能使自己与召公的风教普行于天下。邵，同"召"，指召公姬奭，周公之弟。成王年幼时，召公与周公共同辅佐成王，即前所谓"分陕"者是也。

⑭达太王、王季之思虑：指写诗以阐发太王与王季的思想。达，表达，表露。太王，即古公亶父，周文王的祖父，后被追尊为"太王"，《诗经·大雅·绵》即为歌颂太王而作。王季，名季历，太王之子，文王之父，后被称"王季"，《诗经·大雅·皇矣》即为歌颂王季而

作。思虑，思索考虑。

⑮爱及公刘：再向上推到公刘。公刘是周族的远祖，由于发展农业，使周族从此兴盛，《诗经·大雅·公刘》即为歌颂其功业者。爱，及，到。

⑯以尊后稷：以推尊到周族的始祖后稷。后稷，名弃，传说中周族的始祖，据说他因发展农业之功，被舜封为"后稷"。《诗经·大雅·生民》即演说后稷之事。

⑰幽、厉之后：指东周以来。周幽王和周厉王都是西周因为荒淫暴虐而导致国破身死的帝王。幽王（前781—前771在位）名宫涅，西周末代君主，因宠爱褒姒、荒淫无道而被犬戎所杀；厉王（前878—前842在位）名胡，因残虐无道而被国人驱逐，逃死于外。

⑱王道缺，礼乐衰：即礼崩乐坏，西周前期的"王道"秩序不复存在，如诸侯力政、礼乐征伐不再由天子出等等。缺，衰落。

⑲修旧起废：指修诗书，兴礼乐。修，编纂，撰写。起废，重新建树、恢复已被废置的事和物。

⑳论《诗》、《书》：《诗》、《书》原是学官里的两种传统教材，孔子重新予以编次，并加以解释、阐发。论，编次。

㉑作《春秋》：《春秋》是儒家经典之一，一般认为是孔子根据鲁国史官编的《春秋》加以整理、修订而成。司马迁采用孟子以及汉代公羊学家的说法，认为《春秋》是孔子所作。《孟子·滕文公下》："世衰道微，邪说暴行有作。臣弑其君者有之，子弑其父者有之。孔子惧，作《春秋》。"

㉒则：仿效，效法。司马迁写《史记》在很多地方也是以孔子为准则。

㉓获麟：指鲁哀公十四年（前481）西狩获麟之事。相传孔子对此伤心慨叹，其作《春秋》至此而辍笔。古人认为麒麟是仁兽，是圣王的嘉瑞之兆。当时没明王，麒麟出现而被猎获，仲尼伤周道之不兴，感嘉瑞之无应，故而伤感。四百有余岁：自获麟至元封元年，共372年。

㉔史记：记载历史的书。放：散失，散落。

㉕史文：历史文献。

㉖请悉论先人所次旧闻，弗敢阙：据此可知司马谈当时已经编写了部分书稿，或者至少已经编排了许多资料，故司马迁如此说。论，编次。次，编排，排列。旧闻，指往昔的典籍和传闻。阙，残缺，不完善。

【译文】

这一年，天子举行汉朝的首次封禅典礼，而太史公羁留洛阳，不能参与其事，故而内心遗憾恼火，快要病死了。他的儿子司马迁适逢出使归来，在黄河、洛水之间拜见父亲。太史公握着司马迁的手流泪说："我们的先祖是周朝的太史。远在上古虞夏之世便显扬功名，掌管天文之事。后世中道衰落，今天会断绝在我这里吗？如果你再做太史，就可以接续我们祖先的事业了。现在天子接续千年之前的传统，封禅泰山，但是我却不能随行，这是命啊，是命啊！我死之后，你一定会做太史；做了太史，不要忘记我想要撰写的著作啊。再说，孝道始于奉养双亲，进而侍奉君主，最终要做到立身扬名。自己扬名后世以使父母显耀，这是最大的孝道。天下之人称颂周公，就因为他能够论赞歌颂文王、武王的功德，宣扬推广周公、召公的风教，阐释表达太王、王季的思想，再上推到周族远祖公刘的功业，并推尊始祖后稷。周幽王、厉王以后，王道衰落，礼乐衰颓，孔子研究整理古老的典籍，修复振兴遭到废弃败坏的礼乐，编次《诗》、《书》，撰作《春秋》，学者至今还在效法他。自西狩获麟、《春秋》绝笔以来的四百多年中，诸侯相互兼并，史书散佚殆尽。现今汉朝兴起，海内统一，圣明贤德的君主、忠于君主的官吏、为义而死的士人，我作为太史却未能予以论说载录，废弃了天下的历史文献，对此我甚感忧虑，你可要记在心上啊！"司马迁低下头流着眼泪说："儿子虽然驽笨，但是请让我来详尽编次您所编排整理的典籍和传闻，不敢使其残缺不全。"

卒三岁而迁为太史令①，绅史记石室金匮之书②。五年而当太初元年③，十一月甲子朔旦冬至④，天历始改⑤，建于明堂，诸神受纪⑥。

【注释】

①卒三岁：元封三年（前108）。

②绌：同"抽"，读书而思其事绪。石室：古代藏图书档案处。金匮：铜制的柜，古时用以收藏文献或文物。借指藏书。

③五年而太初元年：过了五年是太初元年（前104）。按，司马迁此处计算，包含元封三年本年在内。太初是汉武帝所用第七个年号，前104—前101年。

④十一月甲子朔旦冬至：元封六年十一月初一是甲子日，这天凌晨交冬至节。朔，阴历每月初一。

⑤天历始改：从这天开始使用新历法，即所谓"太初历"。汉初沿用秦朝以来的颛顼历，但是这部历法在使用中日见疏阔，不宜农时，而且闰月设置也不合理。公元前104年汉武帝下令改历，由公孙卿、壶遂、司马迁等人"议造汉历"，共有二十几位官员和民间天文家参与讨论，最后选定了邓平的方案，命名为"太初历"。它改秦历以十月为岁首为以正月为岁首；它首次提出的以无中气的月份为闰月的原则，至今乃在阴历中沿用。天历，历法。

⑥建于明堂，诸神受纪：建于明堂，在明堂举行使用新历法的典礼。建，立，此指颁行。明堂，古代帝王宣明政教的地方。凡朝会、祭祀、庆赏、选士、养老、教学等大典，都在此举行。诸神受纪，《史记索隐》引虞喜《志林》云："改历于明堂，班之于诸侯。诸侯，群神之主，故曰'诸神受纪'。"受纪，即接受新历法。

【译文】

司马谈去世三年后，司马迁做了太史令，开始阅读整理国家收藏的图书档案。当了五年太史令后，正是汉武帝太初元年，十一月初一甲子日凌晨是冬至，汉朝开始改用新的历法《太初历》，天子在明堂举行了颁行新历法的仪式，各地的诸侯都一体遵照实行。

太史公曰^①：“先人有言^②：‘自周公卒，五百岁而有孔子。孔子卒后，至于今五百岁^③，有能绍明世^④，正《易传》^⑤，继《春秋》^⑥，本《诗》、《书》、《礼》、《乐》之际^⑦？’意在斯乎^⑧！意在斯乎！小子何敢让焉^⑨。”

【注释】

①太史公：司马迁自指，下同。

②先人：指司马谈。

③“自周公卒”至“于今五百岁”四句：梁玉绳曰：“周公至孔子，其年岁不能的知，恐不止五百岁。若孔子卒至太初之元，三百七十五年，何概言五百哉？盖此语略取于孟子，非事实也。”（《史记志疑》）崔适曰：“云‘五百岁’者，此以祖述之意相比，所谓断章取义，不必以实数求也。由今观之，有孔子，而尧、舜藉以祖述，文、武藉以宪章；有太史公，而孔子列为世家，《儒林》表其经业，是孔子后不可无太史公，犹周公后不可无孔子也。”（《史记探源》）

④有能：即“孰能”。绍：接续，继承。明世：政治清明的时代。

⑤正：辨别是非，判定正误。《易传》：《周易》的组成部分，相对于“经”而言，故曰“传”。亦称《十翼》，包括《彖传》上下篇、《象传》上下篇、《系辞》上下篇、《文言》、《序卦》、《说卦》、《杂卦》。《史记》亦称之为《易大传》。是儒家学者对古代占筮用书《周易》所做的各种解释。旧传孔子所作，不足信。大抵是战国末期或秦汉之间的作品。

⑥继《春秋》：司马迁认为《春秋》为孔子所作，今欲效《春秋》以写《史记》，故曰“继”。

⑦本《诗》、《书》、《礼》、《乐》之际：意即遵循儒家几部主要经典的精神，以进行自己的著述。《诗》即《诗经》，是我国第一部诗歌总集；《书》即《尚书》，是上古历史文件和部分追述古代事迹著作的汇编；《礼》包括《周礼》、《仪礼》、《礼记》三书；《乐》亦为儒家经典之一，今已不传。

⑧意：意志，愿望。斯：此。

⑨让：推辞，拒绝。

太史公说:"我父亲生前曾经说过:'自周公死后,经过五百年才有孔子。孔子死后,到今天也有五百年了,有能继承圣明时代的事业,正定《易传》,续写《春秋》,遵循《诗》、《书》、《礼》、《乐》的精神从事著述的人吗?'他老人家的意思是把希望寄托在我身上啊!寄托在我身上啊!作为儿子,我怎敢推辞呢?"

《春秋》书影
司马迁作《史记》即以孔子
作《春秋》为榜样。

上大夫壶遂曰①:"昔孔子何为而作《春秋》哉?"太史公曰:"余闻董生曰②:'周道衰废,孔子为鲁司寇③,诸侯害之④,大夫壅之⑤。孔子知言之不用,道之不行也,是非二百四十二年之中⑥,以为天下仪表⑦,贬天子⑧,退诸侯,讨大夫,以达王事而已矣⑨。'子曰:'我欲载之空言⑩,不如见之于行事之深切著明也⑪。'夫《春秋》,上明三王之道⑫,下辨人事之纪⑬,别嫌疑⑭,明是非,定犹豫⑮,善善恶恶,贤贤贱不肖⑯,存亡国,继绝世⑰,补敝起废,王道之大者也。《易》著天地阴阳四时五行⑱,故长于变;《礼》经纪人伦⑲,故长于行;《书》记先王之事,故长于政;《诗》记山川溪谷禽兽草木牝牡雌雄⑳,故长于风㉑;《乐》乐所以立㉒,故长于和㉓;《春秋》辩是非,故长于治人。是故《礼》以节人㉔,《乐》以发和㉕,

《书》以道事㉖，《诗》以达意㉗，《易》以道化㉘，《春秋》以道义㉙。拨乱世反之正，莫近于《春秋》㉚。《春秋》文成数万㉛，其指数千㉜，万物之散聚皆在《春秋》㉝。《春秋》之中，弑君三十六，亡国五十二㉞，诸侯奔走、不得保其社稷者不可胜数。察其所以，皆失其本已㉟。故《易》曰'失之豪厘，差以千里'㊱，故曰'臣弑君，子弑父，非一旦一夕之故也，其渐久矣㊲'。故有国者不可以不知《春秋》，前有谗而弗见㊳，后有贼而不知㊴；为人臣者不可以不知《春秋》，守经事而不知其宜㊵，遭变事而不知其权㊶；为人君父而不通于《春秋》之义者，必蒙首恶之名㊷；为人臣子而不通于《春秋》之义者，必陷篡弑之诛，死罪之名㊸。其实皆以为善，为之不知其义㊹，被之空言而不敢辞㊺。夫不通礼义之旨㊻，至于君不君，臣不臣，父不父，子不子。夫君不君则犯㊼，臣不臣则诛，父不父则无道㊽，子不子则不孝。此四行者，天下之大过也。以天下之大过予之，则受而弗敢辞。故《春秋》者，礼义之大宗也㊾。夫礼禁未然之前，法施已然之后；法之所为用者易见，而礼之所为禁者难知㊿。"

【注释】

①上大夫：《史记索隐》曰："（壶）遂为詹事，秩二千石，故为上大夫也。"但是《史记》有多处提到"上大夫"，似乎汉时本有上大夫这一官职。壶遂：汉武帝时的天文学家，曾与司马迁一道参加过制定"太初历"。

②董生：即董仲舒（前179—前104），汉代著名经学家，以讲《公羊春秋》而著名，汉武帝元光元年（前134）建议"罢黜百家，独尊儒术"，是汉武帝尊儒的最先倡导者。他以《公羊春秋》为依据，将周代以来的宗教天道观和阴阳、五行学说结合起来，吸收法家、道家、阴阳家思想，建立了一个新的思想体系，成为汉代的官方统治哲

学。生，先生，司马迁自居后学，故称董仲舒为"先生"。有研究者认为：太史公是以《对问》、《答客难》体申明自己的创作宗旨，"上大夫壶遂"是假托，"董生"亦是暗借。

③司寇：官名，主管缉捕盗贼，维护治安。

④诸侯害之：谓各国诸侯因为害怕孔子把鲁国治理强盛而于己不利而忌恨他。害，忌恨。

⑤大夫雍之：谓鲁国大夫们因为不希望孔子的名声、地位超过自己而压制他。雍，抑制，障蔽。

⑥是非二百四十二年之中：指以《春秋》这部书来褒贬、评定整个春秋时代的各国大事。《春秋》的记事上起鲁隐公元年（前722），下止于鲁哀公十四年（前481），前后共242年。是非，用如动词，意即"褒贬"。

⑦仪表：准则，法式，楷模。

⑧贬天子：《汉书·司马迁传》无"贬天子"三字，故有人认为此三字为衍文。不过，董仲舒公羊学派确实有"贬天子"的思想，从而认为《春秋》本有此宗旨，这对司马迁可能有一定影响；这也可能是司马迁借题发挥，他写《史记》显然是有"贬天子"之意的。班固反对这种思想，可能有意将其删除。

⑨达王事：表达儒家的"王道"理想，即"君君、臣臣、父父、子子"各守其位的礼乐社会。

⑩空言：只起褒贬作用而不见于当世的言论主张。

⑪行事：行为，事迹。此指具体的历史事件。深切：深入透彻。著明：显明，清楚明白。

⑫三王：指夏、商、周三代的开国之君禹、汤、文王。

⑬辨：表明，显示。人事之纪：人与人之间的伦理纲常。纪：纲领。

⑭嫌疑：疑惑难辨的事理。

⑮犹豫：迟疑不决。

⑯不肖：不成材，不正派。

⑰继绝世：使已经断绝的帝王世系再继续下去。

⑱著：明示。阴阳：古代以阴阳解释世间万物的发展变化，凡天地万物皆分属阴阳。五行：水、火、木、金、土等五种基本元素，古人认为它们之间会相生相克。

⑲经纪：纲常，法度。此处用作动词，使人与人之间的各种关系有规矩法度。

⑳牝（pìn）牡：即"雌雄"。"雌雄"用以区分鸟类，"牝牡"用于区分兽类。

㉑风：习俗，风气。此处用作动词。

㉒乐（lè）所以立：以自己现存的条件为乐，不忮（zhì）不求，乐在其中。

㉓和：使和睦，使融洽。

㉔节人：节制人，使人行动有礼。

㉕发和：诱发和睦之心。

㉖道事：指导人们行事。

㉗达意：表达诗人的情志意愿。

㉘道化：阐明事物的变化。

㉙道义：阐明义理，告诉人该做什么，不能做什么。义，宜。

㉚拨乱世反之正，莫近于《春秋》：治理混乱的局面，使之恢复正常，没有比《春秋》更为切近易行。语本《公羊传·哀公十四年》："拨乱世，反诸正，莫近诸《春秋》。"

㉛《春秋》文成数万：今世所传《春秋》共计一万六千余字，太史公此处仅是随口说说，故有不合。

㉜指：旨意，意向。

㉝万物：犹言"万事"。散聚：离散与集聚，犹言"成败"、"盛衰"。

㉞弑君三十六，亡国五十二：梁玉绳曰："通经传而数之，弑君者三十七，亡国止四十一。"按，董仲舒《春秋繁露·灭国》云"弑君三十六，亡国五十二"，此史公所本。

㉟失其本：谓统治者没有抓住治国的根本，没有以"三王之道"、以"君君、臣臣、父父、子子"的纲常伦理教育人，并身体力

行之。

㊱《易》曰"失之豪厘，差以千里"：按，今之《易经》及《彖》、《象》、《系辞》并无此语，此语见于《易纬乾凿度》与《易纬通卦验》。豪，同"毫"。

㊲渐：逐渐发展的过程。

㊳谗：谗臣，专门说人坏话、怂恿君主做坏事的人。

㊴贼：贼臣，阴险、残忍的奸臣。

㊵经事：经典规定的常道。宜：适宜的事情或办法。

㊶变事：突然发生的重大事件。权：权宜，变通。古代常与"经"对言。《易·系辞下》："井以辩义，巽以行权。"王弼注："权，反经而合道，必合乎巽顺，而后可以行权也。"

㊷首恶：带头作恶。

㊸必陷篡弑之诛，死罪之名：二句语义稍显不顺，《汉书》将之合并为一句，作"必陷篡逆诛死之罪"。诛，指责，责备。

㊹其实皆以为善，为之不知其义：二句语义稍显不顺，《汉书》将其改作"其实皆以善为之，而不知其义"。

㊺被之空言而不敢辞：受到舆论谴责却不敢替自己辩驳。《史记集解》引张晏曰："赵盾不知讨贼，而不敢辞其罪也。"赵盾是晋国正卿，灵公无道，欲杀赵盾，赵盾外逃而未出国境，他的侄子赵穿在桃园弑杀灵公，赵盾返回。晋国史官董狐记载曰："秋九月乙亥，赵盾弑其君于桃园。"赵盾辩解不是自己弑君，董狐说："子为正卿，亡不越境，反不讨贼。"赵盾无奈，只好认可董狐的记载。

㊻礼义：礼法道义。礼，谓人所履；义，谓事之宜。

㊼犯：为臣下所干犯也。

㊽无道：泛指违反常理或不近情理。

㊾宗：本原，根本。

㊿"夫礼禁"至"禁者难知"四句：意思是说：礼节能教导人，使人避免犯罪；法律惩治已经构成犯罪事实的人。语本贾谊《陈政事疏》："夫礼者禁于将然之前，而法者禁于已然之后，是故法之所用易见，而礼之所为至难知也。"史公全用其语。

【译文】

上大夫壶遂问我："从前孔子为什么要作《春秋》呢？"太史公说："我听董先生说：'周朝王道衰败废弛，孔子担任鲁国司寇，其他诸侯忌恨他，鲁国大夫压制他。孔子知道自己的思想学说不被采纳、自己的政治主张无法实行，于是就褒贬二百四十二年间的是非善恶，作为天下的评判准则，贬抑无道的天子，斥责为非的诸侯，声讨乱政的大夫，以此表达儒家的王道理想而已。'孔子说：'我想与其用仅有褒贬之意的空洞言论来载述这种理想，不如用具体的历史事件来体现这种理想，可以更为深入透彻，清楚显明。'《春秋》这部书，上阐明夏禹、商汤和周文王的施政治道，下表明人与人之间的伦理纲常，辨别疑惑难分的事理，明确是是非非的标准，定断迟疑犹豫的评价，奖善嫉恶，尊奉德才出众的贤者，鄙视无德少才的庸人，使灭亡的国家得以存在，使断绝的世系得以延续，补救敝败之事，振兴废弛之业，这是最正大的王道。《易》明示天地、阴阳、四时、五行的隐秘，故而长于说明变化之道；《礼》规范人与人之间的伦常关系，故而长于指导人们行事；《书》记述历代先王事迹，故而长于指导施政治国；《诗》记载山川、溪谷、禽兽、草木、牝牡、雌雄，故而长于显现风土人情；《乐》让人们以目前条件为乐，故而长于融洽人际关系；《春秋》辨明是是非非，故而长于提供治理国家的借鉴。由此可见，《礼》是用来节制人的行为的，《乐》是用来诱发和睦之心的，《书》是用来指导政事的，《诗》是用来表达情志意愿的，《易》是用来阐明事物变化的，《春秋》是用来阐明义理的。治理乱世，使之恢复正常，没有什么比《春秋》更为切近有效。《春秋》文字总共不过几万，而其要旨多达几千条，万物的成败盛衰都体现在《春秋》里。《春秋》一书中，弑君事件有三十六起，灭亡的国家有五十二个，诸侯出奔逃亡、不能保全其国家的数不胜数。考察其变乱败亡的原因，都是因为统治者丢掉了作为立国立身根本的大义。所以《易》中说'一毫一厘的细微失误，可以导致千里之巨的差错'，所以说'臣下弑君，儿子弑父，并非一朝一夕的缘故，其发展渐进的过程已经持续很久了'。因此，做国君的不可以不了解《春秋》，否则谗佞之徒站在面前却看不见，奸贼之臣躲在身后也发觉不了；做人臣的不可以不了解《春秋》，否则就只会死守经典教条却不晓得因事制宜，遇到突发事件就不知如何灵活变通；做君主、做父亲却不通晓《春秋》要义的人，必定会蒙受带头作恶的骂名；做臣下、做儿子却不通晓《春秋》要义的人，必定会陷于篡位弑上而被诛伐的境地，并蒙受罪该处死的名声。其实他们都认为自己做的是好事，只因为他们不懂得《春秋》大义，遭到舆论不公平的谴责却不敢替自己辩驳。如果不通晓礼法道义的要旨，就会弄到君不像君、臣不像臣、父不像父、子不像子的地步。做国君的如果不像国君，就会被臣子干犯；做臣子的不像臣子，就会被君主诛杀；做父亲的不像父亲，就会不近情理；做儿子的不像儿子，就会忤逆不孝。这四种恶行，是天下最大的罪过。把天下最大的罪过加在他们身上，也只得接受而不敢推卸。所以《春秋》是阐释礼义的根本大典。礼节禁绝坏事于发生之前，法律施行于坏事发生之后；法律的惩罚作用显而易见，但是礼节的禁绝作用却隐微难知。"

壶遂曰："孔子之时，上无明君，下不得任用，故作《春秋》，垂空文以断礼义①，当一王之法②。今夫子上遇明天子③，下得守职④，万事既具，咸各序其宜⑤，夫子所论⑥，欲以何明？"

【注释】

①垂：留传，流传。空文：谓不能用于当世的文章。断：判断，决断。

②当一王之法：《春秋》公羊学派认为孔子虽然不是"王"，但起着王者的作用，他的《春秋》事实上是给世人制定了一部如何治国平天下的大法，所以他们称孔子为"素王（具有帝王之德而未居帝王之位者）"。

③明天子：对当代皇帝的敬称，指汉武帝。

④守职：忠于职守。

⑤序：顺。宜：合适，适当，适宜。

⑥夫子：对师长或学者的尊称，犹言"先生"，此称司马迁。

【译文】

　　壶遂说："孔子的时候，在上没有圣明的君主，他处在下位而得不到任用，所以撰写《春秋》，留下一部不能用于当世的史文来裁断礼法道义，当作一代帝王的法典。现在先生上遇圣明天子，下能当官供职，万事皆已具备，而且全都得到最适宜的安排，先生所要编次的史书，想要通过它来阐明什么呢？"

　　太史公曰："唯唯，否否，不然①。余闻之先人曰：'伏羲至纯厚，作《易》八卦②；尧舜之盛③，《尚书》载之，礼乐作焉④；汤武之隆，诗人歌之⑤。《春秋》采善贬恶，推三代之德，褒周室⑥，非独刺讥而已也。'汉兴以来，至明天子，获符瑞⑦，封禅⑧，改正朔⑨，易服色⑩，受命于穆清⑪，泽流罔极⑫，海外殊俗⑬，重译款塞⑭，请来献见者，不可胜道。臣下百官力诵圣德，犹不能宣尽其意。且士贤能而不用，有国者之耻；主上明圣而德不布闻⑮，有司之过也。且余尝掌其官⑯，废明圣盛德不载，灭功臣世家贤大夫之业不述⑰，堕先人所言⑱，罪莫大焉。余所谓述故事⑲，整齐其世传⑳，非所谓作也，而君比之于《春秋》，谬矣。"㉑

【注释】

　　①唯唯（wěi），否否，不然：言其欲"唯"不可、欲"否"不甘、进退失据之状，犹今之所谓"您这个说法很对，但我不是这个意思"。司马迁本来是以孔子自居的，正说得洋洋得意，壶遂忽然从当时政治出发，迎头一击，触及时代禁忌，这是司马迁不敢正面回答的，于是立即陷入狼狈状态。下面的回答便完全转为颂圣，是一套口不应心的违心话了。唯，恭敬的应答声。否否，犹言不是不是，多

用于应对。

②八卦:《周易》中的八种具有象征意义的基本图形,每个图形用三个分别代表阳的"——"(阳爻)和代表阴的"— —"(阴爻)组成。名称是:乾、坤、震、巽、坎、离、艮、兑。相传是伏羲所作,周文王又将八卦互相组合而成六十四卦。

③尧舜之盛,《尚书》载之:今《尚书》中有《尧典》,记载了尧、舜时代的政绩与其禅让的盛事。

④礼乐作焉:据《史记·五帝本纪》,舜时曾命伯夷制礼,命夔作乐。

⑤汤武之隆,诗人歌之:《诗经》中有歌颂商汤开国的作品《长发》、《殷武》,有歌颂武王功业的作品《武》、《酌》、《桓》等篇。

⑥褒周室:即通常所说的"尊王",表现其对周天子的维护。

⑦获符瑞:如元光元年(前134)的长星现,元狩元年(前122)的获白麟,元鼎元年(前116)的得宝鼎等。符瑞,汉代儒生为鼓吹天人感应而附会出来的一套东西,"符瑞"指好的征兆,表示上天将降福祥;"灾异"则指坏的征兆,表示上天将降灾难。

⑧封禅:自元封元年(前110)开始,汉武帝多次去泰山祭天,到泰山下的某座小山祭地。

⑨改正朔:指使用新历法。古代王者建国,常有改正朔之事,如夏朝以孟春建寅之月为正,以平旦为朔;商朝以季冬建丑之月为正,以鸡鸣为朔;周朝以仲冬建子之月为正,以夜半为朔;秦朝以孟冬建亥之月为正,汉初因之。至汉武帝太初元年改行新历法,又恢复使用夏历,亦即今之阴历。正朔,指正月初一。

⑩易服色:指天子的车马改用新的颜色。《礼记·大传》注:"服色,车马也。"疏:"'服色,车马也'者,谓夏尚黑,殷尚白,周尚赤,车之与马,各用从所尚之正色也。"按,秦时尚黑,汉时开始尚赤,后又改为尚黄。

⑪受命:受天之命。古帝王自称受命于天,以巩固其统治。《尚书·召诰》:"惟王受命,无疆惟休,亦无疆惟恤。"穆清:指天。

⑫罔极:无穷尽。

⑬殊俗：不同风俗的国家。

⑭重译：辗转翻译。《尚书大传》卷四："成王之时，越裳重译而来朝，曰道路悠远，山川阻深，恐使之不通，故重三译而朝也。"意思是说：因为道路绝远，风俗殊隔，故而需经几次翻译，然后方可语言沟通。款塞：叩塞门，谓外族前来通好。

⑮布闻：传布。

⑯尝掌其官：指为太史令。李笠《史记订补》曰："太史非暂任之官，迁为太史亦非既往之事，'尝'字未安。'尝'盖'掌'字之误衍也。《汉书》无'尝'字。"

⑰灭：埋没，抹煞。

⑱堕（huī）：荒废，废弃。

⑲述：解释，推衍，阐述前人成说。与下文中的"作"字对举，作是创立、创造之意。在《论语·述而》中，孔子曾谦称自己是"述而不作"，但后人则称孔子是"作"，称自己的论著为"述"。故事：旧事，旧业。

⑳世传：犹世系。

㉑君比之于《春秋》，谬矣：按，史公前以继孔子写《春秋》自任，今又责人不应将《史记》比作《春秋》，前后抵牾，可见其矛盾违心之情。《史记评林》引赵恒曰："此段有包周身之防，而隐晦以避患之意。"

司马迁像

【译文】

太史公说："是啊，是啊，不，不，不完全是这么回事。我听先人说过：'伏羲时代最为纯朴淳厚，他创制了《易》之八卦；尧舜时代的昌明兴盛，《尚书》——做了记载，礼节音乐在那时兴起；商汤、周武时代的隆盛，诗人曾经予以歌颂；《春秋》采录善行，贬斥恶逆，推尊夏、商、周三代盛德，襃扬周朝王室，并非只有讥刺啊。'从汉朝兴建以来，到当今圣明天子，出现许多上天所降的吉祥瑞兆，多次举行封禅大典，改订颁行新的历法，变易天子车马的颜色，敬受上天之命，恩泽流布无边，海外风俗绝不相同的国家，辗转经过几重翻译来到汉朝边境，叩关通好，请求纳贡朝见的，不可胜数。臣下百官竭力颂扬天子的神功圣德，仍不能完全表达出他们的心意。再说，士人身怀德行才能却得不到任用，是国君的耻辱；君主明达圣哲，但是他的功德未被流布传闻，是有关官员的过失。况且我担任太史令的官职，弃置天子的圣明盛德而不予载录，埋没功臣、世家、贤士大夫的功业而不予记述，辜负先父临终的遗言，世间没有比这更大的罪过了。我所说的只是阐述前人功业，整理有关人物的世系，并非是所谓的创作呀，而您拿它与《春秋》相比，您弄错啦。"

于是论次其文①。七年而太史公遭李陵之祸②，幽于缧绁③，乃喟然而叹曰："是余之罪也夫！是余之罪也夫！身毁不用矣。"退而深惟曰④："夫《诗》、《书》隐约者⑤，欲遂其志之思也。昔西伯拘羑里，演《周易》⑥；孔子厄陈、蔡，作《春秋》⑦；屈原放逐，著《离骚》；左丘失明，厥有《国语》⑧；孙子膑脚，而论兵法⑨；不韦迁蜀，世传《吕览》⑩；韩非囚秦，《说难》、《孤愤》⑪；《诗》三百篇，大抵贤圣发愤之所为作也⑫。此人皆意有所郁结⑬，不得通其道也，故述往事，思来者⑭。"于是卒述陶唐以来，至于麟止⑮。自黄帝始⑯。……

太史公自序（节选）

【注释】

①论次其文：即写作《史记》。论次，论定编次。

②七年：指天汉三年（前98）。司马迁自太初元年（前104）开始写《史记》，至天汉三年共七年。太史公遭李陵之祸：指天汉二年（前99）李陵征匈奴兵败被俘，司马迁因替李陵说了几句话而下狱，

于天汉三年受官刑。

③幽：囚禁。缧绁（léi xiè）：捆绑犯人的绳索，引申为牢狱。

④深惟：深思，深入考虑。

⑤隐约：义深而言简。

⑥西伯拘羑（yǒu）里，演《周易》：西伯即周文王，商朝末年为西方诸侯之主。司马迁说是周文王被殷纣王囚于羑里时，将《周易》的八卦推演成六十四卦。羑里，古邑名，在今河南汤阴北。

⑦孔子厄陈、蔡：鲁哀公四年（前491），孔子接受了楚国的聘请，欲由蔡赴楚。陈、蔡两国的大夫害怕孔子向楚国讲述陈、蔡的虚实，于是发卒围孔子于陈、蔡之间，差点儿把孔子饿死，后被楚国救走。陈、蔡，春秋时的两个国家，陈国的国都在今河南淮阳、蔡国的国都在今河南上蔡西南。

⑧左丘失明，厥有《国语》：《国语》的作者，通常认为是左丘明，但史公此云"左丘失明，厥有《国语》"，不知何据。厥，乃。

⑨孙子膑脚，而论兵法：孙膑被庞涓施膑刑后，逃到齐国，后率齐师破杀庞涓于马陵道，并有兵法传世。论，编次。

⑩不韦迁蜀，世传《吕览》：吕不韦在任秦国丞相时，曾召集宾客编著《吕氏春秋》。后因嫪毐事被秦王流放巴蜀，途中自杀。《吕览》，即《吕氏春秋》，因有八览、六论、十二纪，故名。

⑪韩非囚秦，《说难》、《孤愤》：韩非，战国末年韩国的公子，曾受学于荀卿，与李斯同学，是法家学说的集大成者。秦王政读其书而叹不能与其同时，李斯乃说韩非始末。韩非入秦，后被李斯谮杀。《说难》、《孤愤》，都是《韩非子》当中的篇目名。董份曰："《吕氏春秋》，盖不韦当国时作也，而云'迁蜀'；韩非《说难》，盖未入秦时所著也，而云'囚秦'。古之文人取其意，不泥其词，往往如此。"

⑫《诗》三百篇，大抵贤圣发愤之所为作也：《诗经》是我国最早的一部诗歌总集，"饥者歌其食，劳者歌其事"，孔子认为具有"兴、观、群、怨"之功效。但说其作者大抵都是"圣贤"，说其内容大抵都是"发愤"之作，显然并不符合事实。发愤，发泄愤懑。

⑬此人：这些人，指上述诸人。郁结：谓忧思烦冤纠结不解。

⑭述往事，思来者：述往事，记述历史旧事。思来者，寄希望于未来，希望日后能有人理解自己的思想情志。

⑮于是卒述陶唐以来，至于麟止：按，顾颉刚、赵生群以为"卒述陶唐以来，至于麟止"是司马谈写《史记》的预定断限。顾颉刚说："《自序》记《史记》之断限有两说，一曰'于是卒述陶唐以来至于麟趾'，一曰'余历述黄帝以来至太初而讫'（见篇末），一篇之中所言全书起讫之异若此。求其歧说所以发生之故，颇疑谈为太史令时，最可纪念之事莫大于获麟，故迄'麟止'者谈也；及元封而后，迁继史职，则最可纪念之事莫大于改历，故'迄太初'者迁之书也。《太史公自序》一篇本亦谈作，迁修改之而未尽，故犹存此牴牾之迹耳。"此说可从。陶唐，即尧。《史记索隐》曰："《史记》以黄帝为首，而云'述陶唐'者，按《五帝本纪赞》云'五帝尚矣，然《尚书》载尧以来，百家言黄帝，其文不雅驯'，故述黄帝为本纪之首，而以《尚书》雅正，故称'起于陶唐'。"《集解》引张晏曰："武帝获麟，迁以为述事之端，上纪黄帝，下至麟止，犹《春秋》止于获麟也。"《索隐》引服虔曰："武帝至雍获白麟，而铸金作麟足形，故云'麟止'，迁作史止于此，犹《春秋》终于获麟然也。"按，武帝获麟在元狩元年（前122），武帝铸麟趾钱在太始二年（前95）。

⑯自黄帝始：四字盖衍文。崔适曰："当是旁记误入正文，《小序》云'维昔黄帝'，即谓自黄帝始矣，此何待言？"

【译文】

于是开始论定编次这部书。过了七年，太史公遭逢李陵之祸，被囚禁在牢狱之中，于是喟然长叹说："这是我的罪过啊！这是我的罪过啊！身体残毁，没有用处了。"之后退一步而深入思考，说："《诗经》、《尚书》之所以含义微妙而言辞简约，是作者想要实现他们表达心志的愿望。从前周文王被拘禁在羑里，推演了《周易》；孔子遭遇陈、蔡的困厄，撰作了《春秋》；屈原遭到放逐，著有《离骚》；左丘明双目失明，方才有了《国语》；孙子受了膑刑，才编次《孙膑兵法》；吕不韦流放蜀中，世间方才流传《吕览》；韩非囚于秦国，写了

《说难》、《孤愤》；《诗经》三百篇，大都是贤士圣人为了发泄愤懑才创作的。这些人都是心中有些忧思烦冤纠结不解，理想主张无法实现，因而记述过去的事情，希望将来能有人理解自己的情志。"于是记述陶唐以来直至汉武帝获白麟那一年的历史。（自黄帝始。）

　　维我汉继五帝末流[①]，接三代绝业[②]。周道废，秦拨去古文[③]，焚灭《诗》、《书》，故明堂石室金匮玉版图籍散乱[④]。于是汉兴，萧何次律令[⑤]，韩信申军法[⑥]，张苍为章程[⑦]，叔孙通定礼仪[⑧]，则文学彬彬稍进[⑨]，《诗》、《书》往往间出矣。自曹参荐盖公言黄老[⑩]，而贾生、晁错明申、商[⑪]，公孙弘以儒显[⑫]，百年之间，天下遗文古事靡不毕集太史公[⑬]。太史公仍父子相续纂其职[⑭]。曰："於戏[⑮]！余维先人，尝掌斯事，显于唐虞，至于周，复典之，故司马氏世主天官[⑯]。至于余乎[⑰]，钦念哉[⑱]！钦念哉！"罔罗天下放失旧闻[⑲]，王迹所兴[⑳]，原始察终，见盛观衰，论考之行事，略推三代，录秦汉，上记轩辕，下至于兹[㉑]，著十二本纪[㉒]，既科条之矣[㉓]；并时异世，年差不明，作十表[㉔]；礼乐损益，律历改易[㉕]，兵权、山川、鬼神[㉖]，天人之际[㉗]，承敝通变[㉘]，作八书；二十八宿环北辰[㉙]，三十辐共一毂[㉚]，运行无穷，辅拂股肱之臣配焉[㉛]，忠信行道，以奉主上，作三十世家；扶义俶傥[㉜]，不令己失时[㉝]，立功名于天下，作七十列传。凡百三十篇，五十二万六千五百字，为《太史公书》[㉞]。序略[㉟]，以拾遗补艺[㊱]，成一家之言，厥协"六经"异传[㊲]，整齐百家杂语[㊳]，藏之名山，副在京师[㊴]，俟后世圣人君子。第七十。

【注释】

　　①继五帝末流：意谓继续在五帝及其子孙的序列之后。据史公谱列，夏、商、周都是黄帝的后代，故此所谓"末流"即谓周朝之末。

②接三代绝业："绝业"与"末流"相对成文。西汉初期的官方舆论不把"秦"看作一个朝代，而说汉朝上继周朝，史公不赞成这种观点，故将始皇列入"本纪"，并在《六国年表》中批驳这种看法为"耳食"；但他在这里又用了世俗的说法。

③拨去古文：指烧毁了先秦古文字写成的典籍。拨去，废弃。

④玉版：古代用以刻字的玉片，亦泛指珍贵的典籍。《韩非子·喻老》："周有玉版，纣令胶鬲索之，文王不予；费仲来求，因予之。"

⑤萧何次律令：萧何（前257—前193）是西汉初年著名政治家，在辅助刘邦建立汉朝过程中功劳最高。《汉书·高帝纪》曰"命萧何次律令"。萧何采撷秦六法，摘取其中合乎当时社会情况的内容，重新制定律令制度，作为《九章律》（包括秦法中的《盗律》、《贼律》《囚律》、《捕律》、《杂律》、《具律》以及新增加的《户律》、《兴律》、《厩律》）。次，编次，编纂。

⑥韩信申军法：韩信（？—前196）是汉初三杰之一，是杰出的军事家、战略家，被后人奉为兵仙、战神。据《汉书·艺文志·兵书略》：汉高祖在位时，"张良、韩信序次兵法，凡百八十二家，删取要用，定著三十五家。"

⑦张苍为章程：张苍（前256—前152），西汉丞相。他是战国末期儒学大师荀子的学生，博学多才，精通天文历算，曾经参与制定历法，校正《九章算术》。他建立了一套比较完整的关于度量衡的理论，把算学研究成果直接用于国计民生。章程，此指历法、音律及度量衡等方面的制度。《史记集解》曰："章，历数之章术也。程者，权衡丈尺斛斗之平法也。"《史记·张丞相列传》云："苍为主计，整齐度量，序律历。"

⑧叔孙通定礼仪：叔孙通（生卒年不详）是西汉初期儒家学者，曾协助汉高祖制订汉朝的宫廷礼仪。据《史记·叔孙通列传》，高祖初定天下，"悉去秦苛仪法，为简易。群臣饮酒争功，醉或妄呼，拔剑击柱，高帝患之"。叔孙通教导征选的儒生及皇上左右为学者与其弟子百余人习学礼仪，继而令群臣学习。之后朝仪整肃，尊卑有序，"高

帝曰:'吾乃今日知为皇帝之贵也。'"

⑨文学:儒生,亦泛指有学问的人。彬彬:美盛貌,萃集貌。

⑩自曹参荐盖公言黄老:黄老道家的一个支派,融合道、法两家学说,主张"清静自定",适应汉初休养生息的需要,受到统治阶级重视而盛极一时。盖公,西汉善治黄老之学者。《史记·曹相国世家》:"孝惠帝元年(前194)……参为齐丞相。……闻胶西有盖公,善治黄老言,使人厚币请之。既见盖公,盖公为言治道贵清静而民自定,推此类具言之。参于是避正堂,舍盖公焉。"

⑪贾生、晁错明申、商:贾生,指贾谊(前200—前168),西汉初年著名文学家。少有才名,被文帝召为博士,后因谗言被贬为长沙王太傅,继为梁怀王太傅。怀王坠马死,贾谊因忧伤歉疚而早逝。有《过秦论》、《论积贮疏》、《陈政事疏》等政论文。晁错(前200—前154),西汉政治家。少习法家学说,文帝时为太子家令,有辩才,号称"智囊"。景帝时为御史大夫,主张削弱诸侯国加强中央集权、重农贵粟。吴、楚七国叛乱时被景帝所杀。有《论贵粟疏》、《言兵事书》、《说景帝前削藩书》等政论文。申、商,申指申不害,《史

司马迁祠
司马迁祠题有"高山仰止"四字,这正是他对孔子的评价,司马迁一生以孔子为榜样,他的人格与成就也使他成为古往今来的史学家们为之仰止的高山。

记·老子韩非列传》说"其学本于黄老而主刑名,著书二篇,号曰《申子》",韩昭侯曾用以为相;商指商鞅,《史记·商君列传》说他"少好刑名之学",秦孝公曾任用他主持变法。

⑫公孙弘以儒显:公孙弘(前200—前121),汉武帝朝丞相,是武帝时政策措施的主要制定者与推行者。建元元年(前140)武帝下诏访求贤良,年已六旬的公孙弘以精通《春秋公羊传》应征,被任命为博士,后来武帝以其无能而罢免。元光五年(前130)武帝再次诏征文学儒士,公孙弘再次被举荐,对策第一,又被拜为博士。后来升任御史大夫,元朔五年(前124)为丞相,封平津侯(历史上丞相封侯者始于此)。《史记·儒林列传》:"公孙弘以《春秋》白衣为天子三公,封以平津侯。天下之学士靡然向风矣。"

⑬遗文:古人或死者留下的诗文。古事:文献,旧事。

⑭仍:乃,于是。纂:继承。

⑮於戏(wū hū):感叹词,同"呜呼"。

⑯天官:指天文星历之事。故代任此职者亦兼统太史之事,故司马迁如此说。其《报任安书》云:"仆之先,非有剖符丹书之功,文史星历,近乎卜祝之间。"可为参证。

⑰至于余乎:意思是说:能使这一职位到我而废止吗?

⑱钦念:敬思。

⑲放失:散失。失,通"佚"。旧闻:指往昔的典籍和传闻。

⑳王迹:帝王之功业。

㉑上记轩辕,下至于兹:轩辕,指黄帝,黄帝姓公孙,名轩辕。兹,今上,指汉武帝。

㉒本纪:纪传体史书中帝王的传记。《史记·五帝本纪》唐张守节《正义》:"裴松之《史目》云:'天子称本纪,诸侯曰世家。'本者,系其本系,故曰本;纪者,理也,统理众事,系之年月,名之曰纪。"

㉓科条:谓分类整理成条款、纲目。

㉔并时异世,年差不明,作十表:言诸事纷纭,或同时者,或异世者,单从本纪、世家、列传中不易看清,故列十表以明示之。

㉕律历:指乐律和历法。《大戴礼记·曾子天圆》:"圣人慎守日

月之数，以察星辰之行，以序四时之顺逆，谓之历；截十二管，以宗八音之上下清浊，谓之律也。律居阴而治阳，历居阳而治阴，律历迭相治也。"卢辩注："历以治时，律以候气，其致一也。"清王鸣盛《十七史商榷·晋书四·律历》："黄钟为万事根本，盖算数之所从出，故班书作《律历志》，《晋书》、《北魏书》、《隋书》皆沿习不改，则迁拘甚矣。《史记》自有《律书》、《历书》，何尝合而为一乎？自新、旧《唐》以来，律吕自归《乐志》，历自为志是也。"

㉖兵权：用兵的权谋。《汉书·司马迁传》谓《史记》"十篇缺，有录无书"，十篇之中，"书"居其三，为《礼书》、《乐书》和《兵书》。"兵权"思想出自《管子·兵法》："今代之用兵者不然，不知兵权者也。故举兵之日而境内贫，战不必胜，胜则多死，得地而国败：此四者，用兵之祸者也。"《太史公自序》则曰："非兵不强，非德不昌，黄帝、汤、武以兴，桀、纣、二世以崩，可不慎欤？《司马法》所从来尚矣，太公、孙、吴、王子能绍而明之，切近世，极人变。作《律书》第三。"很明显，"兵权"云云，当指用兵之事，必然涉及《平准书》、《匈奴列传》中已经多有表现的史公对武帝用将无方、征调无度的痛愤，极易触犯时讳，故而"有录无书"。现在的《律书》中充斥着大量有关音律的论述，只有前面一小段论及兵法，当是后人附会《易》"师出以律"之律，故而改成今天所见这种不伦不类的形式。山川：指《河渠书》，讲水利、水害之事。鬼神：指《封禅书》，讲祭祀天地鬼神之事。

㉗天人之际：天道与人事相互之间的关系，指《天官书》，此中记载了一些天人感应的东西。

㉘承敝通变：指《平准书》，此中记载了在经济方面国家根据当时形势而不断采取或改变政策措施的情况。

㉙二十八宿：古代天文学家把黄道（太阳和月亮所经天区）的恒星分成二十八个星座，称为二十八宿，四方各有七宿，东方为角、亢、氐、房、心、尾、箕，北方为斗、牛、女、虚、危、室、壁，西方为奎、娄、胃、昴、毕、觜、参，南方为井、鬼、柳、星、张、翼、轸。北辰：指北极星。

㉚辐：车轮中连接轴心和轮圈的直木。共（gǒng）：通"拱"，

拱卫。毂(gǔ)：车轮中心插轴的圆木。

㉛辅拂：即"辅弼"，辅佐，辅助。拂，同"弼"，辅佐。股肱：胳膊和大腿。比喻左右辅佐之臣。

㉜扶义：仗义。俶傥(tì tǎng)：卓异不凡。

㉝失时：错过时机。

㉞《太史公书》：司马迁自称其著作之名。"史记"作为司马迁著作的专名，始于东汉后期，见《东海庙碑》、《执金吾丞武荣碑》。

㉟序略：编列史实之大略。按，此二字略不顺，疑有误。

㊱拾遗：采录遗逸的事迹。补艺：《史记索隐》曰："《汉书》作'补阙'，此云'艺'，谓补六艺之缺也。""六艺"即指儒家的"六经"，即《礼》、《乐》、《书》、《诗》、《易》、《春秋》。

㊲厥：助词，无义。协：汇集，汇合。王先谦曰："合也，言稽合同异，折衷取裁。"六经异传(zhuàn)：六经的不同传述，即训诂、义理的解释各有不同等。《史记正义》曰："异传，谓如丘明《春秋外传》《国语》、子夏《易传》、毛公《诗传》、《韩诗外传》、伏生《尚书大传》之流也。"

㊳杂语：主旨各异之语，各种学说。张守节《史记正义》："太史公撰《史记》，言其协于六经异文，整齐诸子百家杂说之语，谦不敢比经艺也。"

㊴藏之名山，副在京师：司马迁《太史公书》的两种本子及其在西汉密藏与流传的情况，是该书早期文献中的一个根本问题，与《史记》流传、补续、篇帙之缺佚和真伪等诸多方面的研究密切相关。客观地说，"藏之名山"本当为正本，实藏于国家书府太史公府；"副在京师"本当为副本，传于司马迁外孙杨恽。正、副两本皆作者生前录写，俱为百三十篇完帙，是具有同等文献价值的原始文本。《太史公书》正本密藏不宣，副本在宣帝时由杨恽宣布。西汉民间流传的《太史公书》若干篇卷，乃出自副本系统。两汉末年世乱，京师典籍迭遭浩劫，由于《太史公书》有藏、传两种本子存行于世，故而该书虽有少数篇缺佚或局部文字错乱，但其文本总体上仍保持稳定，这不能不归于太史公深谋远虑之功。名山：指可以传之不朽的藏书之所。

《穆天子传》云："天子北征，至于群玉之山，河平无险，四彻中绳，先王所谓策府。"

【译文】

我大汉王朝继承五帝流风余绪，接续三代中断大业。周朝王道废弛，秦代废弃用古文书写的典籍，焚毁《诗》、《书》，因此原本藏于明堂、石室、金匮之所的珍贵图书典籍散佚零乱。这时汉朝兴起，萧何编次法令，韩信申明军法，张苍制立度量衡、历法、乐律等章程，叔孙通确定礼仪，于是儒学之士逐渐荟萃朝廷，藏于民间的《诗》、《书》也不断在各地发现。自从曹参荐举盖公讲论黄老之道，而贾谊、晁错阐明申不害和商鞅的学说，公孙弘以精通儒术而显贵，百年之间，普天之下，古人留下的诗文、前代的文献旧事，无不汇集到太史公手中。太史公父子于是相继执掌这一职位。太史公说："唉！我先人曾经主管此事，扬名于唐尧、虞舜之世，直到周朝，再次职掌其事，所以司马氏世代相继、主掌天官之事。难道能让这一职位中止于我这一代吗？要敬记在心，敬记在心哪！"于是网罗搜集天下散失的典籍传闻，对于帝王功业的兴起，探究本始、考察结局，既看到它的兴盛，也看到它的衰亡，讨论研究历代所行之事，简略推溯夏、商、周三代，详细载录秦、汉两朝，向上记述轩辕黄帝之事，向下至于当今明天子之事，著为十二本纪，已经分类整理成为纲目；有的事件或发生于同时、或发生于异世，年代差误不明，所以作十表加以明示；礼节和音乐或增或减，乐律和历法改动变更，兵法权谋、山川河流、天神人神，天道与人事之间的关系，趁着衰败实行变革，所以作八书加以申明；天上有二十八宿列星环绕北辰，人间有三十根车辐集于车毂，周而复始地运转而永无穷尽，帝王身边的辅弼之臣可以与之比配，他们忠诚信实、笃行道义，以奉事主上，因此为他们作三十世家；有些人仗义而行，卓异不凡，不使自己失去时机，建立功名，扬名天下，所以为他们作七十列传。总计一百三十篇，五十二万六千五百字，称为《太史公书》。编列史实大略，以之采录遗逸事迹、裨补六经阙失，成为一家之言，协合"六经"因不同传授而出现的差异，进行折衷取裁，整治诸子百家主旨各异的学说，使之有条有理。正本密藏名山府库，副本留在京城之中，留待后世圣人君子观览。第七十。

太史公曰：余述历黄帝以来至太初而讫^①，百三十篇。

【注释】

①余述历黄帝以来至太初而讫：意谓《史记》记事的下限结束于武帝太初年间（前104—前101）。按，这是司马迁《史记》之断限，说已见前。顾颉刚说："其书起于黄帝，则以武帝之世方士言黄帝者过多，迁于《封禅书》中虽已随说随扫，而终不脱出时代氛围。且改历之事公孙卿与迁同主持之，卿之札书言'黄帝得宝鼎宛朐，是岁己酉朔冬至，于是黄帝迎日推策'是即太初改历之托古改制也。在此种空气中，迁之作史其上限必不容仅至陶唐而止。是则《史记》一书中起讫之延长固有其政治背景在，非迁故意改父之道矣。"

【译文】

太史公说：我记述自黄帝以来的史事，至太初年间而终结，共计一百三十篇。

画 赞 序

曹 植

【题解】

纵观世界艺术发展史，最早的绘画题材几乎都是动物与人类自身的形象。中国早期人物画主要以叙事为目的，据文献记载，商周时已把历史上的著名人物或重要故事图画于庙堂，"留乎形容，式昭盛德之事；具其成败，以传既往之踪"（唐张彦远《历代名画记》）。周文王曾把尧、舜所以昌，桀、纣所以亡的故事画在明堂中，供人瞻仰或引以为戒；"孔子观乎明堂，睹四门墉有尧、舜之容，桀、纣之象，而各有善恶之状，兴废之诫焉；又有周公相成王，抱之负斧扆，南面以朝诸侯之图焉"（《孔子家语》），为之流连徘徊，从中看出周之所盛。汉代大兴儒学，按照儒家"孝廉"标准察举官员，促使了关注"德"与"才"的人伦识鉴之风盛行，也使圣主明王、忠臣义士、昏君乱臣等具有警示意味的人物画像成为这一时期儒家教化的重要载体。

随着教化绘画盛行以及"以画为赞"绘画观念的流行，在文学与绘画交叉领域衍生出一种"辞简而义正"的文体形式——画赞。画赞也称图赞、像赞，以图画内容为题材，以赞美为主调，通常采取以《诗经》为典范的四言诗形式，故而有的学者认为画赞之体诞生甚早，《诗经·大雅》中的《大明》、《绵》、《皇矣》、《生民》、《公刘》等诗，被认为是西周宗庙祭典中述赞壁画的诗篇。

《曹植集》中有画赞29首，是目前所见最早的魏晋文人画赞。汉献帝建安十九年（214），魏王曹操在邺城兴建的王宫落成，年方十八、深受父王宠爱的曹植为殿内装饰的圣贤像挥笔写下系列画赞，颂赞了女娲、神农、黄帝、尧、舜、禹、汤、周武王、周文王、汉高祖、汉文帝、汉景帝等人。在赞前的序文中，曹植首先指出绘画与文字的同源关系，认为"画者，鸟书之流"；然后记述汉明帝与皇后观赏画像、借舜帝及二妃故事相互戏谑的生动事例，形象阐释绘画艺术的重要社会功能——对观者的鉴戒作用；最后通过概括不同类型人物画像所引发观者的不同情绪反映，突出"存乎鉴"的绘画艺术所具有的强大感染力。

曹植（192—232）号称"才高八斗"、"建安之杰"，在他众多名篇佳作中，这篇《画赞序》寂寂无闻，却是目前中国艺术史上所知最早的画论之一，反映了汉魏时期典型的艺术观念。南朝齐梁时期的谢赫（479—502）在其绘画论著《古画品录》中以"明劝戒，著升沉，千载寂寥，披图可鉴"为绘画目的，与曹植的认识一脉相承。

盖画者，鸟书之流也①。昔明德马后美于色、厚于德，帝用嘉之②。尝从观画，过虞舜庙，见娥皇、女英③，帝指之，戏后曰："恨不得如此人为妃！"又前，见陶唐之像④，后指尧曰："嗟乎！群臣百寮，恨不得戴君如是⑤。"帝顾而笑。

【注释】

①鸟书：鸟虫书，书体的一种，属于篆书的变体，据说是周代史官佚所作，用以记录赤雀丹书的祥瑞。用以书写幡信（题表官号以为符信的旗帜），取其飞翔之状，亦见于瓦当（筒瓦的头部，其上多有文字或图案，作为装饰之用）

双英图

和印文之中。流：部分，分支。

②明德马后美于色、厚于德：马后是东汉明帝刘庄的皇后，开国名将马援之女，谦恭朴素，德冠后宫。与明帝言及政事，多所毗补。据《后汉书·皇后纪》："身长七尺二寸，方口，美发。能诵《易》，好读《春秋》、《楚辞》，尤善《周官》、董仲舒书。常衣大练，裙不加缘。"《东观汉记》："明帝马皇后美发，为四起大髻，但以发成，尚有余，绕髻三匝。眉不施黛，独左眉角小缺，补之如粟。常称疾而终身得意。"

③娥皇、女英：相传为唐尧的两个女儿，同嫁给舜。舜父顽，母嚚，弟劣，曾多次欲置舜于死地，终因娥皇、女英之助而脱险。舜继尧位，娥皇、女英为妃。后舜巡视南方，死于苍梧。二妃往寻，泪染青竹，竹上生斑，因称"潇湘竹"或"湘妃竹"。二妃也死于湘江之间。

④陶唐：即唐尧。帝喾之子，姓伊祁，名放勋。初封于陶，后徙于唐，故称。

⑤百寮：即"百僚"，百官。戴：尊奉，拥戴。

【译文】

图画是从鸟书演变而来的。从前明德马皇后容貌美丽、德行仁厚，明帝因此而嘉许她。她曾经跟从皇帝观看画像，参拜虞舜的祠庙，见到娥皇、女英的画像，明帝指着二女对马后开玩笑说："真遗憾，不能得到这样的人做妃子！"又往前走，见到尧帝的画像，马后指着尧帝说："唉！群臣百官，遗憾不能拥戴这样的君王。"明帝回头大笑。

故夫画，所见多矣。上形太极混元之前①，却列将来未萌之事②。观画者见三皇五帝③，莫不仰戴；见三季暴主④，莫不悲惋；见篡臣贼嗣⑤，莫不切齿；见高节妙士⑥，莫不忘食；见忠节死难⑦，莫不抗首⑧；见忠臣孝子，莫不叹息；见淫夫妒妇，莫不侧目；见令妃顺后⑨，莫不嘉贵。是知存乎鉴者，何如也⑩。

【注释】

①上形太极混元之前:《鲁灵光殿赋》:"上纪开辟,遂古之初。"张揖注:"更画太古开辟之时,帝王之君也。"本句意思大概如此。太极混元之前,指远古时期。太极,古代哲学家称最原始的混沌之气。谓太极运动而分化出阴阳,由阴阳而产生四时变化,继而出现各种自然现象,是宇宙万物之原。《易·系辞》:"易有太极,是生两仪,两仪生四象,四象生八卦。"孔颖达疏:"太极谓天地未分之前,元气混而为一,即是太初、太一也。"混元,指天地元气,亦指开天辟地之时。

②却列:后列。未萌:未生。

③三皇:传说中上古三帝王,说法不一。有说为伏羲、神农、黄帝者;有说为伏羲、神农、女娲者;有说为伏羲、神农、燧人者;有说为伏羲、神农、祝融者;有说为天皇、地皇、泰皇或天皇、地皇、人皇者。五帝:上古传说中的五位帝王,说法亦不一。有说为黄帝(轩辕)、颛顼(高阳)、帝喾(高辛)、唐尧、虞舜;有说为太昊(伏羲)、炎帝(神农)、黄帝、少昊(挚)、颛顼;有说为少昊、颛顼、高辛、唐尧、虞舜;有说为伏羲、神农、黄帝、唐尧、虞舜。

④三季暴主:指夏、商、周末代君主夏桀、商纣与周幽王。

⑤篡臣:篡夺君权之臣。贼嗣:杀其父王而自立为君者。

⑥高节:高尚的节操。妙士:富于才德的人。

⑦忠节:指忠贞有节操的人。

⑧抗首:昂首,举首。表示情绪慷慨激昂。

⑨令:善,美好。

⑩是知存乎鉴者,何如也:《鲁灵光殿赋》:"贤愚成败,靡不载叙。恶以诚世,善以示后。"即此意。鉴,鉴戒。何如,疑为"图画"。

【译文】

所以对于图画,人们见到的很多了。向前可以描绘远古开天辟地之时帝王的形象,向后可以陈述将来那些尚未发生的事件。观看图画的，看到三皇五帝，没有不敬仰感戴的；看到三代暴君，没有不悲愤怨恨的；看到篡夺君权之臣、弑父自立之嗣，没有不咬牙切齿的；见到节操高尚、富于才德之士，没有不忘了吃饭的；见到忠贞有节、为了国家的危难或正义事业而献出生命的人，没有不仰首钦佩的；见到忠臣孝子，没有不叹美赞许的；见到淫夫妒妇，没有不愤恨得斜目而视的；见到良善的嫔妃、和顺的皇后，没有不嘉美尊重的。由此可知，能够留存鉴戒之意的，是图画啊。

兰亭集序

王羲之

【题解】

在中国文化史上，"兰亭"一词恰如兰的疏朗之姿、清幽之韵，联系着一次风流千古的文人雅集、一种流觞曲水的传统游戏、一幅尽善尽美的书法作品，以及这篇余韵无穷的《兰亭集序》。

东晋穆帝永和九年（353）三月三日，时任会稽内史的王羲之与友人谢安、谢尚、孙绰、支遁等41位名士会聚山阴兰亭，为春禊活动，赋诗饮酒。与会者共创作了37首《兰亭诗》，结为一集，由聚会召集者王羲之作序。兰亭集会以文人悠游山水的潇洒、诗文荟萃的成果以及与会者萧散淡泊的气质成为后世文人雅集的典范。

魏晋哲学将自然视为人与天地之"道"联结的纽带，人可借助感悟山水来体悟主导世界的玄远之"道"，因而游览山水自然的行为在东晋极富哲学色彩，文人游览集会成为潮流。游览集会活动的序文在结构上也有普遍模式，一般先记录活动的基本信息，再描述集会情境以及体悟自然的经过，最后感慨时间短促、死生堪忧，并申明"欲后来者观之"的哲理思考。《兰亭集序》亦遵循这一模式，先介绍集会的时间、地点、事由、人物，并以轻快疏朗的笔致描绘自然景观和活动盛况；然后描写游宴之"乐"，以及由此引发的对人性与死生的哲理思考；最后归为"后之览者，亦将有感于斯文"的今昔感慨。尽管魏晋玄学在理论上发扬老庄思想中"一死生"的超脱哲学，但当魏晋士人在生活中实践玄学时，却发现很难真正做到绝对的超脱，生命苦短的遗憾则因对生死问题的深入思考而愈发困扰人心。王羲之"修短随化，终期于尽"的感叹，正是对生命流逝不可挽回的无奈与悲哀，也是当时文人共同的困惑。

王羲之（321—379），字逸少，东晋琅琊临沂（今属山东）人，后迁居会稽山阴（今浙江绍兴）。士族出身，曾任江州刺史、会稽内史、右军将军等职，世称"王右军"，著名书法家，被后人尊为"书圣"。《兰亭集序》则被称为"天下第一行书"，据说真迹被酷爱王羲之书法的唐太宗诏葬昭陵，仅有摹本传世。

永和九年①，岁在癸丑，暮春之初，会于会稽山阴之兰亭②，修禊事也③。群贤毕至，少长咸集。此地有崇山峻岭，茂林修竹，又有清流激湍，映带左右，引以为流觞曲水④，列坐其次，虽无丝竹管弦之盛，一觞一咏，亦足以畅叙幽情。

【注释】

①永和九年：公元353年。永和，东晋穆帝年号。

②会（kuài）稽山阴：会稽郡山阴县。会稽，郡名，包括今浙江西部、江苏东南部一带地方，郡治在山阴县（今浙江绍兴）。兰亭：在今绍兴西南，古有地名兰渚，渚中有亭。《水经·浙江水注》："湖口有亭，号曰兰亭，亦曰兰上里。太守王羲之、谢安兄弟数往造焉。"古亭几经迁移，今亭乃清康熙十二年（1673）重建于兰渚山麓者。

③修禊（xì）：举行春禊活动。禊，古人常在春秋两季至水边用香熏草药洗濯，以被除不祥。后来逐步演变为到水边宴饮、郊外游春一类活动。春禊在上巳日（干支纪日的阴历三月上旬第一个巳日，魏以后定为三月三日）。

④流觞（shāng）曲水：是上巳节的一种传统。觞，即羽觞，也叫双耳杯，是以木、玉、角等制成的酒杯，椭圆形，较浅，形似小船，可浮于水面。盛酒的觞随曲水漂流，遇转弯处停下，坐在岸上的人就取觞饮酒，有的还有作诗等项目。本次兰亭集会参与者中有16位没能作成诗，皆被罚酒。

【译文】

永和九年，正值癸丑年，暮春三月初旬巳日，我们聚会在会稽郡山阴县的兰亭，举行禊饮活动。众位贤者全都到会，老老少少齐集一堂。这个地方有崇山峻岭、茂密的树林和修长的翠竹，又有清澈的溪水、湍急的漩涡，如玉带般映衬左右。我们引来溪流成为弯曲回环的水道，将酒杯置于水上任其漂流，众人列坐水旁，即使没有丝竹管弦合奏的盛况，只是喝杯酒、咏首诗，也足以畅快发抒高雅的情怀。

是日也，天朗气清，惠风和畅①。仰观宇宙之大，俯察品类之盛，所以游目骋怀②，足以极视听之娱，信可乐也。

【注释】

①惠风：和风。

②游目：放眼纵观。骋怀：开畅胸怀。游目骋怀是魏晋文人常做的精神体验，指放眼自然山水，使忧思畏惧、计较得失等负面情感得到荡涤，进而使人在精神上符合"道"的规律。晋人认为这种

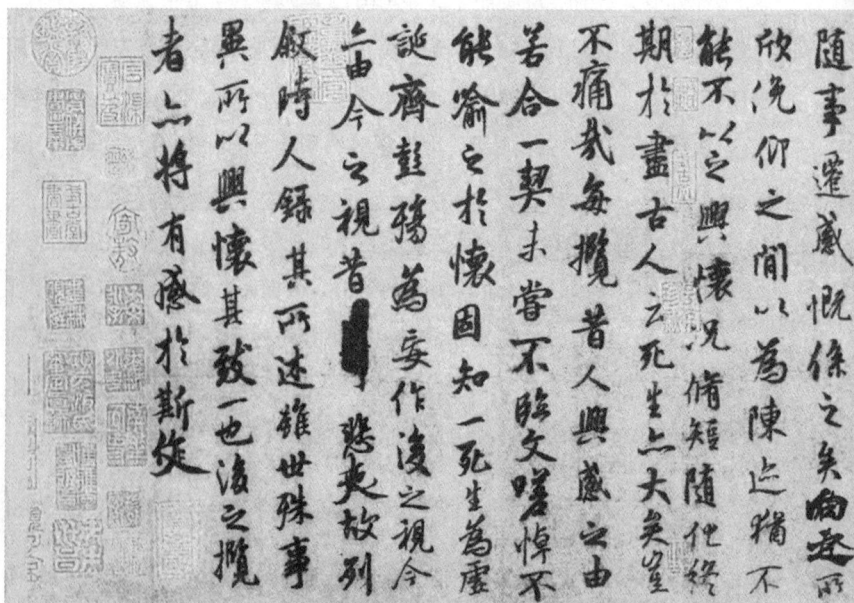

精神状态才是回归正途，人也才能在身体、精神、行事等各方面顺时顺理。

【译文】

这一天，天色朗润，空气清爽，和风习习，温煦舒畅。仰首观览阔大的宇宙，俯身察看繁盛的物类，可以放眼纵观、舒展胸怀，极尽耳目视听的欢娱，真是值得快乐的事。

夫人之相与，俯仰一世①。或取诸怀抱，悟言一室之内②；或因寄所托，放浪形骸之外③。虽趣舍万殊④，静躁不同，当其欣于所遇，暂得于己，快然自足，不知老之将至⑤；及其所之既倦⑥，情随事迁，感慨系之矣⑦。向之所欣，俯仰之间，已为陈迹，犹不能不以之兴怀⑧，况修短随化⑨，终期于尽！古人云"死生亦大矣"⑩，岂不痛哉！

唐·褚遂良摹本《兰亭集序》

【注释】

①俯仰：低头和抬头，比喻时间短暂。阮籍《咏怀》诗之三十二："去此若俯仰，如何似九秋？"

②悟言：心领神会的妙悟之言。一作"晤言"，意为"面对面谈话"。

③放浪形骸之外：行为放纵不羁，形体不受世俗礼法所拘束。形骸，指身体。语出《庄子·天地》："汝方将忘汝神气，堕汝形骸，而庶几乎？"魏晋人将其引申为"精神"的对立物，包括形体、礼法等。

④趣（qù）舍：取舍。趣，通"取"。舍，舍弃。

⑤不知老之将至：语出《论语·述而》："其为人也，发愤忘食，乐以忘忧，不知老之将至云尔。"

⑥之：到，此处引申为"经历"。

⑦系：连缀，归属。

⑧兴怀：引起感触。

⑨修短随化：人的寿命长短，随造化而定。修，长。化，大化，造化，指生死变化的自然现象或规律。

⑩死生亦大矣：语出《庄子·德充符》："仲尼曰：'死生亦大矣，而不得与之变。'"

【译文】

人们彼此亲近交往，俯首抬头之间便度过了短暂的一生。有人喜欢抒发自己的情怀抱负，与朋友在室内倾心交谈；有人将志趣寄托于外物之上，言行放纵，不拘形迹。虽然他们在人生价值的取舍上千差万别，沉静躁动的性情各不相同，但当他们欣然于眼前的得志、须臾的满足，就都会满心喜悦，别无所求，竟不知道衰老即将到来；等到他们对自己所追求的东西感到厌倦，思想感情随着情况的变迁而发生变化，就不免因之生发无限的感慨。从前那些曾经欣悦的东西，转眼之间已成历史遗迹，人们对此尚且不能不感念伤怀，更何况人寿长短听凭造化安排，终要归于穷尽呢！古人说"死生是件大事"，这怎能不让人痛心啊!

　　每览昔人兴感之由,若合一契①,未尝不临文嗟悼,不能喻之于怀②。固知一死生为虚诞③,齐彭殇为妄作④。后之视今,亦犹今之视昔,悲夫!故列叙时人,录其所述。虽世殊事异,所以兴怀,其致一也⑤。后之览者,亦将有感于斯文。

【注释】

　　①契:符契,古代的一种信物。符契上刻有文字,剖为左右两半,双方各执其一,用时将两半合对以作征信。

　　②喻:明白。

　　③一死生:把死和生看作一回事,这是《庄子》的重要思想,其"内篇"《齐物论》"方生方死,方死方生"、《德充符》"以死生为一条(相连相通)"、《大宗师》"孰知生死存亡之一体者,吾与之为友矣",都反复表达这一观念。

　　④齐彭殇(shāng):把长寿和短命等量齐观。"齐彭殇"观念出自《庄子·齐物论》:"莫寿于殇子,而彭祖为夭。"殇,夭折的孩子。彭,彭祖,传说他生活在尧、夏、商三代,因长寿而著名,据说活了八百岁。

　　⑤致:指思想的趋归。此处指"修短随化,终期于尽"。

兰亭修禊图

【译文】

　　每当看到前人兴发感慨的缘由，竟像一张符契那样吻合，我总要对着前人的文章哀伤悲叹一番，心里实在弄不明白这到底是怎么回事。我当然知道把死和生看成一回事是荒诞无稽的，把长寿和短命等量齐观是虚妄不实的。后人看待今人，也就像今人看待前人一样，这正是可悲之处！所以我要胪列与会者的姓名，记录他们所作的诗篇，尽管时代不同，事体有异，但是触发情怀的事理却是一样的。后世览阅这些诗篇的人，也会由此文而生发同样的感慨吧。

陶渊明集序

萧　统

【题解】

　　东晋大诗人陶潜（365—427）"不能为五斗米折腰"、毅然归去的潇洒转身，成为中国文化史上一个永恒的姿态。他用心灵与人格构建的宁静田园，庇护了风尘世路中一代代疲倦的旅人；他的杯中酒，浇洒过多少栖遑困惑的心灵。但在他所生活的时代，门阀士族是社会主流，庶族出身的陶潜并没有多大名气；祖述庄老、模山范水是诗坛主调，寄意田园、冲淡恬静的陶诗也并未受到重视。在追求美文的南朝，朴素隽永、质直省净的陶诗仍不符合时尚，刘勰《文心雕龙》对其只字不提，钟嵘《诗品》仅将其列为中品，《宋书》、《南齐书》列数历代名家，皆不及陶渊明。在他逝世一百年后，梁朝太子萧统搜集编定他的文集，并在序文中表达了对其人生态度的欣赏、对其诗歌魅力的推崇。这是中国文学史上第一部文人专集，生前常寂寞、死后亦沉寂的陶渊明终于等来了他的异代知己。

　　在萧统看来，陶潜不只是一个伟大的诗人，更是一个活生生的人，一个让他感慨没有机会认识的悟彻大道的人，所谓"爱嗜其文，不能释手；尚想其德，恨不同时"。既然"自然之道"是陶渊明人品与文品的核心价值，所以序文采取了由道及人、由人及文的结构。首先谈论至德大道，赞赏"与大块同荣枯"的人生态度；继而反省富贵权势中隐伏的祸患，追求"寄众事以忘情"的生活方式。这部分只字不及陶潜，却恰是对支持陶潜归隐的"富贵非吾愿，帝乡不可期"这一清醒认识的阐释，是理解陶潜作品的思想基础。至此，陶文特点已了然可解："篇篇有酒"而"其意不在酒"，仅是"寄酒为迹"；"文章不群"、"独超众类"的文品，是其"大贤笃志，与道污隆"的高标人格的自然外化；而这种外化的人格，又可以内化为净化、鼓舞读者的强大精神力量。后世无数追慕、效法陶潜的有名无名者，印证了萧统的预言。

萧统（501—531），南朝梁武帝萧衍太子，未及即位而卒，谥昭明。少有才气，酷爱读书，主持了中国第一部诗文总集《文选》的编纂。他以其短暂的一生，留给后世一部书、一个人。

夫自炫自媒者，士女之丑行①；不忮不求者②，明达之用心③。是以圣人韬光④，贤人遁世⑤，其故何也？含德之至⑥，莫逾于道⑦；亲己之切⑧，无重于身⑨。故道存而身安⑩，道亡而身害。处百龄之内⑪，居一世之中⑫，倏忽比之白驹⑬，寄寓谓之逆旅⑭。宜乎与大块而荣枯⑮，随中和而任放⑯，岂能戚戚劳于忧畏，汲汲役于人间⑰？

【注释】

①夫自炫自媒者，士女之丑行：三国魏曹植《求自试表》："夫自衒自媒者，士女之丑行也。"这大概是当时的俗语。炫，显示，夸耀。媒，引荐，推荐。士女，青年男女，有时指未婚的青年男女。

②不忮（zhì）不求者：忮，违逆。求，贪求。语出《诗经·邶风·雄雉》："不忮不求，何用不臧？"毛传："忮，害。"朱熹《诗集传》："求，贪。"

③明达之用心：明达，通达的人。用心，心中的意念。

④韬光：敛藏光彩。比喻隐藏声名才华。

⑤遁世：一作"避世"，避世隐居。

⑥含德：怀藏道德。语出《老子》："含德之厚，比于赤子。"

⑦道：宇宙万物的本原、本体。《易·系辞上》："一阴一阳之谓道。"韩康伯注："道者，何无之称也，无不通也，无不由也，况之曰道。"《老子》："有物混成，先天地生……吾不知其名，字之曰道，强为之名曰大。"

⑧切：深，深切。

⑨身：生命。

⑩安：安全，平安，与"危"相对。《易·系辞下》："君子安而不

忘危，存而不忘亡，治而不忘乱，是以身安而国可保也。"

⑪处：处在，处于。百龄：人的一生。《古诗十九首》："生年不满百，常怀千岁忧。"

⑫一世：一生，一辈子。《史记·魏豹列传》："一生一世间，如白驹过隙耳。"

⑬倏忽：顷刻，指极短的时间。白驹："白驹过隙"的省称。《庄子·知北游》："人生天地之间，若白驹之过郤，忽然而已。"成玄英疏："白驹，骏马也，亦言日也。"陆德明释文："郤，本亦作隙。隙，孔也。"

⑭寄寓谓之逆旅：以旅店比喻世间，人生如过客，用以喻人生匆遽短促。《庄子·知北游》："悲夫，世人直为物逆旅耳！"《尸子》："老莱子曰：人生于天地之间，寄也，寄者固归也。"陶潜《自祭文》："陶子将辞逆旅之馆，永归于本宅。"寄寓，借住，暂居。逆旅，客舍，旅馆。逆，迎。

⑮宜：当然，无怪，表示事情本当如此。大块：大自然，大地。《庄子·齐物论》："夫大块噫气，其名为风。"成玄英疏："大块者，造物之名，亦自然之称也。"荣枯：草木茂盛与枯萎。一作"盈虚"。

⑯中和：儒家"中庸"之道的主要内涵。是通过修养可以达到的完美境界。《礼记·中庸》："喜怒哀乐之未发谓之中，发而皆中节谓之和。"任放：放纵任性。一作"放荡"。

⑰岂能戚戚劳于忧畏，汲汲役于人间哉：古人常将"戚戚"与"汲汲"连用。如《汉书·扬雄传上》："少嗜欲，不汲汲于富贵，不戚戚于贫贱。"陶潜《五柳先生传》："不戚戚于贫贱，不汲汲于富贵。"戚戚，忧惧貌，忧伤貌。《论语·述而》："君子坦荡荡，小人长戚戚。"何晏集解引郑玄曰："长戚戚，多忧惧。"劳，忧愁，愁苦。汲汲，心情急切的样子，引申为急切追求。《庄子·盗跖》："子之道狂狂汲汲，诈巧虚伪事也。"役，役使，差遣。陶潜《归去来兮辞》："既自以心为形役，奚惆怅而独悲？"

48

【译文】

　　自我炫耀、自我推荐，是未婚男女的丑恶行径；不违逆、不贪求，是通达之人心中的意念。所以圣人敛藏光华，贤人避世隐居，原因是什么呢？最高的德行，无过于领悟玄妙精深的大道；对自己的关切，最重要的莫过于珍视生命。所以大道存且依道而行生命就能平安，大道亡且违道而动生命就受戕害。人在百年之内、一生之中，时间快得像白驹过隙，暂居世间像借住旅馆，当然要与大自然一同繁盛枯萎，随顺中正平和的原则任性不拘，哪能因为忧虑畏惧而终日愁苦，哪能被急切的追求役使着奔波于人间呢？

　　齐讴赵女之娱①，八珍九鼎之食②，结驷连镳之游③，佩袂执圭之贵④，乐既乐矣，忧亦随之，何倚伏之难量⑤，亦庆吊之相及⑥！智者贤人居之，甚履薄冰⑦；愚夫贪士竞之⑧，若泄尾闾⑨。玉之在山，以见珍而招破⑩；兰之生谷，虽无人而犹芳⑪。故庄周垂钓于濠⑫，伯成躬耕于野⑬；或货海东之药草⑭，或纺江南之落毛⑮。譬彼鸳雏，岂竞鸢鸱之肉⑯；忧斯杂县，宁劳文仲之牲⑰！至于子常、宁喜之伦⑱，苏秦、卫鞅之匹⑲，死之而不疑⑳，甘之而不悔。主父偃言："生不五鼎食，死则五鼎烹。"㉑卒如其言，岂不痛哉㉒！又楚子观周，受折于孙满㉓；霍侯骖乘，祸起于负芒㉔。饕餮之徒㉕，其流甚众。唐尧四海之主，而有汾阳之心㉖；子晋天下之储，而有洛滨之志㉗。轻之若脱屣㉘，视之若鸿毛㉙，而况于他乎？是以志人达士㉚，因以晦迹㉛，或怀鳌而谒帝㉜，或被褐而负薪㉝，鼓楫清潭㉞，弃机汉曲㉟。情不在于众事，寄众事以忘情者也㊱。

【注释】

　　①齐讴赵女之娱：指音乐美色的享受。齐讴，齐地之歌。讴，徒歌，齐声歌唱。赵女，古代赵国多美女，这里指声色之娱。《古诗十九

首》：“燕赵多佳人，美者颜如玉。”

②八珍九鼎之食：指丰盛精美的食物。九，多。鼎，古代炊器，又为盛熟牲之器。

③结驷连镳之游：一作“结驷连骑之荣”。结驷，用以指乘驷马高车之显贵。驷，古代一车套四马，因以称驾一车之四马或四马所驾之车。陶潜《扇上画赞》：“至矣於陵，养气浩然，蔑彼结驷，甘此灌园。”连镳，骑马同行。镳，马嚼子，上面可系鸾铃。

陶渊明像

④侈袂：广袖，大袖。古代官服皆为大袖，故以“侈袂”借指入仕。侈，宽大。执圭：以手持圭。古代大夫始能执圭，因以指称仕宦。圭，古代帝王诸侯朝聘、祭祀、丧葬等举行隆重仪式时所用的玉制礼器，长条形，上尖下方。其名称、大小因爵位及用途不同而异。

⑤倚伏之难量：语本《老子》五十八章：“祸兮福之所倚，福兮祸之所伏。”倚伏，意谓祸福相因，互相依存，互相转化。倚，依托。伏，隐藏。量，衡量，估计。

⑥庆吊：庆贺与吊慰，亦指喜事与丧事。及：追上，赶上。

⑦甚：超过，胜过。履薄冰：比喻戒惧敬慎的心理。语出《诗经·小雅·小旻》：“战战兢兢，如临深渊，如履薄冰。”

⑧竞之：一作“竞此”。竞，逐。

⑨尾闾：古代传说中泄海水之处。《庄子·秋水》：“天下之水，莫大于海，万川归之，不知何时止而不盈；尾闾泄之，不知何时已而不虚。”成玄英疏：“尾闾者，泄海水之所也。”尾，终了，末了，此处指在百川之下。闾，聚集。

⑩玉之在山，以见珍而招破：以璞玉雕琢后原始面貌的破坏，比喻贤人出仕，失其本色。《战国策·齐策》："（颜斶）曰：'夫玉生于山，制则破焉；非弗宝贵矣，然太璞不完。士生乎鄙野，推选则禄焉；非不得尊遂也，然而形神不全。'"招，招致，惹，一作"终"。破，剖开，分开。

⑪兰之生谷，虽无人而犹芳：以兰草不为人知却依然芬芳，比喻贤人虽因遁世而无人知晓，却因此而得以全其本性。犹，一作"自"。

⑫庄周垂钓于濠："濠"当"濮"之误。《庄子·秋水》："庄子钓于濮水，楚王使大夫二人往先焉，曰：'愿以境内累矣！'庄子持竿不顾，曰：'吾闻楚有神龟，死已三千岁矣。王巾笥而藏之庙堂之上。此龟者，宁其死为留骨而贵乎？宁其生而曳尾于涂中乎？'二大夫曰：'宁生而曳尾于涂中。'庄子曰：'往矣！吾将曳尾于涂中。'"

⑬伯成躬耕于野：《庄子·天地》："尧治天下，伯成子高立为诸侯。尧授舜，舜授禹，伯成子高辞为诸侯而耕。"伯成，伯成子高。

⑭货海东之药草：指安期生。西晋皇甫谧《高士传·安期生》："安期生者，琅琊人也，受学河上丈人，卖药海边，老而不仕，时人谓之千岁公。秦始皇东游，请与语三日三夜，赐金璧直数千万。出置阜乡亭而去，留赤玉舄为报，留书与始皇曰：'后数十年求我于蓬莱山下。'及秦败，安期生与其友蒯通交往，项羽欲封之，卒不肯受。"

⑮纺江南之落毛：指老莱子。《高士传·老莱子》："老莱子者，楚人也。当时世乱，逃世，耕于蒙山之阳。……人或言于楚王，王于是驾至莱子之门。莱子方织畚，王曰：'守国之政，孤愿烦先生。'老莱子曰：'诺。'王去，其妻樵还，曰：'子许之乎？'老莱曰：'然。'妻曰：'妾闻之，可食以酒肉者，可随而鞭棰；可拟以官禄者，可随而铁钺。妾不能为人所制者。'妻投其畚而去。老莱子亦随其妻，至于江南而止，曰：'鸟兽之毛可绩而衣，其遗粒足食也。'"

⑯譬彼鸳雏，岂竞鸢鸱（yuān chī）之肉：这两句以鸳雏无意与鸢鸱争夺腐鼠之肉类比，说明至人达士对权欲的鄙薄与厌恶。典出《庄子·秋水》："惠子相梁，庄子往见之。或谓惠子曰：'庄子来，欲代子相。'于是惠子恐，搜于国中三日三夜。庄子往见之，曰：'南

方有鸟，其名为鹓雏，子知之乎？夫鹓雏，发于南海而飞于北海，非梧桐不止，非练实不食，非醴泉不饮。于是鸱得腐鼠，鹓雏过之，仰而视之曰："吓！"今子欲以子之梁国而吓我邪？'"鸱鸮，鸱鹰。

⑰忧斯杂县，宁劳文仲之牲：这两句以臧文仲祭祀杂县类比，说明强迫至人达士出仕，只能适得其反。杂县，一作"海鸟"。《尔雅·释鸟》："爰居，杂县。"《国语·鲁语上》："海鸟曰爰居，止于鲁东门之外三日，臧文仲使国人祭之。"宁，竟，乃。文仲，即臧文仲，又名臧孙辰，春秋时鲁国正卿，权力仅次于国君。

⑱子常：子常即囊瓦，楚国令尹。楚平王卒，子常欲废太子珍（平王与秦女所生，即后来的昭王），立平王庶弟子西，被子西斥为"败亲"（败毁其父平王的名誉）、"速仇"（招至秦国讨伐楚国）、"乱嗣"（废嫡立庶，乱嗣位，扰朝纲）。子常为了得到蔡昭侯的佩玉和裘衣、唐成公的骏马，无端将二人扣押三年，招致诸侯伐楚。楚败，吴攻入郢都，昭王逃亡，几使楚国灭亡。事见《左传》昭公二十三年、二十六年及定公三年。宁喜：宁喜是卫国大夫，把持朝政。为了掩其父驱逐卫献公之罪，使卫献公回国复位，杀卫殇公剽及其子角，史载"宁喜弑其君剽"。事见《左传》襄公二十年、二十六年及二十七年。伦，辈，类。

⑲苏秦：据《史记·苏秦列传》，他曾师鬼谷子学纵横术，游说"六国从合而并力"，"为从约长，并相六国"。现代历史学家多认为这种说法有误，但他的确是战国纵横家的代表人物。卫鞅：即商鞅。战国时卫国人，姓公孙，名鞅。据《史记·商君列传》，他"少好刑名之学，事魏相公叔痤"，后入秦，说孝公"以强国之术"，受到重视，先后以左庶长、大良造主持变法，奠定了秦国富强的基础。秦孝公死后，被车裂而死。匹，志同道合的人。

⑳死之：为之而死。疑：迟疑，犹豫。

㉑生不五鼎食，死则五鼎烹：据《史记·平津侯主父列传》，主父偃以"尊立卫皇后及发燕王定国阴事"而有功，"大臣皆畏其口，赂遗累千金。人或说偃曰：'太横矣。'主父曰：'……丈夫生不五鼎食，死即五鼎烹耳。吾日暮途远，故倒行暴施之。'"主父偃，西汉武帝时

51

陶渊明集序

大夫。五鼎食，列五鼎而食，用以形容高官贵族的豪奢生活，亦喻高官厚禄。五鼎，古代行祭礼时，大夫用五个鼎，分别盛羊、豕、肤（切肉）、鱼、腊五种供品，见《仪礼》。

㉒卒如其言，岂不痛哉：主父偃后被汉武帝灭族，故曰"卒如其言"。卒，最终。痛，痛惜，怜惜，叹惜。哉，一作"矣"。

㉓楚子观周，受折于孙满：事见《左传·宣公三年》。楚庄王讨伐居于西北陆浑一带的戎人，到达洛水，陈大军于周朝边境，以炫耀武力。周定王使大夫王孙满慰劳楚军。楚庄王问夏商周相传的国宝九鼎（王权象征）的大小轻重，暗示希图取代周室之意。王孙满回答说：国家实力"在德不在鼎"。他进一步以天命压服楚王："周德虽衰，天命未改，鼎之大小，未可问也。"楚子指楚庄王，因楚是子爵，故称"楚子"。折，责难，指出别人的错误或缺点。

㉔霍侯骖乘，祸起于负芒：霍侯即西汉大臣霍光，据《汉书·霍光传》，霍光是骠骑将军霍去病同父异母弟，封博陆侯。受武帝遗诏，辅佐八岁幼主昭帝，"政事一决于光"，"威震海内"。昭帝死后，立昌邑王，后废之，立宣帝。秉政二十余年。据说"宣帝始立，谒见高庙，大将军光从骖乘，上内严惮之，若有芒刺在背。后车骑将军张安世代光骖乘，天子从容肆体，甚安近焉。及光身死而宗族竟诛，故俗传之曰：'威震主者不畜，霍氏之祸萌于骖乘。'"骖乘，陪乘或陪乘的人。

㉕饕餮（tāo tiè）：传说中一种贪残的怪物，古代钟鼎彝器上多刻其头部形状以为装饰，《吕氏春秋·先识览》："周鼎着饕餮，有首无身，食人未咽，害及其身，以言报更也。"比喻贪婪凶恶之人。

㉖唐尧四海之主，而有汾阳之心：《庄子·逍遥游》："尧治天下之民，平海内之政，往见四子（王倪、啮缺、被衣、许由）藐姑射之山，汾水之阳，窅然丧其天下焉。"唐尧，古帝名，名放勋。初封于陶，又封于唐，号陶唐氏。见《史记·五帝本纪》。汾阳之心，指超然物外的处世态度。汾阳，汾水以北的地区。

㉗子晋天下之储，而有洛滨之志：西汉刘向《列仙传·王子乔》："王子乔者，周灵王太子晋也。好吹笙作凤凰鸣，游伊洛之间。道士

浮邱公接以上嵩高山。三十余年后，求之于山上，见桓良，曰：‘告我家，七月七日待我于缑氏山巅。’至时，果乘白鹤驻山头，望之不得到，举手谢时人，数日而去。”子晋，即王子乔。储，储君，太子。

㉘轻之如脱屣(xǐ)：看轻天子之位，如同鞋子，可以随时脱掉。《淮南子·主术训》："（尧）年衰志悯，举天下而传之舜，犹却行而脱屣也。"轻，轻视，鄙视。脱屣，比喻看得很轻，无所顾恋，犹如脱掉鞋子。屣，鞋。

㉙视：看待，对待。鸿毛：鸿雁之毛，常用以比喻轻微或不足道的事物。

㉚志人：指守志隐逸之士。晋葛洪《抱朴子·逸民》："凡所谓志人者，不必在乎禄位，不必须乎勋伐也。"达士：见识高超、不同于流俗的人。《吕氏春秋·知分》："达士者，达乎死生之分。"

㉛晦迹：隐居匿迹。迹，脚印、踪迹。

㉜或怀釐(xī)而谒帝：据《庄子·天地》，尧到华地视察，华地守疆人向他提出了寿、富、多男子三个祝愿，尧都表示拒绝接受，华地守疆人认为尧只是认识到了一般贤人认识到的忧患，而没有达到圣人的无欲无求，随遇而安。釐，福。

㉝被褐而负薪：一作"披裘而负薪"。皇甫谧《高士传》："披裘公者，吴人也。延陵季子出游，见道中有遗金，顾披裘公曰：‘取彼金。’公投镰瞋目拂手而言曰：‘何子处之高而视人之卑！吾披裘而负薪，岂取遗金者哉？’季子大惊，既谢而问姓名，公曰：‘吾子皮相之士，何足语姓名也。’"

㉞鼓楫清潭：屈原《渔父》："渔父莞尔而笑，鼓枻而去，乃歌曰：‘沧浪之水清兮，可以濯吾缨；沧浪之水浊兮，可以濯吾足。’"鼓楫，划桨，划船。楫，船桨，短曰楫，长曰棹。

㉟弃机汉曲：《庄子·天地》："子贡南游于楚，反于晋，过汉阴，见一丈人方将为圃畦，凿隧而入井，抱瓮而出灌，滑滑然用力甚多而见功寡。子贡曰：‘有械于此，一日浸百畦，用力甚寡而见功多，夫子不欲乎？’……为圃者忿然作色而笑曰：‘吾闻之吾师，有机械者必有机事，有机事者必有机心。机心存于胸中则纯白不备（不具备

纯洁清白的品质），纯白不备则神生不定，神生不定者，道之所不载也。吾非不知，羞而不为也。'"弃机，消除机巧之心。机，机巧，喻指巧诈之心、机巧功利之心。

㊱寄众事于忘情者也：众事，众多的政务，亦泛指各种事情。忘情，无喜怒哀乐之情。南朝宋刘义庆《世说新语·伤逝》："圣人忘情，最下不及情，情之所钟，正在我辈。"

【译文】

齐、赵美女曼声歌唱的娱乐，各种珍馐装满九鼎的美食，驷马高车并辔同行的出游，博衣广袖以手执圭的显贵，快乐是快乐呀，可是忧虑也随之而来。祸福相因实在难以预测，庆吊相随也是那般迅速！智慧之士、贤达之人处在那种地位，比足履薄冰还要戒惧敬慎；愚昧之人、贪婪之士竞逐那种地位，就像百川赴海般争先恐后。璞玉藏在深山，因为受到珍视而招致剖解雕琢；兰草生于幽谷，虽然无人赏爱却依旧播散芬芳。所以庄周拒绝楚王聘请而垂钓于濮水之上，伯成子高辞退诸侯之位而亲自耕种于田野之间；安期生以贩卖大海

陶渊明《归去来兮辞》意境图

之东的药草为生而不出仕,老莱子纺织江南鸟兽的绒毛为衣而不做官。他们就像那高洁的凤凰,怎会与鸱鹰竞逐腐鼠之肉;又像那栖止鲁国东门的海鸟,何必烦劳臧文仲为之担忧祭祀。至于擅权弑君的子常、宁喜之类,追名逐利、身死谋败的苏秦、卫鞅之流,为权力而死毫不迟疑,心甘情愿而不知悔悟。主父偃说:“我如果活着不能享受五鼎而食的豪奢,那就让我死于五鼎而烹的酷刑好了。”他的下场竟然如其所言,难道不让人叹息吗?楚庄王陈兵周境显示实力,意欲问鼎中原,遭受王孙满的严词责难;博陆侯霍光功高震主,做汉宣帝的陪乘而使宣帝如芒刺在背,竟成为宗族覆灭之祸的根源。贪残凶恶之人,为数众多。唐尧为四海之主,却在汾水之阳萌生了遗世隐居的心意;子晋是天下储君,却怀有吹笙洛水滨、修道嵩高山的志向。他们轻弃天子之位如脱鞋般无所顾恋,看待国家权柄如鸿毛般微不足道,更何况其他东西呢?所以守志隐逸之人、达乎生死之士因此而匿迹隐居,或者如祝福尧的华地守疆人所说的至人一样无欲无求,随遇而安,或者像被裘公一样宁愿身披裘衣负薪于路而鄙视自以为是的贵人,或者像渔父一样在清潭之中划着小船歌唱,或者像汉阴

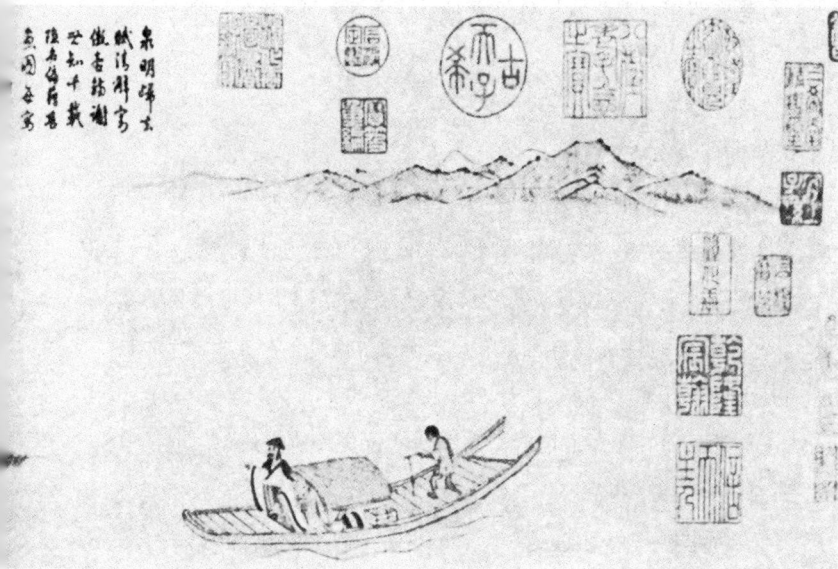

丈人一样在汉水之曲鄙弃机巧之心。他们的情志不在这些事物，只不过在这些事物中寄寓超脱喜怒哀乐的情怀罢了。

有疑陶渊明诗篇篇有酒①，吾观其意不在酒②，亦寄酒为迹者焉③。其文章不群④，词彩精拔⑤，跌宕昭彰⑥，独超众类⑦；抑扬爽朗⑧，莫之与京⑨。横素波而傍流⑩，干青云而直上⑪。语实事则指而可想⑫，论怀抱则旷而且真。加以贞志不休⑬，安道苦节⑭，不以躬耕为耻，不以无财为病⑮。自非大贤笃志⑯，与道污隆⑰，孰能如此乎？

【注释】

①疑：怪异，引申为责怪。陶潜《饮酒》诗之九："壶浆远见候，疑我与时乖。"

②意：意志，愿望，亦引申为志向。

③迹：形迹，行动。

④不群：不平凡，高出于同辈。群，众人。

⑤词彩：辞章的文采。

⑥跌宕昭彰：文章的气势纵放不拘，文意鲜明。《后汉书·孔融传》："跌荡放言。"

⑦独：独特，特别。

⑧抑扬：文气起伏。

⑨莫之与京：语出《左传·庄公二十二年》："八世之后，莫之与京。"孔颖达疏："莫之与京，谓无与之比大。"京，大，盛。

⑩横素波而傍流：此句化用汉武帝《秋风辞》"横中流兮扬素波"，说陶渊明的诗文汪洋洒脱。横，横渡，横越。素波，白色的波浪。傍，顺着，沿着。

⑪干青云而直上：此句是说陶渊明的诗文气韵充沛。干，犯。青云，高空的云，亦借指高空。

⑫语实事则指而可想：实事，真实存在的事物或情况。指，旨意，意向。一作"诣"，意为"符合"，似正切此处文意。

⑬贞志：坚贞的心志，引申为砥砺志向使其坚贞。不休：不停止，不罢休。

⑭安道：安于圣道。安，对某种环境、事物感到安适或习惯。苦节：原意为俭约过甚。后以坚守节操、矢志不渝为"苦节"。

⑮不以无财为病：《庄子·让王》：原宪贫穷，子贡曰："嘻！先生何病？"原宪应之曰："宪闻之，无财谓之贫，学而不能行谓之病。今宪贫也，非病也。"病，一义为艰难困苦。子贡问原宪"先生何病"，使用的是这一意义；一义为耻辱，以为羞辱。原宪答子贡"学而不能行谓之病"，使用的是第二义。本文所用亦为第二义。

⑯大贤：才德超群的人。笃志：专心一志，立志不变。语出《论语·子张》："子夏曰：'博学而笃志，切问而近思，仁在其中矣。'"

⑰与道污隆：随着世道盛衰而伸屈。污隆，升与降，常指世道的盛衰或政治的兴替。污，本义为低洼，引申为衰退、衰落。隆，本义为突起，引申为盛大、兴盛。语出《礼记·檀弓上》："吾先君子无所失道，道隆则从而隆，道污则从而污。"

陶渊明集序

【译文】

有人责怪陶渊明的诗篇篇有酒，我看他的志向并不在酒，也只是在酒中寄寓形迹而已。他的文章高出同辈，辞章文采精妙超拔，气势纵放不拘，文意鲜明显著，风格独特超出众人；文气起伏爽朗，无人堪与匹敌。他的文章如横舟白浪顺流而下，如高入云霄直上九天。描述客观存在的事物则真实可想，谈论自己的胸怀抱负则旷达率真。加上砥砺志向，从无休止；安于圣道，坚守节操；不以亲身耕作为耻，不以没有钱财为辱。如果不是才德超群之人立志不移，随着世道盛衰而伸屈，谁能达到这种境界呢？

余爱嗜其文，不能释手①；尚想其德②，恨不同时。故更加搜求，粗为区目。白璧微瑕者，唯在《闲情》一赋③，扬雄所谓"劝百而讽一"者④，卒无讽谏⑤，何必摇其笔端⑥？惜哉，无是可也⑦。并粗点定其传⑧，编之于录。尝谓有能读渊明之文者⑨，驰竞之情遣⑩，鄙吝之意祛⑪，贪夫可以廉，懦夫可以立⑫，岂止仁义可蹈，抑乃爵禄可辞⑬！不必复傍游太华、远求柱史⑭，此亦有助于讽教尔。

【注释】

①释手：放手。前面多加否定词，表示对某事物十分爱好。

②尚：仰慕。

③白璧微瑕者，唯在《闲情》一赋：《闲情赋》当为渊明少壮闲居时模拟前人之作，历来对之诠释不同、评价不一。其主观动机应为防闲爱情流荡，然多所铺陈，客观效果与主观动机不尽吻合。

④扬雄所谓"劝百而讽一"者：扬雄《法言·吾子》："或曰：'赋可以讽乎？'曰：'讽乎！讽则已，不已，吾恐不免于劝也。'"《史记·司马相如列传》："扬雄以为靡丽之赋，劝百风一，犹驰骋郑卫之声，曲终而奏雅，不已亏乎？"劝百而讽一，指赋虽意在讽谏，但终因奢靡之辞多而掩其意。后用以形容规讽正道的言辞远远及不上劝诱奢靡的言辞，本意使人警戒，结果适得其反。劝，劝导，劝说。讽，用委婉的语言暗示、劝告或讥刺、指责。

⑤卒：一作"幸"。

⑥摇其笔端：摇笔，动笔，谓写字作文。

⑦可：适宜，相宜。

⑧并粗点定其传：萧统曾写有《陶渊明传》。点定，修改使成定稿。

⑨读：阅读，引申为鉴戒、借鉴。

⑩驰竞：奔竞，追逐名利。情：意愿，欲望。遣：排除，抒发；一作"远"。

⑪鄙吝：形容心胸狭窄。吝，贪婪，鄙俗。意：胸怀，内心。祛：开，消散。

⑫贪夫可以廉，懦夫可以立：语出《孟子·万章下》："故闻伯夷之风者，顽夫廉，懦夫有立志。"贪夫、顽夫意同，都指贪婪的人。

立，坚强独立。

⑬岂止仁义可蹈，抑乃爵禄可辞：蹈，履行，遵循。抑，而且。乃，而，又。辞，推辞，辞谢。

⑭不必复傍游太华、远求柱史：指刻意地求仙访道。六朝士人追求辞爵谈玄的清高，以游赏名山，读道家经典为风尚。傍，旁边，侧近。太华，山名，即西岳华山，在陕西华阴南，因其西有少华山，故称太华。传为神仙家修炼成仙的地方。阮籍《咏怀》："愿登太华山，上与松子游。"柱史，即柱下史。相传老子曾为周朝柱下史，后以"柱下"为老子或老子《道德经》的代称。

【译文】

我喜爱他的文章，以致不能离手；仰慕他的德行，遗憾不能生于同时。因此进一步搜集寻找，粗略划分目录。美中不足的只有一篇《闲情赋》，就像扬雄所说的"劝百而讽一"，最终未能显示讽谏之意，又何必动笔写作呢？可惜啊，没有这篇赋就好了。我还粗略修定他的传记，编进文集里。我曾经说：如果有人能够借鉴渊明的文章，那么追逐名利的情志可以排遣，狭窄鄙俗的心胸可以放开，贪婪之人可以清廉，怯懦之人可以独立，岂止能够遵循仁义之道，而且能够辞谢爵位俸禄。不必登上太华山与赤松子同游，不必远行向柱下史老子求教，陶渊明的文章也是有助于讽喻教化的啊。

张中丞传后叙

韩 愈

【题解】

宋末宰相文天祥曾说：当他被元军挟持北行，之所以隐忍不死，因为"昔人云'将以有为也'"；他在元大都的土牢里写作《正气歌》，是为说明天地正气支持着他的羸弱之躯。这种浩然正气曾一次次在危难时刻化为名垂丹青的铮铮铁骨，"张睢阳齿"即为其中之一。曾经鼓舞了文天祥的"昔人"与"张睢阳"，就是安史之乱中以死守城的南霁云和张巡。

玄宗天宝十四年（755）安禄山在范阳起兵，仅用一个月便攻占洛阳，自称大燕皇帝。仓促集结的唐军逐渐形成两个战场，一是牵制叛军西进政治中心长安，一是阻止叛军南下经济中心江淮。张巡领导的雍丘—宁陵—睢阳战役，自756年年初坚持到757年年末，在长安失陷、玄宗逃亡、胡羯方炽的艰难混乱中，始终扼守汴、淮交通要冲，成为阻遏叛军南下的主力。睢阳血战是安史之乱中最为惨烈的战役，据说张巡督战时嚼齿皆碎，坚持十个月后，终因城孤势蹙、人困食竭而失守，张巡与部将36人英勇就义，睢阳太守许远被杀害于解往洛阳的途中。张巡的好友李翰曾经撰写《张巡传》进献朝廷，褒扬其舍身卫国的事迹。

可悲的是，英雄身后亦难免遭人非议。当战乱创痛渐渐淡漠，有人竟以"死守睢阳，伤亡惨重"质疑巡、远二人的战略决策，更有人以"屈节投降"、"守城不力"向许远泼倒污水，这真是人性的悲哀。在二人死难整整半个世纪后，韩愈为李翰《张巡传》写下这篇《后叙》，既痛斥出于种种动机的流言谬论，又补叙张巡、许远与南霁云磊落感人、生动亲切的桩桩轶事，让一度污损的英雄形象重现日月般的光辉，令人千载之下犹能感受其凛然生气。

韩愈(768—824)被苏轼誉为"文起八代之衰，道济天下之溺"，是中唐古文运动的杰出领袖，其文章以"气盛"著称。这篇《后叙》"补记载之遗落，暴赤心之英烈"，不仅使其传述的英雄永垂不朽，文章本身亦可不朽。晚唐宣宗时张巡、许远和南霁云的画像被置于凌烟阁，作为李唐王室功臣受人膜拜，曾以如椽巨笔为其辩诬立传的韩愈，实亦可为英雄之功臣、正气之功臣。

　　元和二年四月十三日夜①，愈与吴郡张籍阅家中旧书②，得李翰所为《张巡传》③。翰以文章自名④，为此传颇详密。然尚恨有阙者⑤：不为许远立传⑥，又不载雷万春事首尾⑦。

【注释】

①元和二年：公元807年。元和，唐宪宗李纯的年号。

②张籍（约767—约830）：字文昌，原籍吴郡（今属江苏苏州），迁居和州乌江（今安徽和县）。唐代诗人，韩愈的学生和朋友，与白居易亦有交往，是中唐时期新乐府运动的积极支持者和推动者。

③李翰（生卒年不详）：字子羽，赵州赞皇（今河北元氏）人，天宝年间登进士第，代宗时官至翰林学士。与张巡友善，客居睢阳时，曾亲见张巡战守事迹。张巡死后，有人诬其降贼，李翰因撰《张巡传》（亡佚）上肃宗，并有《进张中丞传表》。张巡（708—757），祖籍蒲州河东（今山西芮城），生于河南南阳（今邓州）。博览群书，落笔成章，有才干，讲气节，倾财好施，扶危济困。开元二十四年（736）以第三名进士及第，初授太子通事舍人。天宝中调授清河（今河北清河）令，政绩考核最优，然因不愿阿附权贵而迁真源（今河南鹿邑）县令。安史之乱初期，誓死守卫睢阳（今河南商丘），虽为文官，精通兵法，屡败叛军，终因寡不敌众而城破被杀。此前，朝廷嘉奖其英勇抗敌，先授其为礼部主客郎中，后封御史中丞。张巡就义后，肃宗封赠其扬州大都督，诏封邓国公。

④翰以文章自名:《旧唐书·文苑传》有李翰的传记,称"为文精密,用思苦涩"。自名,因自己在某一方面有所成就而闻名。

⑤恨:遗憾。阙:缺误,疏失。

⑥许远(709—757):字令威,杭州盐官(今浙江海宁)人。安史乱时,任睢阳太守,后与张巡合守孤城,城陷后被掳往洛阳,至偃师被害。

⑦雷万春:张巡部下勇将。按,此当是"南霁云"之误,如此方能与后文相应。首尾:事情的经过始末。

【译文】

元和二年四月十三日夜,我和吴郡人张籍翻阅家中的旧书,看到李翰撰写的《张巡传》。李翰因善写文章而知名,这篇传记写得颇为详细周密。然而可惜还有不足之处:没有替许远立传,又没有记载雷万春事迹的始末经过。

远虽材若不及巡者①,开门纳巡②,位本在巡上,授之柄而处其下③,无所疑忌,竟与巡俱守死,成功名,城陷而虏,与巡死先后异耳④。两家子弟材智下⑤,不能通知二父志⑥,以为巡死而远就虏,疑畏死而辞服于贼⑦。远诚畏死,何苦守尺寸之地,食其所爱之肉⑧,以与贼抗而不降乎?当其围守时,外无蚍蜉蚁子之援⑨,所欲忠者,国与主耳,而贼语以国亡主灭,远见救援不至,而贼来益众,必以其言为信。外无待而犹死守,人相食且尽,虽愚人亦能数日而知死处矣,远之不畏死亦明矣!乌有城坏、其徒俱死⑩,独蒙愧耻求活?虽至愚者不忍为。呜呼!而谓远之贤而为之邪?

【注释】

①材:才能,才干。

②开门纳巡:唐肃宗至德二年(757)正月,叛军安庆绪部将尹

张中丞传后叙

子奇以十三万兵围睢阳，许远向张巡告急，张巡自宁陵率军进入睢阳城。纳，接纳。

③柄：权柄。

④城陷而虏，与巡死先后异耳：至德二年十月睢阳陷落，张巡、许远被俘。张巡与部将被斩，许远被送往洛阳邀功，在安庆绪兵败渡河北走时，遭杀害。

⑤两家子弟材智下：据《新唐书·许远传》，安史之乱平定后，代宗大历（766—779）年间，张巡之子张去疾轻信小人挑拨，上书代宗，谓城破后张巡等被害，惟许远独存，是屈降叛军，请追夺许远官爵。代宗诏令张去疾与许远之子许岘及百官议论此事。"两家子弟"即指张去疾和许岘。下，低下。

⑥通知：通晓。

⑦辞服：认罪屈服。

⑧食其所爱之肉：尹子奇围睢阳时，城中粮尽，"初杀马食，既尽，而及妇人老弱，凡食三万口"。张巡曾杀爱妾、许远曾杀奴仆以充军粮。

⑨蚍蜉（pí fú）：黑色大蚁。蚁子：幼蚁。

⑩乌：何，哪里。徒：步兵，此处泛指兵卒、部下。

安禄山反叛兵戈举

【译文】

许远虽然才能似乎比不上张巡，但他打开城门，接纳张巡共守睢阳，地位本来在张巡之上，却把权柄交给他，自愿受他指挥，没有什么猜疑和妒忌，最后和张巡一起守城，一起死难，建立功名，由于城池沦陷而被俘虏，和张巡的死只是先后不同时罢了。许、张两家的子弟才能智识低下，不能透彻理解许远、张巡的志向。张家子弟认为张巡战死而许远受虏不死，怀疑他因为怕死而投降了叛贼。许远果真怕死的话，又何必要死守小小的睢阳城，把自己的僮仆杀了给士兵充饥，以此与敌军抗战而不投降呢？当他们被敌军包围、困守孤城之时，城外绝无援兵，他们所要效忠的只是国家和君主罢了，但是叛军告诉他们唐朝已经灭亡、君主已经死了，许远看见救兵不来，叛军却越来越多，一定认为敌人的话是真的。等不到外来救兵尚且死守城池，人吃人也快吃完了，即便傻瓜也能数着日子算出死亡的期限。由此看来，许远的不怕死也就很明白了。哪有城池失陷了、部下死光了，他自己却能独自含羞忍辱、苟且偷生呢？即使是最愚蠢的人也不肯这么做。唉！难道说许远这样贤明的人会做这样的事吗？

　　说者又谓①：远与巡分城而守，城之陷，自远所分始②。以此诟远③，此又与儿童之见无异。人之将死，其藏腑必有先受其病者④；引绳而绝之⑤，其绝必有处。观者见其然，从而尤之⑥，其亦不达于理矣！小人之好议论，不乐成人之美⑦，如是哉！如巡、远之所成就，如此卓卓⑧，犹不得免，其他则又何说！

【注释】

　　①说者：议论的人。说，评议，评论。

　　②远与巡分城而守，城之陷，自远所分始：757年八月，睢阳城内士卒仅余六百人。张巡与许远分兵守城，巡守东北，远守西南。城破时叛军先从西南处攻入，故有此说。

　　③诟：诽谤。

　　④藏腑：即脏腑，中医总称人体内部的器官。病：害。

　　⑤引：拉。绝：断。

　　⑥尤：责怪。

　　⑦小人之好议论，不乐成人之美：语本《论语·颜渊》："君子成

张中丞传后叙

人之美，不成人之恶，小人反是。"

⑧卓卓：特立，高超出众。

【译文】

谈论的人又说：许远和张巡分别守城，城池失陷是从许远所分担的西南面开始。拿这一事件来诽谤许远，这又和儿童的见识没有差别了。人快死了，他的内部器官必定有某个部位最先受到侵害；用力拉绳子要把它拉断，绳子必定从某个地方最先断开。观察的人看到情况是这样，因而就责怪先受侵害的那个脏器、先断开的那段绳子以及先被攻破的那部分城防，他们也太不明白事理了！小人喜欢说三道四，不乐意成全别人的美德，竟然到了这个地步啊！像张巡、许远对国家做出的贡献是如此卓越，还不能免于遭受指摘，其他普通人遭人飞短流长，又有什么可说的呢？

　　当二公之初守也，宁能知人之卒不救①，弃城而逆遁②？苟此不能守，虽避之他处，何益？及其无救而且穷也③，将其创残饿羸之余④，虽欲去，必不达。二公之贤，其讲之精矣⑤！守一城，捍天下，以千百就尽之卒，战百万日滋之师，蔽遮江淮，沮遏其势⑥，天下之不亡，其谁之功也⑦！当是时，弃城而图存者，不可一二数⑧；擅强兵坐而观者，相环也⑨。不追议此⑩，而责二公以死守，亦见其自比于逆乱⑪，设淫辞而助之攻也⑫。

【注释】

①宁：岂，难道。卒：终于，最后。

②逆：事先。遁：逃跑。

③且：将。穷：困厄。

④将：率领。羸(léi)：衰病，瘦弱，困惫。

⑤讲：谋划。精：精密，严密。

⑥蔽遮江淮，沮遏其势：蔽遮，庇护，掩护。沮遏，阻挠遏制。

⑦其：助词，用于疑问代词的前后，起强调作用。

⑧弃城而图存者，不可一二数：安禄山起兵时，唐朝承平日久，民不知战，河北州县望风瓦解，县令、太守或逃或降，叛军从范阳至洛阳，很少遇到实质性抵抗。

⑨擅强兵坐而观者，相环也：睢阳被围后，御史大夫贺兰进明接替虢王李巨担任河南节度使，屯兵临淮，许叔冀在谯郡，尚衡在彭城，三人皆对睢阳战况拥兵观望，不施援手。擅，占有，据有。

⑩追议：事后评议。

⑪逆乱：指安史叛军。

⑫设：设想，谋划。淫词：荒谬的言词。

【译文】

当张、许二公初守睢阳之时，怎能料到人家始终不来救援，因而放弃睢阳、事先退走呢？如果这座城守不住，即使退避到别的地方，又有什么好处？等到确无救兵、行将穷途末路之时，率领着他们那些因受伤而残废、因挨饿而疲弱的余部，即便想撤离睢阳，也肯定是办不到了。张、许二公有德有才，他们对此早就谋划考虑得精审严密了。坚守一座城池，保卫天下山河，凭借千百名行将死亡的士兵，抵挡上百万日益增多的敌军，掩护江淮重要经济后方，阻遏叛军进攻的兵势，唐王朝没有灭亡，这是谁的功劳啊！在当时，丢弃城池以求自保的人，不是一个两个；手握强兵却坐视不救的人，环绕在睢阳周围。这些人不去追论评议这些逃跑者、坐观者，却拿誓死守卫睢阳这一决策来责难张、许二公，也就可见他们是把自己比同叛逆，制造邪说来帮助叛敌攻击张、许二公了。

愈尝从事于汴、徐二府①，屡道于两府间②，亲祭于其所谓双庙者③。其老人往往说巡、远时事云：

【注释】

①从事：任职，唐时称幕僚为从事。韩愈25岁考中进士后，三试

博学鸿词科不成，曾先后赴汴州（治所在今河南开封）董晋、徐州张建封（治所在今江苏徐州）两节度使幕府任推官之职。

②道：经过。

③双庙：张巡、许远死后，后人在睢阳立庙祭祀，称为双庙。

【译文】

我曾在汴州、徐州二府做过幕僚，多次来往于两府之间，曾经亲自到睢阳人所说的"双庙"祭奠。当地老人常常说起张巡、许远守卫睢阳时的事迹。

南霁云之乞救于贺兰也，贺兰嫉巡、远之声威功绩出己上，不肯出师救①；爱霁云之勇且壮，不听其语，强留之，具食与乐，延霁云坐②。霁云慷慨语曰："云来时，睢阳之人，不食月余日矣！云虽欲独食，义不忍；虽食，且不下咽！"因拔所佩刀，断一指，血淋漓，以示贺兰。一座大惊，皆感激③，为云泣下。云知贺兰终无为云出师意，即驰去。将出城，抽矢射佛寺浮图④，矢着其上砖半箭，曰："吾归破贼，必灭贺兰！此矢所以志也。"愈贞元中过泗州⑤，船上人犹指以相语。

【注释】

①自"南霁云"至"不肯出师救"三句：南霁云（？—757），魏州顿丘（今河南清丰西南）人。安禄山反叛，被遣至睢阳与张巡议事，为张所感，留为部将，屡建奇功。贺兰指贺兰进明，时为御史大夫、河南节度使，驻节临淮一带。757年八月，张巡派南霁云率骑兵三十人突围，向贺兰求救。贺兰以"今日睢阳不知存亡，兵去何益"加以搪塞，南霁云说"睢阳若陷，霁云请以死谢大夫"，并说"睢阳既拔，即及临淮，譬如皮毛相依，安得不救"。贺兰最终拒不发兵。

②具食与乐，延霁云坐：具，准备。延，请。

③感激：感奋激发。

④浮图:梵语Buddha的音译,指佛塔。

⑤贞元:唐德宗李适年号(785—805)。泗州:唐属河南道,州治在临淮(今江苏泗洪东南),当时贺兰屯兵于此。

【译文】

南霁云向贺兰进明请求救援,贺兰嫉妒张巡、许远的名声威望、功劳业绩超过自己,不肯出兵援救;又喜欢南霁云的英勇与豪壮,不听他求救的言辞,硬要他留在自己身边,准备了酒食与歌舞,邀请南霁云入座。南霁云情绪激昂地说:"我南霁云来的时候,睢阳城里的人已经一个多月没东西吃了!我即使想一个人吃,道义上也不忍心这样做;即使吃了,也咽不下去!"于是抽出随身佩刀砍断一只手指,鲜血淋漓,给贺兰看。满座之人极为震惊,都受其感奋激发,为他流下眼泪。南霁云明白贺兰终究没有为自己发兵的想法,就飞马离去了。快要出城,抽出一支箭射向佛寺高塔,箭头有一半射进塔砖里,说:"我回去击破叛贼,一定回来灭掉贺兰!这一支箭就作为我誓言的标志!"我在贞元年间路过泗州,船上的人还指着曾经中箭的塔砖,告诉我当年的情形。

城陷,贼以刃胁降巡,巡不屈,即牵去,将斩之。又降霁云,云未应。巡呼云曰:"南八①,男儿死耳,不可为不义屈!"云笑曰:"欲将以有为也②。公有言,云敢不死③!"即不屈。

【注释】

①南八:南霁云排行第八,故称。以行第(排行)相互称呼是唐人习惯,这种行第不按一父所生的兄弟长幼次序计算,而是据曾祖所出而定。后人阅读、研究唐代诗文、历史,碰到这种复杂的行第称呼,可以通过岑仲勉《唐人行第录》查对本名。

②有为:有所作为。

③敢:岂敢。

【译文】

睢阳城陷落时,叛贼用刀威逼张巡投降,张巡不屈服,随即被拉走,将要斩首。又威逼南霁云投降,南霁云没有回答。张巡对南霁云高呼道:"南八,大丈夫一死罢了,不能屈从不义之人!"南霁云笑着回答说:"我原想留一条命,有所作为。现在您说这话,我岂敢不死!"于是就不屈而死。

张籍曰:有于嵩者,少依于巡①。及巡起事②,嵩常在围中③。籍大历中于和州乌江县见嵩④,嵩时年六十余矣。以巡,初尝得临涣县尉⑤,好学,无所不读。籍时尚小⑥,粗问巡、远事,不能细也。云:

【注释】

①依:依附,托身。

②起事:起兵,指张巡脱离投降叛军的谯郡太守杨万石管辖,在真源宣布起兵讨叛。

③常:通"尝",曾经。

④大历:唐代宗李豫年号(766—779)。和州乌江县:在今安徽和县东北。

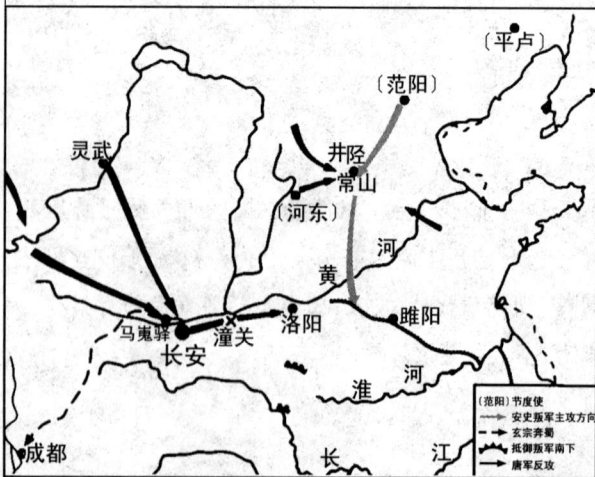

安史之乱形势图

⑤以巡，初尝得临涣县尉：张巡死后，朝廷封赏他的亲戚、部下，于嵩因此得官。以，因为。临涣，地名，故城在今安徽宿县西南。

⑥籍时尚小：张籍约生于767年，算到大历下限，也只有13岁左右。

【译文】

张籍说：有个名叫于嵩的人，年轻时跟随张巡做事。等到张巡起兵讨叛时，于嵩也曾身在围城之中。张籍大历年间在和州乌江县见过于嵩，于嵩当时已经六十多岁了。由于张巡的功绩，他当初曾得到临涣县尉的职位，喜欢学习，博览群书。张籍当时年纪还小，只粗略地打听过张巡和许远的事情，了解得不够详细。他说：

巡长七尺余，须髯若神①。尝见嵩读《汉书》，谓嵩曰："何为久读此？"嵩曰："未熟也。"巡曰："吾于书读不过三遍，终身不忘也。"因诵嵩所读书，尽卷不错一字。嵩惊，以为巡偶熟此卷，因乱抽他帙以试②，无不尽然。嵩又取架上诸书试以问巡，巡应口诵无疑③。嵩从巡久，亦不见巡常读书也。为文章，操纸笔立书，未尝起草④。初守睢阳时，士卒仅万人⑤，城中居人户，亦且数万。巡因一见问姓名，其后无不识者。巡怒，须髯辄张。及城陷，贼缚巡等数十人坐，且将戮。巡起旋⑥，其众见巡起，或起或泣。巡曰："汝勿怖！死，命也。"众泣，不能仰视。巡就戮时，颜色不乱⑦，阳阳如平常⑧。

【注释】

①七尺：唐代尺有大小二种，小尺一尺约24.5厘米，大尺一尺约为29.6厘米。须髯：络腮胡子。

②帙（zhì）：古代包裹竹简、帛书或书籍的套子，多以布帛制成。也指书本。

③疑：迟疑，犹豫。

④为文章，操纸笔立书，未尝起草：《刘宾客嘉话录》载："张

巡之守睢阳，玄宗已幸蜀，胡羯方炽，城孤势蹙，人困食竭，以纸布切煮而食之，时以茶汁和之，而意自如。其《谢加金吾将军表》曰：'想峨嵋之碧峰，豫游西蜀；追绿耳于玄圃，保寿南山。逆贼禄山，迷逆天地，戮辱黎献，膻臊阙庭。臣被围四十七日，凡一千二百余阵。主辱臣死，当臣致命之时；恶稔罪盈，是贼灭亡之日。'其忠勇如此。又激励将士，尝赋诗曰：'接战春来苦，孤城日渐危。合围侔月晕，分守效鱼丽（按：鱼丽阵，古代战阵名）。屡厌黄尘起，时将白羽挥。裹疮犹出阵，饮血更登陴。忠信应难敌，坚贞谅不移。无人报天子，心计欲何施。'又《夜闻笛》诗曰：'岧峣试一临，虏骑俯城阴。不辨风尘色，安知天地心。营开星月近，战苦阵云深。旦夕更楼上，遥闻横笛吟。'时雍丘令令狐潮以书劝诱，不纳。其书有曰'宋七昆季、卫九诸子，昔断金成契，今乃刎颈相图'云云。"

⑤仅（jìn）：几乎，接近。

⑥旋：小便。

⑦颜色：表情，神色。

⑧阳阳：安详的样子。

【译文】

张巡身高七尺有余，长着络腮胡子，如同神明一般威武。他曾经看到于嵩在读《汉书》，对他说："为何总是读这一部书呢？"于嵩说："还没读熟呢。"张巡说："我读书不超过三遍，终生不会忘记。"于是背诵于嵩正读的那卷书，背诵整卷都没错一个字。于嵩很惊讶，以为张巡碰巧熟读过这一卷，于是随意抽出其他卷帙来检试他，没有一卷不是这样。于嵩又从书架上取出另外一些书，试着拿来考问张巡，张巡随声背诵，毫不迟疑。于嵩跟随张巡很长时间，也没见张巡经常读书。张巡做文章时，拿起纸笔就写，从来不打草稿。开始驻守睢阳时，士兵将近一万人，城里居住的百姓也有几万。张巡通过见一面，问过姓名，以后碰见便没有不认识的。张巡发起怒来，络腮胡子就会张开。等到睢阳失陷，叛贼捆绑起张巡等几十个人，让他们坐等，将要杀掉。张巡起身小便，他的部下看到张巡站起来，有人

站起来，有人掉眼泪。张巡说："你们别害怕，死是命中注定的。"众人悲泣得不忍心仰起头来看他。张巡被杀时，神色不变，和平常日子一样安详。

远，宽厚长者^①，貌如其心。与巡同年生，月日后于巡，呼巡为兄，死时年四十九。

【注释】

①长者：指德高望重的人。

【译文】

许远是位宽大厚道、德高望重的人，相貌也如同他的内心一样仁善。他和张巡同年出生，在月份上晚于张巡，称张巡为兄。死时四十九岁。

嵩贞元初死于亳宋间^①。或传嵩有田在亳宋间，武人夺而有之^②，嵩将诣州讼理^③，为所杀。嵩无子。张籍云。

【注释】

①亳：亳州，治所在今安徽亳县。宋：宋州，治所在睢阳。

②武人：指将帅军人。有：占有。

③诣：到。讼理：诉讼。

【译文】

于嵩贞元初年死在亳、宋一带。有人传说于嵩在亳、宋一带有块田地，被某个将帅侵夺霸占。于嵩打算到州府告状，所以被那个人杀了。于嵩没有后人。这是张籍说的。

李长吉歌诗序

杜 牧

【题解】

李贺（790—816）向以"诗鬼"著称，一因其短命夭亡的身世，一因其虚荒诞幻的诗风。他出生于河南福昌（今河南宜阳），是李唐宗室后裔，能辞章，得韩愈、皇甫湜赏誉而名动京师，却因父讳"晋肃"而不能应进士试，仅做过三年从九品小官奉礼郎。他将"苦吟"视为存在方式与意义，"恒从小奚奴，骑距驴，背一古破锦囊，遇有所得即书投囊中。及暮归，太夫人使婢受囊出之，见所书多，辄曰：'是儿要当呕出心乃已尔！'"（李商隐《李长吉小传》）。他的诗奇诡警迈，"如崇岩峭壁，万仞崛起"，像一道异样瑰丽的闪电划过中唐诗坛，"当时文士从而效之，无能仿佛者"（《旧唐书·李贺传》）。李商隐在《李长吉小传》中还记录了李贺被驾赤虬的绯衣人召至天上，为天帝新成白玉楼作记的传说，并发出"世所谓才而奇者，不独地上少，即天上亦不多"的慨叹，足见李贺的卓绝才华留给时人的深刻印象。

李贺生前曾自编四卷本诗集，临终前交由好友沈亚之保存。在他逝世15年后，杜牧受沈之托，为其诗集作序。序文分两部分：第一部分交代自己受沈亚之恩托、为诗集作序的过程。通过引述沈亚之书信，介绍诗集来源及李贺身后的凄凉；通过对沈亚之再三推辞、"极道所不敢叙贺"的对话，表达对这位诗坛前辈的无比崇敬。第二部分评价李贺诗歌的艺术成就。先以一系列具有强烈视觉冲击力的物象为喻，突出李贺诗歌在态、情、和、格、勇、古、色、怨恨悲愁、虚荒诞幻等方面呈现出的典型风格特征；然后以"《骚》之苗裔"来准确定位其诗歌渊源；最后从理到辞、从内容到形式，对李贺诗歌的"得失短长"做出中肯评价。

杜牧（803—852），字牧之，以逸韵远神、清峻超迈的诗风独步晚唐。沈亚之请他为李贺诗集作序，确实是找到了最佳人选。这篇序文"状长吉之奇甚尽，世传之"（《李长吉小传》），成为后世公认的李贺诗歌定评。晚唐诗坛最耀眼的双子星"小李杜"分别以小传和序文向前辈致敬，悲苦一生的李贺于九泉之下，或白玉楼中，亦当含笑。

　　太和五年十月中①，半夜时，舍外有疾呼传缄书者②。牧曰："必有异，亟取火来③。"及发之，果集贤学士沈公子明书一通④，曰："我亡友李贺，元和中义爱甚厚⑤，日夕相与起居饮食⑥。贺且死，尝授我平生所著歌诗⑦，离为四编⑧，凡二百三十三首。数年来东西南北，良为已失去⑨。今夕醉解，不复得寐，即阅理箧帙⑩，忽得贺诗前所授我者。思理往事，凡与贺话言嬉游⑪，一处所、一物候、一日一夕，一觞一饭⑫，显显然无有忘弃者，不觉出涕。贺复无家室子弟得以给养恤问⑬，尝恨想其人⑭，咏味其言止矣。子厚于我⑮，与我为贺集序，尽道其所来由⑯，亦少解我意⑰。"

【注释】

　　①太和五年：公元831年。太和，唐文宗年号。

　　②疾呼：高呼，急切地呼喊。缄书：书信。

　　③亟（jí）：疾速。

　　④集贤学士：集贤，集贤殿书院的省称，唐代文化机构，除了负责收存图书外，还向朝廷推荐贤才，并提出政策方面、文化方面的建议。置学士、正字等官，五品以上为学士，六品以下为直学士。沈公子明：即沈亚之，字下贤，吴兴（今浙江湖州）人。生卒年均不详，是唐朝重要传奇《异梦记》、《秦梦记》的作者。初至长安，与李贺结交。举不第，李贺曾作《送沈亚之歌》。通：量词，用于文章、文件、书信。

⑤元和：唐德宗年号，806—820年。义：恩义，情谊。

⑥日夕：朝夕，日夜。

⑦歌诗：原指可以配乐演唱的乐府诗，亦泛指诗歌。

⑧离为四编：离，编辑。

⑨良：长，久。

⑩箧（qiè）：小箱子，藏物之具。大曰箱，小曰箧。帙：卷册，函册。

⑪话言：谈说，谈论。嬉游：游乐，游玩。

⑫物候：动植物随季节气候变化而变化的周期现象。

⑬家室：家庭，家眷。给养：供给生活。恤：周济，救济。

⑭尝：通"常"。

⑮厚：优于，胜过。

⑯来由：来历，缘由。

⑰解：排解，和解，劝解。意：思念，放在心上。

李贺像

【译文】

太和五年十月中的一天，半夜时，屋外有人高声呼喊传递书信。我说："一定是发生了不寻常的事，赶紧拿灯火来。"等到打开一看，果然是集贤殿学士沈子明先生送来的书信，信中说："我那亡友李贺，元和年间我们情谊深厚，朝夕相处，起居饮食都在一起。李贺临死之时，曾经把他平生所写的诗歌交付给我，分为四编，总共二百三十三首。几年来，我东西南北到处奔波，以为早就丢失了。今晚酒醒，再也无法入睡，就翻阅整理书箱中的卷册，忽然发现李贺以前交付给我的诗歌。我回思往事，所有那些与李贺曾经的谈论游玩，每一个地方、每一种物候、每一个白天和夜晚、每一杯酒一顿饭，都记得清清楚楚，没有遗忘，不觉流下泪来。李贺再没有妻儿兄弟可以周济慰问，我经常遗憾地想起他，也只能吟咏回味他的言辞，仅此而已。您的才能远胜过我，请替我给李贺的诗集作序，详尽地叙述它的来历缘由，这样也可以稍稍排解我的思念之情。"

牧其夕不果以书道不可①，明日就公谢②，且曰："世谓贺才绝出，前让居数日③，牧深惟④。"公曰："公于诗为深妙奇博⑤，且复尽知贺之得失短长⑥，今实叙贺不让⑦。"必不能当公意，如何⑧，复就谢，极道所不敢叙贺。公曰："子固若是，是当慢我⑨。"牧因不敢复辞，勉为贺叙⑩，然终甚惭。

【注释】

①不果：没有成为事实，终于没有实行。

②就公谢：去找沈公推辞。就，赴，到。谢，推辞，拒绝。

③让居：相传由于古代圣王虞舜的德化，雷泽的渔人互相推让居住的地方。此处仅推让之意。

④深惟：深思，深入考虑。惟，想，考虑。

⑤深妙：深奥微妙。

⑥得失：指好坏，优劣。短长：优劣，是非，短处和长处。

⑦不让：不必逊让，不要推辞。

⑧必不能当公意，如何：我自认一定不会使沈公满意，这可怎么办。此句的主语为杜牧。当意，称意，合意。

⑨子固若是，是当慢我：固，执意。慢，怠慢，看不起。

⑩勉：尽力，努力。

【译文】

　　我那天晚上没能写信说明自己不能为李贺诗集作序,第二天就登门向沈公推辞,并且说:"世人都说李贺是不世之才,此前我耽搁犹豫几天,是我在慎重考虑此事。"沈公说:"您的诗学造诣深奥微妙,新奇博大,而且又全面了解李贺诗歌的优点与不足,您现在绝对有资格给李贺诗集作序,不必辞让。"我自认为写的序文肯定不能让沈公满意,怎么办呢?所以我又去找沈公推辞,极力说明自己不敢给李贺诗集作序。沈公说:"你执意这样,大概是看不起我。"我于是不敢再推辞,尽力为李贺诗集作了序,但终归甚为惭愧。

　　贺,唐皇诸孙①,字长吉,元和中韩吏部亦颇道其歌诗②。云烟绵联③,不足为其态也;水之迢迢④,不足为其情也;春之盎盎⑤,不足为其和也;秋之明洁,不足为其格也;风樯阵马⑥,不足为其勇也;瓦棺篆鼎⑦,不足为其古也;时花美女⑧,不足为其色也;荒国陊殿、梗莽丘垅⑨,不足为其怨恨悲愁也;鲸呿鳌掷、牛鬼蛇神⑩,不足为其虚荒诞幻也。盖《骚》之苗裔⑪,理虽不及,辞或过之。《骚》有感怨刺怼⑫,言及君臣理乱⑬,时有以激发人意。乃贺所为,得无有是⑭?贺复探寻前事,所以深叹恨古今未尝经道者⑮,如《金铜仙人辞汉歌》、补梁庾肩吾《宫体谣》⑯,求取情状,离绝远去⑰,笔墨畦径间⑱,亦殊不能知之。贺生二十七年死矣,世皆曰:"使贺且未死,少加以理⑲,奴仆命《骚》可也。"⑳

【注释】

　　①唐皇诸孙:大唐皇帝的本家后裔。据新、旧《唐书》,李贺是郑王裔孙。

　　②韩吏部亦颇道其歌诗:韩愈晚年官至吏部侍郎,故称韩吏部。他欣赏李贺的才华,在生活、创作和求仕等方面对其多有关照。唐人康骈《剧谈录》说:"元和中,进士李贺善为歌篇,韩文公深所知重,

于缙绅之间每加延誉，由此声华籍甚。"李贺父名"晋肃"，一些人以"避讳"为名禁止他考进士，韩愈专门为他撰《讳辨》进行抗争，可惜未能成功。

③绵联：连绵，延续不断的样子。

④迢迢：水流绵长的样子。

⑤盎盎：洋溢的样子，充盈的样子。

⑥风樯：冲风而进的帆船。樯，船桅杆，代指船。阵马：破阵之马。

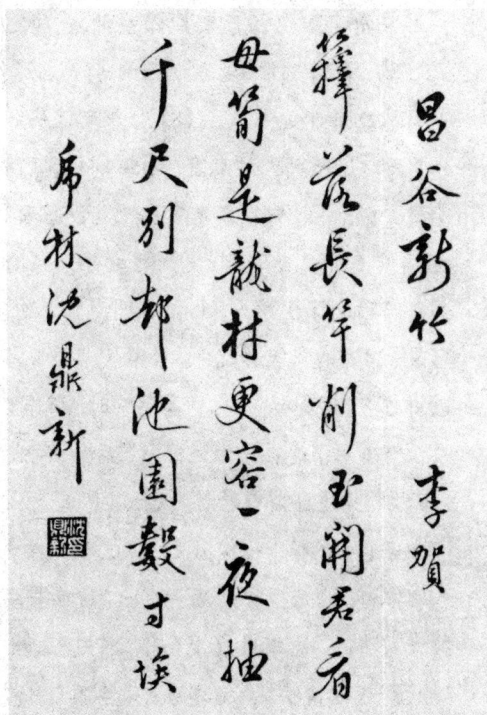

明·沈鼎新书李贺《昌谷新竹》

⑦瓦棺：古代陶制的葬具。篆鼎：有篆书铭文的鼎。

⑧时花：应季节而开放的花卉。

⑨国：国都，亦泛指都城。陊（duò）：破败。梗莽：荆棘草莽。丘垅：坟墓。

⑩呿（qù）：张口的样子。鳌：传说中海中能负山的大鳖或大龟。掷：腾跳，纵跃。牛鬼蛇神：牛首之鬼和蛇身之神。

⑪盖：语气词，多用于句首。《骚》：屈原的抒情长诗《离骚》，以充满浪漫奇妙的想象为突出特征。苗裔：子孙后代，引申指学术上派生之支流。

⑫怼（duì）：怨恨。

⑬理乱：治与乱。

⑭得无：能不，岂不，莫非。

⑮经道：被人们提及。

⑯《金铜仙人辞汉歌》：此诗有序曰："魏明帝青龙九年八月，

诏宫官牵车西取汉孝武捧露盘仙人，欲立置前殿。宫官既拆盘，仙人临载，乃潸然泪下。唐诸王孙李长吉遂作《金铜仙人辞汉歌》。"此诗大约作于元和八年（813）李贺因病辞去奉礼郎职务由京赴洛途中。其时唐王朝国运日衰，藩镇割据，兵祸迭起，民不聊生，而诗人那"唐诸王孙"的贵族之家也早已没落衰微。诗人有感于此，因而借金铜仙人辞汉史事，抒发兴亡之感、家国之痛和身世之悲。该诗设想奇特而又深沉感人，形象鲜明而又变幻多姿，词句奇峭而又妥帖绵密，是李贺的代表作之一。补梁庾肩吾《宫体谣》：李贺有《还自会稽歌并序》，序文曰："庾肩吾于梁时，尝作《宫体谣引》，以应和皇子。及国势沦败，肩吾先潜难会稽，后始还家。仆意其必有遗文，今无得焉，故作《还自会稽歌》，以补其悲。"当指此篇。庾肩吾，南朝梁代文学家，字子慎，一作慎之，以文学受梁简文帝萧纲宠礼，当时盛行的宫体诗，他是推波助澜者之一。后侯景之乱，矫诏遣庾肩吾使江州招降萧大心，他乘机逃至会稽，转赴江陵，投奔萧绎。

⑰求取情状，离绝远去：指李贺诗中描写的情状迷离恍惚，远去凡俗。离，迷离，模糊不清。绝，辽远，远隔。

⑱畦径：田间小路，比喻常规。

⑲理：治玉，雕琢。

⑳奴仆命《骚》：把《离骚》当作奴仆加以差遣，意思是超过《离骚》。命，差遣，指派。

【译文】

李贺是大唐王室的裔孙，字长吉，元和年间韩吏部也很是称道他的诗歌。云烟连绵不断，不足以比拟其形态；水流悠悠长长，不足以比拟其情感；春意充盈洋溢，不足以比拟其和谐；秋色澄明净洁，不足以比拟其格调；狂风中前进的帆船、战阵上奔突的骏马，不足以比拟其勇猛；陶土制成的古棺、铭刻篆文的铜鼎，不足以比拟其古朴；应时盛放的鲜花、娇艳美丽的女子，不足以比拟其色彩；荒废的国都、破败的宫殿、荆棘草莽、丘墟坟墓，不足以比拟其怨恨悲愁；长鲸张口、巨鳌腾跃、牛首之鬼、蛇身之神，不足以比拟其虚无缥缈、荒诞奇幻。大概是屈原《离骚》的子孙,事理上虽然还赶不上,文辞也许还超过《离骚》。《离骚》有感慨、哀怨、讥刺、怨恨,说到君臣关系、治乱道理,时而能够激发人的情绪。李贺所作的诗篇,是不是也有这些呢?李贺又探索寻求前代之事,是因为他极为叹息遗憾古往今来从没有人说过这些事,比如《金铜仙人辞汉歌》、补梁庾肩吾《宫体谣》,追索求取诗中描写的情形,恍惚迷离,远离凡俗,其诗歌的规律也根本不能得知。李贺年仅二十七岁就死了,世人都说:"假使李贺还没死,稍加雕琢磨炼,就足可以超过《离骚》了。"

贺死后凡十有五年,京兆杜牧为其叙①。

【注释】

①京兆:杜牧是唐代京兆府万年县(今陕西西安)人。

【译文】

李贺死后十五年,京兆杜牧为其作序。

集古录目序

欧阳修

【题解】

北宋仁宗年间，四海承平，士民繁庶，好古收藏之风大盛，著名政治家、史学家、一代文豪欧阳修（1007—1072）即为该风气的引领者。他是"金石学"的开创者，他的《集古录》成为该学科的确立之作。

欧阳修广泛观览公私所藏金石遗文，担心铭刻"传写失真"，遂据石本摹拓千余卷，是为《集古录》；又为可正史传阙谬的文字题写跋尾，于嘉祐八年（1063）编成《集古录跋尾》；考虑"聚多而终必散，乃撮其大要，别为录目"，这一工作最终由其子欧阳棐于熙宁二年（1069）完成，是为《集古录目》。可惜《集古录》四十年后即已散佚，《集古录目》部分内容幸存于宋人陈思《宝刻丛编》，《集古录跋尾》成为现存最早的金石学专著。而当年欧阳修题跋的墨迹手卷至徽宗朝仅余四纸，由赵明诚首尾相连、裱为一卷，并为之书写题记。该长卷现作为国宝珍藏于台北故宫博物院。

聚集的艰难与散佚的危险，是收藏家必然遭遇的问题、必须面对的困惑，《集古录目序》即以此立题。文章开篇提出"物常聚于所好，而常得于有力之强"，指出收藏的基本动机（好）与条件（力）；之后列举两种截然不同的收藏现象，指出"力"与"好"的辩证关系，并以此为基础，说明自己收藏金石的情况，解释编撰收藏著作的原因与意义；最后以"足吾所好，玩而老焉"回应世人的讥笑，并展现了"有聚即有散，与聚敛内容无关"的通达见识。

从某种意义上说，生涯有限的个体从事以聚散为特征的收藏，是一项悲壮而悲伤的事业。如何看待聚散得失，赋予收藏以意义，享受收藏的乐趣，展现了收藏家的人格水准。欧阳修在这方面亦堪为典范。《集古录目序》展示了金石收藏于己、于人、于史、于世的意义。到了晚年，他以"集录三代以来金石遗文一千卷"等五物与"老于此五物之间"的"一翁"而自号"六一居士"。千载之后，金石藏品并千卷遗文皆已荡然无存，而他的儒雅风流犹令人怀想。

　　物常聚于所好，而常得于有力之强。有力而不好，好之而无力，虽近且易，有不能致之①。象犀虎豹，蛮夷山海杀人之兽②，然其齿角皮革，可聚而有也。玉出昆仑③，流沙万里之外④，经十余译⑤，乃至乎中国⑥。珠出南海⑦，常生深渊，采者腰绠而入水⑧，形色非人⑨，往往不出，则下饱蛟鱼⑩。金矿于山，凿深而穴远⑪，篝火糇粮而后进⑫，其崖崩窟塞⑬，则遂葬于其中者，率常数十百人⑭。其远且难而又多死祸，常如此。然而金玉珠玑⑮，世常兼聚而有也⑯。凡物好之而有力，则无不至也。

【注释】

①致：求取，获得。

②蛮夷：古代对四方边远地区少数民族的泛称，亦专指南方少数民族。

③玉出昆仑：古代传说仙山昆仑山出美玉。汉武帝时在西域发现了出美玉的大山，武帝即以"昆仑"为其命名，即今之昆仑山。昆仑，昆仑山。

④流沙：沙漠。沙常因风吹而流动，故称。亦指西域地区。

⑤经十余译：经过十几个语言不通的区域。译，指语言不通的异域。

⑥中国：上古时代，我国华夏族建国于黄河流域一带，以为居天下之中，故称中国，而把周围其他地区称为四方。后泛指中原地区。

⑦南海：泛指南方的海。亦有人以为即现在的东海。

⑧腰绠（gěng）：腰上系着粗绳索。绠，粗绳索。这里用如动词。

⑨形色：形体和容貌。

⑩蛟鱼：蛟，通"鲛"，指海中鲨鱼。

⑪穴：洞穿，凿通。

⑫糇（hóu）粮：干粮。语出《诗经·大雅·公刘》："乃积乃仓，乃裹糇粮。"

⑬其：如果，假如。

⑭率常：经常，通常。

⑮珠玑：珠宝，珠玉。玑，不圆的珠，一说小珠。

⑯兼：尽，竭尽。

【译文】

物品常聚集于喜好之人，而且常为有力量的强者所得。有力量却不喜好，喜好却没有力量，虽然物品距离近、容易得，也是不能得到的。大象、犀牛、猛虎、豹子，是边远地区山间海里杀人的野兽，但是象齿、犀角和虎豹的皮革，人们却可以聚集起来拥有。美玉出产在昆仑山，隔着茫茫沙漠，远在万里之外，经过十几个语言不通的异域，方才运至中原地区。珍珠出产在南海，通常生于险恶的深潭。采珠者腰间系着粗绳索进入水中，形体面容没有人样，还往往出不来，在水下被鲨鱼吞吃了。金矿位于山中，得深深地开凿，远远地挖洞，举着火把带着干粮而后进去开采，假如山崖崩塌、洞窟堵塞，那么葬身其中的经常多达数十、上百人。这些东西的远离人群、得到艰难而且要想得到又多有死于非命的祸患，通常都是这样。然而金玉珠宝，世人常常竭力聚敛而拥有。大凡物品为人喜好而其人又有力量，那就没有得不到的。

汤盘孔鼎①，岐阳之鼓②，岱山、邹峄、会稽之刻石③，与夫汉魏已来圣君贤士桓碑、彝器、铭诗、序记④，下至古文、籀篆、分隶诸家之字书⑤，皆三代以来至宝⑥，怪奇伟丽、工妙可喜之物⑦。其去人不远，其取之无祸。然而风霜兵火，湮沦磨灭⑧，散弃于山崖墟莽之间未尝收拾者，由世之好者少也。幸而有好之者，又其力或不足，故仅得其一二，而不能使其聚也。

【注释】

①汤盘孔鼎：古代珍贵的世传之宝。汤盘，商汤用的刻着铭文的沐浴盘。据《礼记·大学》，其铭曰："苟日新，日日新，又日新。"孔鼎，孔子先祖正考父庙之鼎。据《左传·昭公七年》，其鼎铭云："一命而偻，再命而伛，三命而俯。循墙而走，亦莫余敢侮。饘于是，鬻于是，以糊余口。"唐李商隐《韩碑》诗："汤盘孔鼎有述作，今无其器存其词。"

②岐阳之鼓：东周初秦国刻石，形略像鼓，共有十个，上刻籀文四言诗。因系唐朝初年在岐州雍城（今陕西凤翔）南田野中发现，故称"岐阳石鼓"。现存北京故宫博物院。唐韩愈《石鼓歌》："张生手持石鼓文，劝我试作石鼓歌。"宋苏轼《石鼓歌》："旧闻石鼓今见之，文字郁律蛟蛇走。"

③岱山：泰山的别称。秦泰山刻石立于始皇二十八年（前219），是泰山最早的刻石，分两部分，分别为始皇二十八年（前219）东巡泰山及二世胡亥初即位时（前209）刻制，刻辞均为李斯所书。峄山：峄山刻石。峄山，在山东邹县东南，又称邹山、邹峄山。始皇二十八年东巡，上邹峄山，刻石颂德。会稽：会稽石刻。始皇三十七年（前210）第五次出巡曾到此山，立石刻颂秦德。

④桓碑：墓碑。彝器：古代宗庙常用的青铜祭器的总称，如钟、鼎、尊、罍、俎、豆之属。铭诗：在碑石上铭刻的诗句。

⑤古文：上古的文字，泛指甲骨文、金文、籀文和战国时通行于六国的文字。籀（zhòu）篆：古代的一种书体，即大篆。分隶：分，分书，也称八分书，字体似隶而多波磔。隶，隶书。字书：古代指识字课本，如《史籀篇》、《仓颉篇》等。

⑥三代：指夏、商、周。至宝：最珍贵的宝物。

⑦怪奇：怪异奇特。伟丽：壮美，宏伟壮丽。

⑧湮沦：沦落，埋没。磨灭：消失，湮灭。

【译文】

商汤沐浴用的盘、孔子先祖庙中的鼎，岐山之阳发现的石鼓，东岳泰山、邹县峄山和会稽山上的秦代刻石，与那些汉魏以来圣君贤士的墓碑、青铜祭器、碑石上的铭诗以及序文题记，下至先秦六国古文、大篆、八分书和隶书等诸家的识字之书，都是夏、商、周三代以来最珍贵的宝物，是怪异奇特、宏伟壮丽、工巧精妙、令人喜爱的物品。它们距离我们不太遥远，获取它们也没有祸患。然而自然的风霜、人间的战火，使它们埋没湮灭，零散弃置于山崖之上、废墟草莽之间，未曾得到收集整理，这是因为世间喜好这些东西的人太少了。倘幸有喜好的人，他的力量又可能不足，所以只能得到其中一二，而不能使它们聚集起来。

秦·李斯书泰山刻石拓片

夫力莫如好，好莫如一。予性颛而嗜古①，凡世人之所贪者，皆无欲于其间，故得一其所好于斯②。好之已笃③，则力虽未足④，犹能致之。故上自周穆王以来⑤，下更秦汉、隋唐、五代⑥，外至四海九州⑦，名山大泽，穷崖绝谷⑧，荒林破冢，神仙鬼物，诡怪所传⑨，莫不皆有，以为《集古录》。以谓转写失真⑩，故因其石本⑪，轴而藏之⑫。有卷帙次第而无时世之先后⑬，盖其取多而未已⑭，故随其所得而录之⑮。又以谓聚多而终必散，乃撮其大要⑯，别为录目，因并载夫可与史传正其阙谬者⑰，以传后学，庶益于多闻⑱。

欧阳修《集古录跋尾》

【注释】

①颛（zhuān）：通"专"，专心。嗜古：好古。

②一：专一。

③已：太，过分。笃：纯一，专一。

④足：完备，完美。

⑤周穆王：西周第五代君主，名满，据《夏商周年表》，前976—前922年在位，是历史上最富于神话色彩的君王之一。

⑥更：连续，接续。《国语·晋语四》："姓利相更，成而不迁。"韦昭注："更，续也。"

⑦四海：古以中国四境有海环绕，各按方位为"东海"、"南海"、"西海"和"北海"，但亦因时而异，说法不一，犹言天下，全国各处。九州：古代分中国为九州，说法不一。《书·禹贡》作冀、兖、青、徐、扬、荆、豫、梁、雍；《尔雅·释地》有幽、营州而无青、梁州；《周礼·夏官·职方》有幽、并州而无徐、梁州。后以"九州"泛指天下。

⑧穷：终端，终极。绝：竭，尽。

⑨诡怪：怪异，奇特。

⑩谓：意料，料想。转：辗转。一作"传"。失真：失去本意或本来面目。

⑪因：依照，根据。石本：石刻的拓本。

古漢西嶽華山廟碑文字尚完可讀

其述自漢以來方高祖初興改秦濄

祀太宗承詔各詔有司其山川在諸

侯者以時祠之孝武皇帝䄍封禪之

禮廵省五岳立宮其下宮曰集靈宮

殿曰存僊殿門曰望僊門仲宗之世使

首持節歲一禱而三祠後不承至於

乙新滌用立崔孝武之元事興其中

禮從其省但使二千石求時往祠自是

以來百有餘年所立䃺石文字磨滅自是

熹四年孔農太守遷儵府廳廢起斯碑

飾其闕會遷京兆尹䟽府君到欽若嘉

榮道而成之孫府君諱璟其大略如

此其記漢祠四岳事見本末其集靈

宮他記皆不見惟見此碑則余集

錄可謂廣聞之益矣

治平元年閏月十七日書

古漢楊君碑者其名字皆已磨滅

惟其銘古明之楊君其姓尚可見尔見

官閥始卒則粗可考玄李順皇帝西

廵以搜史記見帝嘉其忠臣之苗裔

其與瑞之贊詔拜郎中遷常山長

⑫轴：字画下端便于悬挂或卷起的圆杆，亦指装成卷轴形的书、画。引申为卷起。

⑬卷帙：书籍，篇章。

⑭未已：不止，未毕。

⑮随：依据，按照。

⑯大要：要旨，概要。

⑰因：趁，乘。史传：史册，历史。阙谬：缺漏和错误。

⑱庶：希望，但愿。

【译文】

有力不如喜好，喜好不如专一。我性情专一而爱好古物，大凡世人所贪求的那些金玉珠宝，我对其都没有欲望，故而得以将爱好专一于这些古物之上。因为喜好极为专一，所以力量虽然还不够，但是仍能得到它们。因此上自周穆王以来，向下接续秦汉、隋唐、五代时期，向外直至四海九州，名山大川，无路可走的悬崖深谷，荒凉的丛林，残破的古冢，神仙鬼物、诡谲异怪而流传下来的东西，全部为我所有，将其编成《集古录》一书。因为料想辗转抄写会失去本来面目，所以就把那些石刻的拓本卷成卷轴收藏起来。这部书有篇章顺序却没有按时间世代的先后区分，是因我虽然收集很多了却没有停止的意思，所以就按照得到的顺序记录下来了。我又料想，汇聚很多，最终却必然流散，于是撮取其中要旨，另外编成一本目录，并趁此机会记载那些可与史书对照、纠正其中缺失谬误的文字，传给后辈学人，但愿有益于增广见闻。

或讥予曰："物多则其势难聚，聚久而无不散，何必区区于是哉①？"予对曰："足吾所好，玩而老焉可也②。象犀金玉之聚，其能果不散乎③？予固未能以此而易彼也④。"庐陵欧阳修序。

【注释】

①区区：谓奔走尽力。区，通"驱"。

②玩：观赏，欣赏。

③其：岂，难道。副词，表诘问。果：果真，当真。

④固：的确，确实。易：交换。

【译文】

有人讥讽我说："物品众多，那么从情势上说是难以聚集的；聚集时间久了，没有不散失的，你何必为这费尽心力呢？"我回答说："只要能够满足我的爱好，能够欣赏它们，终老其中，就可以了。象牙犀角、黄金美玉这类东西聚集后，难道真能不散失吗？我真的不能用这些古物换那些珍宝啊。"庐陵欧阳修作序。

记旧本韩文后

欧阳修

【题解】

中国散文史上有"唐宋八大家"之称，韩愈位列八家之首，欧阳修则为宋代六家之冠。中唐德宗、宪宗时期，韩愈针对当时流行的追求辞藻典故、声律对仗的骈文，提出恢复先秦两汉朴实自然、自由抒写的古文传统，掀起了一场声势浩大的古文运动，苏轼以"文起八代之衰"褒扬其对散文发展的巨大功绩。可惜到了晚唐五代，骈文又几乎一统天下了。北宋初年，柳开首举"尊韩"旗帜，反对浮靡文风，至仁宗朝，经范仲淹、苏舜钦、梅尧臣等人提倡，文风改革再度成为时代要求，欧阳修则成为诗文革新运动的领袖。他借助自己的政治地位与文化影响力改革科场积弊，罢黜艰涩险怪的四六时文，并以其创作实绩将这一运动推向高潮，最终确立了朴素平易、简而有法的文风。在唐代古文运动与北宋诗文革新的传承链条上，韩愈和欧阳修地位相似、作用相当；而欧阳修曾自觉学习韩文，也被时人视为"今之韩愈"。欧阳修早年偶然得到的一部旧本韩文，成为连接两代文坛盟主的纽带；欧阳修的这篇《记旧本韩文后》则以其对韩文的认识过程，生动反映了韩文在宋代的流传情况以及宋人对其价值的重新发现，阐释了唐宋古文运动之间的内在关系。

本文大致包括三方面内容：其一，介绍自己少时仰慕韩文却迫于科举压力而无暇学习的苦恼，以及进士及第后力倡古文"以偿其素志"的亲身经历，反映了韩文由"未尝有道"的沉寂到"学者非韩不学"的盛况的转变过程，反映了三十年间的文风变化；其二，由对孔、孟、韩文在当时与后世截然不同境遇的思考，得出"其久而愈明，不可磨灭，虽蔽于暂，而终耀于无穷"的规律；其三，说明旧本韩文的版本情况以及这一"旧物"对自己的重要意义。在他看来，旧本韩文不仅是一本书，而且是个人成长的见证，其实也是文学史上一次文风重要转型的见证。

予少家汉东①。汉东僻陋无学者②，吾家又贫无藏书。州南有大姓李氏者③，其子尧辅颇好学。予为儿童时④，多游其家，见有弊筐贮故书在壁间，发而视之⑤，得唐《昌黎先生文集》六卷，脱落颠倒无次序。因乞李氏以归，读之，见其言深厚而雄博⑥。然予犹少，未能悉究其义，徒见其浩然无涯⑦，若可爱。是时，天下学者杨、刘之作⑧，号为"时文"⑨，能者取科第、擅名声⑩，以夸荣当世⑪，未尝有道韩文者⑫。予亦方举进士⑬，以礼部诗赋为事⑭。年十有七，试于州⑮，为有司所黜⑯。因取所藏韩氏之文复阅之，则喟然叹曰："学者当至于是而止尔！"因怪时人之不道，而顾己亦未暇学⑰，徒时时独念于予心，以谓方从进士⑱，干禄以养亲⑲，苟得禄矣，当尽力于斯文，以偿其素志⑳。

【注释】

①汉东：汉水以东，指随州（今湖北随州）。欧阳修四岁丧父，往随州依叔父生活。

②僻陋：地处僻远，风俗粗野。

③大姓：世家，大族。

④儿童：古代凡年龄大于婴儿而尚未成年者都叫儿童。

⑤发：开启。

⑥言：指书、著作或文章。

⑦浩然：水盛大的样子。比喻文章气势壮阔。涯：水边，岸。

⑧杨、刘：指杨亿（974—1021）和刘筠（971—1031），都是北宋前期盛行一时的"西昆体"诗人。

⑨时文：最初有"时尚之文"的意思，指流行于一个时期、一个时代的文体。此处指杨亿、刘筠等人倡导的骈俪文体，要求以古代圣

贤和经传、典故为主要内容，以四言、六言为主要句式，讲究声律和谐，对仗工整，遣词雅丽，出语不俗。

⑩取科第：科考及第。擅名声：享有名声。

⑪夸荣：炫耀显荣。

⑫道：遵行，实行。

⑬举：参加科考。

⑭礼部：隋唐以后中央六部之一，管理国家的典章制度、祭祀、学校、科举和接待四方宾客等事之政令，长官为礼部尚书。诗赋：宋代科举考试内容之一，诗用五言六韵，赋为律赋，都有程式要求。

⑮试于州：宋代科举考试分各州发解试和礼部试两级。

⑯黜：黜落，不予录取。

⑰顾己：自问。

⑱以谓：以为，认为。从：追求。

⑲干禄：求禄位，求仕进。

⑳偿：实现，满足。素志：平素的志愿。

【译文】

我年少时家住汉水以东的随州。那里地处偏远，风俗粗野，没有学问渊博的人，我家又穷，没有藏书。随州南部有个李氏大族，李家的儿子尧辅非常好学。我少年时代经常到他家去。有一次看到一只破筐贮存着些旧书放在墙壁间，打开翻看，得到唐代《昌黎先生文集》六卷，书页脱落颠倒，没有次序。于是便求李家送给我带回家中，回家一读，发现里面的文章深沉浑厚、宏伟博大。然而我年纪还小，没能详尽探究其中的意义，唯见其气魄如水势浩阔无边，似乎令人喜爱。当时天下人学习的是杨亿、刘筠的文章，号称"时文"，写得好的人科考及第、享有名声，可以向世人夸耀显荣，从来没有人遵行韩文之法。我也正在参加科举考试，将全部精力放在礼部规定的诗赋写作上。十七岁那年，在随州参加发解试，被负责考试的官员黜落。于是取出所收藏的韩愈文章重新阅读，长叹说："求学的人应当达到这个水平才能止步啊！"因此奇怪时人为什么不遵行韩文之法，

记旧本韩文后

不过扪心自问，自己也没空暇学习，只是时时暗自在心里考虑，认为自己正追求进士功名、追求禄位以赡养母亲，只要得到禄位，一定竭尽全力钻研韩愈的文章，以实现我平素的志愿。

后七年，举进士及第，官于洛阳，而尹师鲁之徒皆在①，遂相与作为古文。因出所藏《昌黎集》而补缀之②，求人家所有旧本而校定之。其后天下学者亦渐趋于古，而韩文遂行于世，至于今盖三十余年矣，学者非韩不学也，可谓盛矣。

【注释】

①尹师鲁：尹洙（1001—1047），字师鲁，河南（今河南洛阳）人。宋代散文家。天圣二年（1024）登进士第，曾在地方任主簿、户曹参军等职，后充馆阁校勘，迁太子中允，陕西用兵，曾任经略判官。

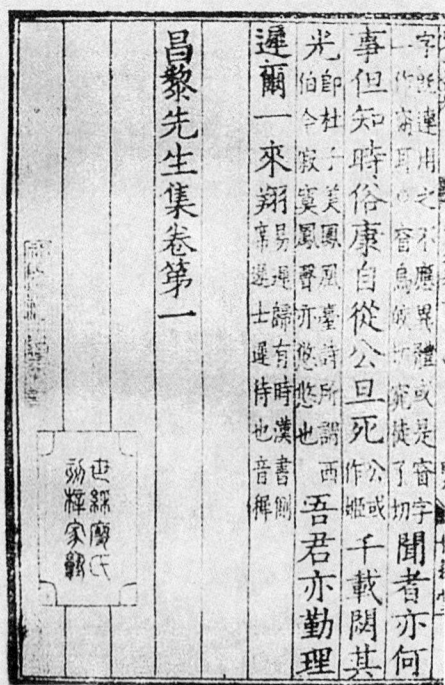

《昌黎先生集》书影

尹洙继柳开、穆修之后，提倡古文，反对浮靡文风，尊崇孟子、韩愈，认为文章当"务求古之道"。据说欧阳修学习古文曾受其影响。

②补缀：补充辑集。

【译文】

七年之后我考中进士，在洛阳做官，而且尹师鲁等人都在这里，于是共同创作古文。我便拿出所藏的《昌黎集》，加以补充辑集，并寻找别人家所藏的旧本进行校定。

从那以后，天下求学之人也渐渐倾向于写作古文，于是韩文便流行于世间，到现在共有三十多年了，求学之人非韩文不学，可以说兴盛极了。

呜呼！道固有行于远而止于近、有忽于往而贵于今者①，非惟世俗好恶之使然，亦其理有当然者。而孔、孟惶惶于一时②，而师法于千万世③；韩氏之文没而不见者二百年④，而后大施于今⑤。此又非特好恶之所上下⑥，盖其久而愈明，不可磨灭，虽蔽于暂而终耀于无穷者⑦，其道当然也。

【注释】

①忽：轻视，忽略。

②惶惶：匆遽，匆忙急促。

③师法：效法，学习。

④不见：不看，不读。

⑤施：散布，铺陈。

⑥上下：增减，变更。

⑦暂：须臾，短时间。

【译文】

唉！政治主张或思想体系本来就有在远方得到实施却在近处遭到废止的情况，本来就有在过去被人轻视却在当今受到尊重的情况，这不仅是因为世俗的喜好或憎恶使它们这样，从道理上也有其必然性。因而孔子和孟子在当时急匆匆奔走列国之间仍很不得志，却成为千秋万世效法的榜样；韩愈的文章被埋没两百年无人阅读，之后在今天得到广泛传播。这又不只是世人的喜好或憎恶所能改变的，而是因为时间越久他们越有光彩，不可磨灭，即使短时间内被掩盖，却终将照亮无穷尽的未来，这是因为他们所奉行的道使得他们这样。

　　予之始得于韩也①，当其沉没弃废之时。予固知其不足以追时好而取势利②，于是就而学之③，则予之所为者，岂所以急名誉而干势利之用哉？亦志乎久而已矣④。故予之仕，于进不为喜、退不为惧者⑤，盖其志先定，而所学者宜然也⑥。

【注释】

①得：得益。

②时好：世俗的爱好。势利：权势和财利。

③于是：当时，其时。

④志：向慕，有志于。

⑤惧：忧虑。

⑥宜然：应该这样。

【译文】

　　我开始得益于韩文，正当它沉沦湮没、废弃不用之时。我本来深知它不足以追求世俗的爱好，获取权势和财利，当时却接近它、学习它，那么我所做的事，难道是为了急于取得名誉和权势利益吗？只不过是向慕久远罢了。所以，我在仕途，不以晋升为喜、不以罢黜为忧的原因，就是我的志向早已确定，而且所得的学问也使我自然而然成为这样。

　　集本出于蜀①，文字刻画颇精于今世俗本②，而脱谬尤多。凡三十年间，闻人有善本者③，必求而改正之。其最后卷帙不足、今不复补者，重增其故也。予家藏书万卷，独《昌黎先生集》为旧物也。呜呼！韩氏之文之道，万世所共尊、天下所共传而有也。予于此本，特以其旧物，而尤惜之。

【注释】

①集本出于蜀：四川在隋唐时期就是刻书业发达的地区，五代时

期后蜀宰相毋昭裔是历史上第一个私家刻书者。北宋初，承隋唐五代遗风，蜀地刻书业尤为兴盛，主要集中在成都和眉山，多刻唐宋名家著作，集中反映了唐人诗文作品较早的流传状况。

②俗本：世间流行的校刻不精的版本。

③善本：珍贵优异的古代图书刻本或写本。

【译文】

《昌黎先生集》的版本出自蜀地，文字雕刻比当今世间流传的版本远为精工，但是脱字和谬误很多。这三十年中，我一听说别人有珍贵优异的版本，必定找来订正这个旧本。它最后残缺几卷，现在没有再补上的原因，是为了维持原貌，不轻率增加。我家中藏书万卷，只有《昌黎先生集》是旧物。啊！韩愈的文章与思想，是世世代代共同尊奉、天下之人共同传承与享有的遗产。我对这本《昌黎先生集》，只因为它是我的旧物，便特别爱惜。

居士集序

苏 轼

【题解】

宋仁宗嘉祐二年（1057），一代文豪欧阳修（1007—1072）以翰林学士身份主持进士考试，对同知贡举的梅尧臣推荐给他的一篇文章大加叹赏，"以为异人，欲以冠多士"，因疑为门下士人曾巩所作而终置第二。这篇无所藻饰、风格酷似《孟子》的奇文，正出自年仅22岁的苏轼（1037—1101）之手。欧阳修欣慰地说："自古异人间出，前后参差不相待。予老矣，乃今见之，岂不为幸哉！"遂以培植其成长为己任。欧、苏相差三十岁，结为忘年交，两代文宗相继完成诗文革新，联手创造了北宋文学的辉煌。作为欧阳修最得意的门生，苏轼在老师辞世二十年后为其编定诗文集，写下一篇精思妙论的《居士集序》。

这篇序文颇多曲折，不仅牵涉到欧阳修的学术思想与文化成就，而且纠缠着深刻影响北宋中晚期政治生活方方面面的熙宁变法，以及变法引发的学术之争。欧阳修不是一位普通文人，而是宋学风貌的塑造者，在思想史上具有重要意义。他晚年因批评青苗法的建议不被采纳而离开京城，对苏轼在变法中的政治立场也有一定影响。面对激进的变法，以历史经验主义为学术精神的苏轼持反对态度，尤其反对王安石借助政治权力推行一己之学、强行统一学术观念的作法。他的政治立场与文化影响力使其成为变法漩涡中的人物。

因此，《居士集序》不以居士诗文入手，而以"言有大而非夸，达者信之，众人疑焉"这样一句体势甚重的观点入手，滔滔而下：首先以战国思想论争与秦代亡于法家之学的史实，证明孔、孟作为思想者的功绩堪配大禹治水，引出"邪说之移人，虽豪杰之士有不免"的认识；其次以汉代以来邪说亡国的历史为背景，托出五百年后弘扬孟子学说、"道济天下之溺"的韩愈，以及二百年后被誉为"今之韩愈"的欧阳子,指出"其学推韩愈、孟子以达于孔氏"的正统学术渊源;再次以宋兴七十年间的文风转变,襃扬欧阳修的"长育成就"之功;复次以欧文十余年间的沉浮状况,暗示政治局势与思想领域的变化;最后交代文集情况,并引"天下之言"评价欧文的杰出成就。

夫言有大而非夸①,达者信之②,众人疑焉③。孔子曰:"天之将丧斯文也,后死者不得与于斯文也。"④孟子曰:禹抑洪水,孔子作《春秋》,而予距杨、墨⑤。盖以是配禹也⑥。文章之得丧何与于天⑦,而禹之功与天地并。孔子、孟子以空言配之⑧,不已夸乎?自《春秋》作而乱臣贼子惧⑨,孟子之言行而杨、墨之道废⑩。天下以为是固然⑪,而不知其功⑫。孟子既没,有申、商、韩非之学⑬,违道而趣利⑭,残民以厚主⑮,其说至陋也⑯。而士以是罔其上⑰,上之人侥幸一切之功⑱,靡然从之⑲。而世无大人先生如孔子、孟子者⑳,推其本末㉑,权其祸福之轻重,以救其惑㉒。故其学遂行,秦以是丧天下,陵夷至于胜、广、刘、项之祸㉓,死者十八九,天下萧然㉔。洪水之患㉕,盖不至此也。方秦之未得志也㉖,使复有一孟子,则申、韩为空言,作于其心,害于其事㉗;作于其事,害于其政者,必不至若是烈也㉘。使杨、墨得志于天下,其祸岂减于申、韩哉㉙?由是言之,虽以孟子配禹可也。太史公曰:"盖公言黄、老,贾谊、晁错明申、韩。"㉚错不足道也,而谊亦为之,予以是知邪说之移人㉛,虽豪杰之士有不免者㉜,况众人乎?

【注释】

①夸:浮夸,华而不实。《逸周书·谥法》:"华言无实曰夸。"

②达者:见识高超、不同于流俗的人。

③众人:一般人。《孟子·告子下》:"君子之所为,众人固不识也。"

　　④天之将丧斯文也，后死者不得与于斯文也：语出《论语·子罕》。据《史记·孔子世家》：孔子过匡，匡人以为他是侵暴过他们的阳虎，就将孔子及其弟子包围拘押了五天，"弟子惧，孔子曰：'文王既没，文不在兹乎？天之将丧斯文也，后死者不得与于斯文也；天之未丧斯文也，匡人其如予何！'"孔子的论证逻辑是：如果上天希望"斯文"灭亡，就不会让自己知道；既然上天让自己知道，说明已选定自己作为"斯文"的继承人，所以就不会让匡人伤害自己。丧，灭亡。斯文，指礼乐教化、典章制度。后死者，孔子指称自己。与，参与，此处是"掌握"之意。

　　⑤禹抑洪水，孔子作《春秋》，而予距杨、墨：语本《孟子·滕文公下》："杨氏为我，是无君也；墨氏兼爱，是无父也。无父无君，是禽兽也。……杨、墨之道不息，孔子之道不著，是邪说诬民，充塞仁义也。仁义充塞，则率兽食人，人将相食。吾为此惧，闲（捍卫）先圣之道，距杨、墨，放淫辞，邪说者不得作。……昔者禹抑洪水而天下平，周公兼夷狄、驱猛兽而百姓宁，孔子成《春秋》而乱臣贼子惧。……我亦欲正人心、息邪说、距诐行、放淫辞，以承三圣。"作，撰述，撰写。距，通"拒"，拒绝，排斥。杨，指杨朱，墨指墨翟，杨朱学派宣扬利己，墨家学派反对儒家所强调的社会等级观念，两家学派在战国初期并称显学，"天下之言，不归杨则归墨"。

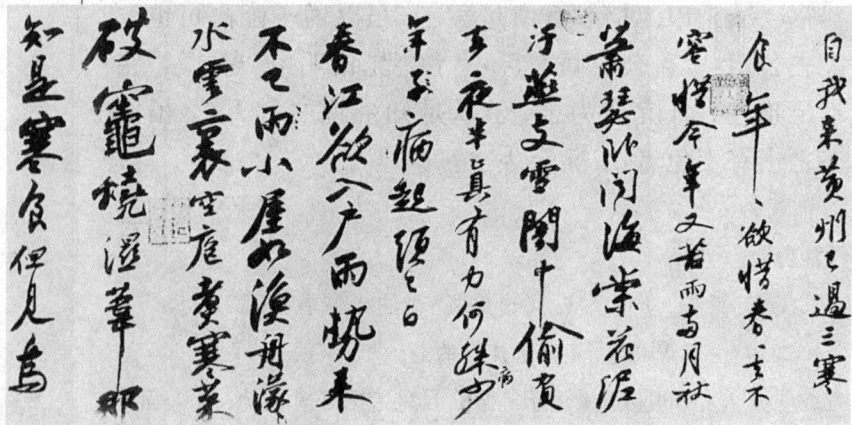

苏轼《新年展庆帖》手迹

⑥配：匹敌，媲美。

⑦文章：礼乐制度。《礼记·大传》："考文章，改正朔。"郑玄注："文章，礼法也。"孙希旦集解："文章，谓礼乐制度。"何与：犹言何干。

⑧空言：只起褒贬作用而不见用于当世的言论主张。《史记·太史公自序》："子曰：'我欲载之空言，不如见之于行事之深切著明也。'"司马贞《索隐》："空言，谓褒贬是非也。空立此文，而乱臣贼子惧也。"

⑨乱臣贼子：不守臣道、心怀异志的人。

⑩行：流行，流传。废：抛弃，废弃。

⑪以为是：一作"以是为"，似更通顺。固然：当然，理应如此。

⑫不知其功：一作"不可知其功"。

⑬孟子既没：孟子（前372—前289），其有影响的政治活动主要当在前322年之后。申、商、韩非：皆为战国时期法家学派的代表人物。申指申不害，《史记·老子韩非列传》说"其学本于黄老而主刑名，著书二篇，号曰《申子》"，韩昭侯曾用以为相。商指商鞅，《史记·商君列传》说他"少好刑名之学"，秦孝公曾任用他主持变法。韩非师从儒学大师荀子，精于"刑名法术之学"，著有《韩非子》一书，把商鞅的法、申不害的术和慎到的势融合起来，成为法家思想的集大成者。按，苏轼此处所举三位法家人物，申、商活动早于孟子，唯韩非生于孟子卒后，他所谓"申、商、韩非之学"，当统指融法、术、势思想而最终形成的法家思想，未必针对他们本身。

⑭违道：违背正义。《书·大禹谟》："罔违道以干百姓之誉。"孔传："失道求名，古人贱之。"趣（qū）利：追逐财利。《汉书·董仲舒传》："造伪饰诈，趣利无耻。"趣，趋向，归向。

⑮残民：残害百姓。厚：增益，加深。

⑯陋：目光短浅，见识不广。《荀子·修身》："多见曰闲，少见曰陋。"

⑰罔：蒙蔽，欺骗。

⑱侥幸：企求非分。《庄子·在宥》："此以人之国侥幸也。"

陆德明释文:"侥幸,求利不止之貌。"一切:权宜,临时。《战国策·秦策五》:"说有可以一切而使君富贵千万岁。"鲍彪注:"一切,权宜也。"

⑲靡然:草木顺风而倒貌。喻望风响应,闻风而动。

⑳大人先生:德行高尚、志趣高远的人。汉扬雄《法言·学行》:"大人之学也为道,小人之学也为利。"

㉑推:推究,审问。

㉒救:制止,阻止。《周礼·地官·司救》:"司救掌万民之邪恶过失,而诛让之,以礼防禁而救之。"

㉓陵夷:由盛到衰,衰颓,衰落。胜、广、刘、项之祸:指秦末自陈胜、吴广起义至刘邦、项羽入关推翻秦政权并继之以四年的楚汉战争。

㉔萧然:空寂,萧条。

㉕洪水之患:指传说中尧、舜时的大洪水。据《尚书·尧典》,当时:"汤汤洪水方割,荡荡怀山襄陵,浩浩滔天。"

㉖方:当,在。得志:谓实现其志愿。

㉗自"使复有一孟子"至"若是之烈也"七句:按,苏轼此处极言法家思想为害之烈,极力强调孟子学说的重要,甚至假设法家思想游说秦王之时,如有孟子出面拒斥,则秦朝迅疾崛起、迅速崩溃的历史有可能被改写。其实对于苏轼的假设,不必过于认真。且不说商鞅变法时孟子已有一定影响,却未像正面批判杨、墨一样批判过商鞅,即使假设孟子曾以"仁政"学说对抗商鞅的"强国之术",战国后期的君主也会认为他的办法需时"久远,吾不能待"(秦孝公语)。苏轼历论战国儒、法之争,带有强烈的现实针对性。北宋神宗时期,"三冗(冗官、冗兵、冗费)两积(积贫积弱)"问题日益严重,改革已成很多朝臣的共识,但在改革目标与实施方案上存在严重分歧。对面最明显的国用不足问题,司马光主张"节流",王安石主张"开源",神宗采纳了王安石的建议。熙宁新法以"理财"为切入点,继而扩展到人事机构与思想领域。苏轼反对的主要是这种"数十百事交举并作"的激进方式。事实证明,以短促而急迫的方式,解决牵涉甚

广、积弊甚深的危机，注定了变法的适与愿违。新法实行十余年后，国虽富而民益贫，呕心沥血兵不强，朝廷陷入深刻持久的政局动荡。苏轼在此借孟子与法家立论，是为了表达对其新法"求利"的斥责、对"邪说移人"的感受。

㉘减：逊于，亚于。

㉙盖公言黄、老，贾谊、晁错明申、韩：语出《史记·太史公自序》。注已见前。

㉛移人：改变人的精神情态。

㉜豪杰：豪迈杰出。

【译文】

有的言辞闳大却并非浮夸，通达之人相信它，一般人则怀疑它。孔子说："如果上天要让周文王创立的礼乐制度灭亡，我这个后死的人就不可能掌握礼乐制度了。"孟子说：大禹抑制了洪水，孔子编撰了《春秋》，而我则拒斥了杨朱和墨翟的邪说。他这是把自己的功绩与大禹治水媲美。礼乐制度的得到与丧失和天有什么关系呢，而大禹的功绩却能与天地并列。孔子、孟子以褒贬善恶却不见用于当世的言论主张与大禹相媲美，不是太过夸张了吗？自从《春秋》编撰成书，不守臣道、心怀异志者有了畏惧；自从孟子的言论流行，杨朱、墨翟的学说遭到废弃。天下人认为这是自然而然的，却不知道孟子的功绩。孟子死后，有申不害、商鞅、韩非等人的学说，违背正义而追逐财利，残害百姓以增益君主，他们的学说是最为浅陋的。但是士人用这种学说欺骗他们的主上，居于上位之人只希求权宜之功，纷纷听从他们的学说。但是当时却没有像孔子、孟子那样德行高尚、志趣高远的人，推究这种学说的始末原委，权衡它们可能带来的祸福的轻重分量，以阻止它们对世人的迷惑。因此这种学说就大行其道，秦朝因为以法术治国而丧失天下，由盛转衰，以至于出现陈胜、吴广、刘邦、项羽的祸患，死去的人十之八九，天下一片萧条。洪水的祸患，大概也不至于这样严重吧。当秦朝未实现以暴力统治天下的志愿之时，假使又有一个孟子，那么申、韩学说会被认为是不切实际之言，只能作用于他们的内心，危害他们自己的事情；作用于国事，危害国家政权的程度，一定不至于像这般厉害。假使让杨朱、墨翟在全天下推行他们的主张，所造成的祸患难道会亚于申不害和韩非吗？从这方面来说，即使拿孟子与大禹媲美，也是可以的。太史公说："盖公倡言黄、老之术，贾谊、晁错阐明申、韩学说。"晁错为人不值一谈，可是贾谊也做这种事，我由此知道邪说会改变人的情志，即使是豪迈杰出之士也在所难免，何况普通人呢？

自汉以来，道术不出于孔氏而乱天下者多矣①。晋以老庄亡②，梁以佛亡③，莫或正之④。五百余年而后得韩愈⑤，学者以愈配孟子⑥，盖庶几焉⑦。愈之后二百有余年，而后得欧阳子⑧。其学推韩愈、孟子以达于孔氏⑨，著礼乐仁义之实以合于大道⑩；其言简而明、信而通⑪，引物连类⑫，折之于至理⑬，以服人心⑭。故天下翕然师尊之⑮。自欧阳子之存，世之不说者哗而攻之⑯，能折困其身，而不能屈其言⑰。士无贤不肖⑱，不谋而同曰："欧阳子，今之韩愈也。"

【注释】

①道术：道德学问，文章道德。乱：败坏，扰乱。

②晋以老庄亡：西晋（266—316）与东晋（317—420）时期清谈玄学之风盛行，士人崇尚老、庄，"祖述虚玄，摈阙里之典经，习正始之余论；指礼法为流俗，目纵诞以清高。遂使宪章弛废，名教颓毁，五胡乘间而竞逐，二京继踵以沦胥"（《晋书·儒林传序》），因而有"清谈误国"之说。

③梁以佛亡：南朝梁（502—557）是南北朝时期南朝的第三个朝代，其建立者武帝萧衍在位四十八年（502—549），统治期间大肆推崇佛教，甚至三次舍身寺庙。造成极大破坏、导致国势败坏的"侯景之乱"被认为是武帝佞佛的结果，叛乱平息之后，陈霸先代梁建陈。

④莫或：没有。

⑤五百余年而后得韩愈：按，自西晋至韩愈（768—826）提出"道统"，提倡古文运动，共五百余年。得，有，表示发生或出现。韩愈，字退之，唐代文学家、哲学家、思想家。在文学史上，他是中唐古文运动的倡导者，提出"文以载道"、"文道合一"，苏轼称其"文起八代之衰"；在思想史上，他是儒家道统说的提倡者，认为"尧以是（指道统）传之舜，舜以是传之禹，禹以是传之汤，汤以是传之文、武、周公，文、武、周公传之孔子，孔子传之孟轲，轲之死，不得其传焉"（《原道》），俨然以道统自任。

⑥学者以愈配孟子：正因韩愈绍述孟子，后人亦以其与孟子并列。晚唐时期的皮日休曾经上书，请以《孟子》为学科，并以韩愈配享太学；宋代石介、欧阳修、苏轼等人皆在道统上以昌黎追配孟子。学者，做学问的人，求学的人。

⑦庶几：大概，差不多。

⑧愈之后二百有余年，而后得欧阳子：欧阳子指欧阳修。其生活年代比韩愈晚二百多年。子，古人对老师的尊称。《论语·学而》："子曰：'学而时习之，不亦说乎！'"邢昺疏："子者，古人称师曰'子'。"

⑨其学推韩愈、孟子以达于孔氏：意谓欧阳修在学术思想上推崇韩愈、孟子，并由此上溯到孔子。这里隐然有将欧阳修推许为道统传人的意思。推，推赞，推重，推许。

⑩著：明示，著书以明言。《汉书·陆贾传》："高帝不怿，有惭色，谓贾曰：'试为我著秦所以失天下，吾所以得之者，及古成败之国。'"颜师古注："著，明也，谓作书明言也之。"礼乐：礼节和音乐。古代帝王常用兴礼乐为手段，以求达到尊卑有序、远近和合的统治目的。《礼记·乐记》："乐也者，情之不可变者；礼也者，理之不可易者也。乐统同，礼辨异。礼乐之说，管乎人情矣。"仁义：仁爱和正义。《礼记·曲礼上》："道德仁义，非礼不成。"孔颖达疏："仁是施恩及物，义是裁断合宜。"实：实质，实在内容。

⑪简而明：简要明白。宋洪迈《容斋随笔·解释经旨》："解释经

旨，贵于简明，惟《孟子》独然。"信而通：明确。通，指言语或文章通顺、流畅。

⑫引物连类：引证或引喻某一事物，而连带及于同类的其他事物。

⑬折：判断，裁决。至理：真理，正常的道理。

⑭服：信服，佩服。人心：指人们的意愿、感情等。

⑮翕然：一致的样子。

⑯世之不说者哗而攻之：宋仁宗嘉祐二年（1057），翰林学士欧阳修权知贡举。当时文坛流行艰涩难懂的"太学体"，"修深疾之，遂痛加裁抑"，因擅长此体而名噪一时者皆榜上无名，结果"嚣薄之士候修晨朝，群聚诋斥之"（《宋史全文》），甚至有人写祭文丢到他家里，咒他早死。说，同"悦"，喜好，喜爱。哗，人声嘈杂，喧闹。

⑰折困其身：即指前面所说那些人对他的诋斥侮辱。折，折挫困辱。不能屈其言：上述的攻击并不能改变欧阳修的主张，且"文体自是亦少变"（《宋史全文》）。屈，压抑，屈抑。言，学说，主张。

⑱贤：有德行，多才能。不肖：不成材，不正派。

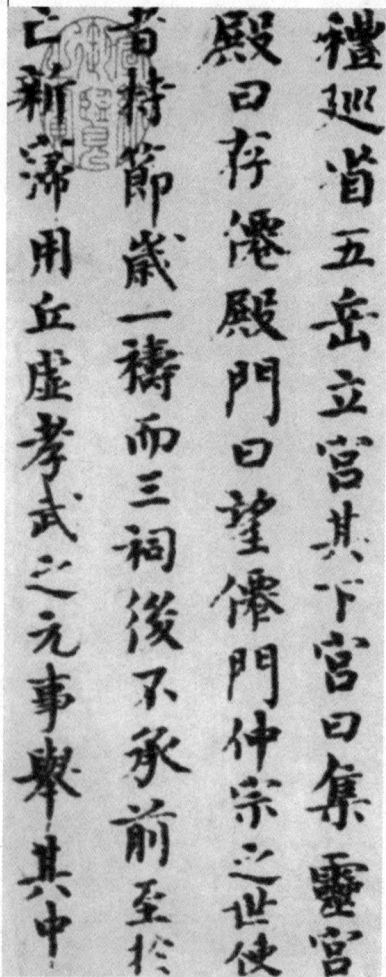

欧阳修书法

【译文】

自从汉代以来，道德学问不出于孔子因而使天下搅扰混乱的朝代很多。两晋因为崇尚老庄而亡国，梁朝因为佞信佛教而亡国，却没有人能够纠正这些问题。五百余年之后韩愈出现了，有学识的人将他配享孟子，大约因为他们的功绩是相似的。韩愈之后二百余年，而有欧阳先生。他的学说推重韩愈、孟子，最终追溯到孔子，他著书明示礼节、音乐、仁爱、正义的实质，与大道相符；他的言辞简要明白、明确流畅，引证一物而连带同类其他事物，用真理加以裁决，从而使人发自内心地信服。故而天下人一致将他推尊为师。当欧阳先生在世的时候，世间不喜欢他的那些人乱纷纷群起而攻击他，能折辱他的身体，却不能屈抑他的学说。无论是有德行、有才能的士人，还是不正派、不成材的士人，都不约而同地说："欧阳先生是当世的韩愈啊。"

　　宋兴七十余年[1]，民不知兵[2]。富而教之[3]，至天圣、景祐极矣[4]，而斯文终有愧于古[5]。士亦因陋守旧[6]，论卑而气弱[7]。自欧阳子出，天下争自濯磨[8]，以通经学古为高[9]，以救时行道为贤[10]，以犯颜纳说为忠[11]。长育成就[12]，至嘉祐末，号称多士，欧阳子之功为多[13]。呜呼！此岂人力也哉？非天，其孰能使之？

【注释】

　　[1]宋兴七十余年：自960年赵匡胤发动陈桥兵变建立宋朝，历太祖（960—976）、太宗（977—997）、真宗（998—1022），计62年；至仁宗景祐（1034—1038）末年，则七十余年。

　　[2]知兵：本义为通晓军事，此指经历战争。

　　[3]教：政教，教化。

　　[4]至天圣、景祐极矣：仁宗在位四十二年，天圣（1023—1032）、明道（1032—1033）、景祐为其初期年号。极，达到顶点、最高限度。

　　[5]而斯文终有愧于古：北宋建立初期，沿袭晚唐五代的浮靡文风，之后又有文辞典丽、内容空洞的西昆体和以艰涩为高的"太学体"盛极一时，文学成就难与前代媲美。斯文，指礼乐教化、典章制

107

居士集序

度，亦特指文学，此处偏指后一义。

⑥旧：指从前的典章制度，成例。

⑦论：主张，学说，观点。卑：低下，浅陋。气：指作家的气质或作品的风格，气势。曹丕《典论·论文》："文以气为主，气之清浊有体，不可力强而致。"

⑧濯磨：洗涤磨炼。比喻加强修养，以期有为。

⑨通经：通晓经学。学古：学习研究古代典籍。

⑩救时：匡救时弊。行道：实践自己的主张或所学。《孝经·开宗明义》："立身行道，扬名于后世，以显父母，孝之终也。"

⑪犯颜：敢于冒犯君王或尊长的威严。纳说：纳谏，向君主进谏。

⑫长育：养育，使之长大。引申为培育。成就：造就，成全。

⑬至嘉祐末，号称多士，欧阳子之功为多：欧阳修凭借其政治地位奖掖后进，择贤而举，尹洙、梅尧臣、苏舜钦是其密友，苏洵、王安石得其引荐，苏轼、苏辙和曾巩直接出其门下，黄庭坚、秦观和陈师道间接从其受益，北宋中后期的文化名人几乎无一不得欧阳修培养熏陶。宋仁宗后期，文坛上出现人才济济、聚欧门下的盛况，北宋诗文革新运动真正取得成效。嘉祐（1056—1063），宋仁宗最后一个年号。

【译文】

宋朝自建立以来的七十余年中，民众未曾经历战争。在位者使百姓富足，然后对其进行教化，至仁宗天圣、景祐年间而达到极致，但是文化成就与古代相比终究令人惭愧。士人们也因袭世俗陋风，墨守成例旧习，观点卑浅，气格纤弱。自从欧阳先生出现，天下之人争相洗涤磨炼自己，以通晓经学、学习古代典籍为高明，以匡救时弊、践行自己的主张为贤能，以敢于冒犯君主的威严、直言进谏为忠诚。经过一番培育造就，至嘉祐末年，号称人才众多，欧阳先生有很大的功劳。唉！这难道是人的力量所能做到的吗？如果不是天意，谁能造就这种盛况呢？

欧阳子没①，十有余年，士始为新学②，以佛、老之似，乱周、孔之实③，识者忧之。赖天子明圣，诏修取士法④，风厉学者专治孔氏⑤，黜异端⑥，然后风俗一变。考论师友渊源所自，复知诵习欧阳子之书。

【注释】

①没：通"殁"，死。

②十有余年，士始为新学：王安石撰《三经新义》，于熙宁八年（1075）颁布，作为全国学生必读的教科书和科举考试的依据。此年据欧阳修去世不过数年，不是十余年；或许此指元丰（1078—1085）年间，王安石罢相，而其《三经新义》仍为科考依据而传播甚广。为，学习，研究。《论语·述而》："抑为之不厌，诲人不倦，则可谓云尔已矣。"皇侃疏："为，犹学也。"新学，指北宋王安石的经学，是王安石为配合其政治改革而提出的学术思想及文化教育政策。他改革科举考试内容，以经义代替诗赋；又与其子重新解释《诗》、《书》、《周礼》，颁于学官，作为阐释经义的统一标准。结果"士趋时好，专以《三经义》为捷径。非徒不观史，而于所习经外，他经及诸子无复有读之者"（宋朱弁《曲洧旧闻》），对学风造成很坏影响。

③以佛、老之似，乱周、孔之实：王安石新学作为变法的理论根据，北宋后期大为风行，洛学（程颐等）和蜀学（苏轼等）在学术上与其针锋相对，斥其"杂糅佛道"、"于学不正"。王安石提倡道德性命之说，晚年又注佛经，苏轼在《王安石赠太傅》中讥讽他"少学孔孟，晚师瞿聃（佛教和道教的代称。瞿，指瞿昙，佛教之祖；聃，指老聃，道教之祖）"，已非孔孟之徒。乱，混杂，混淆。

④赖天子明圣，诏修取士法：元丰八年（1085）宋神宗病逝，年仅十岁的哲宗继位，由高太后执政，起用旧党司马光为宰相，尽废王安石新法。元祐二年（1087）"诏举人程试，主司毋得于《老》、《庄》、《列子》书命题"；元祐四年（1089）分立经义、诗赋两科，以四场成绩通定名次高下（《宋史·哲宗本纪》）。赖，依靠，凭借。明圣，明达圣哲。取士，选取士人，此处指科举考试。

110

⑤风（fěng）厉：鼓励，劝勉。风，通"讽"，劝说。治：攻读，研究。

⑥异端：古代儒家称其他学说、学派为异端。

⑦渊源：指学业上的师承关系。

【译文】

欧阳先生死后十九年，士人们开始学习新学，以佛教、老子似是而非的言论，混淆周公、孔子之道的实质，有见识的人对此感到担忧。仰赖天子明达圣哲，下诏修改科举取士的办法，鼓励求学者专心研读孔氏之道，摒弃异端杂说，然后风气习俗为之一变。考查论证老师和朋友们学业上的师承关系，又知道诵读学习欧阳先生的著作了。

予得其诗文七百六十六篇于其子棐①，乃次而论之曰："欧阳子论大道似韩愈，论事似陆贽②，记事似司马迁③，诗赋似李白。"此非予言也，天下之言也。

【注释】

①棐（fěi）：字叔弼，欧阳修第三子。其女约于元祐六年（1091）嫁给苏轼之子苏迨。

②陆贽（754—805）：字敬舆，苏州嘉兴（今属浙江）人。唐代著名政治家、政论家。主要活动于德宗时期，先后任翰林学士和宰相。他的政论文以"言事激切"为特征，呼吁止乱息兵、恤养百姓，曾起到"救时"作用，后人认为"可备千秋鉴戒"（《十七史商榷》）。

③司马迁：西汉伟大的历史学家，著有我国第一部纪传体通史《史记》。《汉书·司马迁传》："自刘向、扬雄博极群书，皆称迁有良史之材，服其善序事理，辨而不华，质而不俚，其文直，其事核，不虚美，不隐恶，故谓之实录。"

【译文】

我从他的儿子欧阳棐手中得到他的诗文七百六十六篇,于是编纂成书并加以评论说:"欧阳先生谈论大道气势盛大似韩愈,议论政事忠恳激切似陆贽,记录史事善序事理似司马迁,创作诗赋清新流畅似李白。"这不是我说的,而是天下人说的。

欧阳子讳修[①],字永叔,既老,自谓六一居士云[②]。

【注释】

①讳:指已故尊长者之名。

②自谓:一作"自号"。六一居士:欧阳修《六一居士传》:"既老而衰且病,将退休于颍水之上,则又更号六一居士。客有问曰:'六一何谓也?'居士曰:'吾家藏书一万卷,集录三代以来金石遗文一千卷,有琴一张,有棋一局,而常置酒一壶。'客曰:'是为五一尔,奈何?'居士曰:'以吾一翁,老于此五物之间,是岂不为六一乎?'"按,绵州重刻大杭本及眉州本皆无"欧阳子"以下十七字。

【译文】

欧阳先生的名讳是修,字永叔,到了老年,自号六一居士。

元祐六年六月十五日叙[①]。

【注释】

①元祐六年六月十五日叙:绵州刻本作"三年十二月,是时任翰林学士"。元祐,宋哲宗年号,元祐六年为公元1091年。叙,苏轼的祖父名序,故作"叙"。

【译文】

元祐六年六月十五日叙。

书洛阳名园记后

李格非

【题解】

李格非（约1045—1106），字文叔，济南人。元祐末年为太学博士，哲宗绍圣年间召为校书郎，迁著作佐郎、礼部员外郎。徽宗崇宁元年（1102）蔡京执政，以恢复新法为名打击"元祐党人"，李格非因曾以文受知于苏轼而遭罢黜，卒于故里。使其知名于后世的，一为其女李清照，一为其仅存之著作《洛阳名园记》。

自夏朝至北宋，先后有13个朝代建都洛阳；武则天在位的15年以洛阳为政治中心，号称"神都"，唐代其余时间皆以洛阳为东都；北宋定都开封，以洛阳为西京，很多达官显宦退休后在此养老，故而名卿园林甲于天下。《名园记》记述了北宋中后期洛阳的19座园圃，园林主人有"声名气焰见于功德者"，如仁宗朝名相富弼（富郑公园），太宗至真宗朝三度为相的吕蒙正（吕文穆园），仁宗至哲宗时历仕四朝、出将入相达五十年的文彦博（东园），主持编纂《资治通鉴》并于哲宗初年出任宰相的司马光（独乐园）；亦有"世位尊崇"、"财力雄盛者"，以及"以清净化度群品"的僧侣（张琰《洛阳名园记序》）。全书所记最后一座园林是建于隋唐官园遗址之上的吕文穆园，文后附有聊聊三百字的"论曰"，即为这篇后人"读之至流涕"（邵博之语）的短文。

文章层次清晰，呈现三段论式结构：先写"洛阳处天下之中"、"盖四方必争之地"的地理位置，得出"洛阳盛衰为天下治乱之候"；次写唐代东都千余馆第园林灰飞烟灭的历史，得出"园圃废兴为洛阳盛衰之候"；最后点出天下治乱、洛阳盛衰与园圃废兴之间的关系。作者以理性的目光游弋于历史废墟与盛世华林之中，看透了"名园"物象背后的意义。

《名园记》作于绍圣二年（1095），此前两年哲宗亲政，绍述神宗新法，起用变法派，尽贬反对变法的旧党，朝臣的政见之争日益演变为人身攻击，苏轼被远贬惠州。李格非在这种时事背景下记述洛阳名园之盛，追思贤佐名卿"勋业隆盛，能享其乐"的用意非常明显；而《后记》中提到"方进于朝"、因私害公却欲退休后悠游林下的公卿大夫，对现实的讽刺与忧虑亦显而易见。

论曰："洛阳处天下之中，挟崤、渑之阻^①，当秦、陇之襟喉^②，而赵、魏之走集^③，盖四方必争之地也。天下常无事则已^④，有事则洛阳先受兵^⑤。"予故尝曰："洛阳之盛衰者，天下治乱之候也^⑥。"

【注释】

①挟：依傍。崤（xiáo）：崤山，在河南洛宁西北，古代军事要地。渑（miǎn）：渑池，古城名，在今河南渑池西。崤山、渑池都在洛阳西边。阻：险要，险要之地。

②当：把守。秦、陇：秦岭和陇山的并称。襟喉：衣领和咽喉，比喻要害之地。

③赵、魏：均为战国七雄之一，赵国疆域大致包括今山西中部、陕西东北角及河北西南部，都城邯郸（今河北邯郸）；魏国疆域主要包括今陕西境内、山西西南部、河南北部地区，国都原在安邑（今山西夏县西北），后迁大梁（今河南开封）。走集：边界要塞，交通要冲。

④常：用作"倘"，倘若。无事：没有变故，多指没有战事、灾难等。

⑤兵：犹伤害。

⑥治乱：安定与动乱。候：征候，征兆。

【译文】

人们评论说："洛阳地处全国的中部，依傍着崤山和渑池的险阻地势,扼守着秦岭和陇山的咽喉要害,又是赵、魏之地的交通要道,是四方诸侯豪强必争之地。天下倘若没有战事也就罢了,一有战事,那么洛阳首先遭受伤害。"我因此曾说:"洛阳的兴盛与衰落,是天下安定与动乱的征候。"

　　方唐贞观、开元之间①,公卿贵戚开馆列第于东都者②,号千有余邸。及其乱离③,继以五季之酷④,其池塘竹树,兵车蹂践,废而为丘墟⑤;高亭大榭⑥,烟火焚燎⑦,化而为灰烬,与唐共灭而俱亡者,无余处矣。予故尝曰:"园圃之废兴⑧,洛阳盛衰之候也。"

【注释】

　　①唐贞观、开元之间:贞观(627—649),唐太宗年号,开元(713—741),唐玄宗年号。这两个时期政治清平,社会繁荣,史称

清代园林·高义园

"贞观之治"与"开元盛世"。

　　②公卿：三公九卿的简称，泛指高官。贵戚：帝王的亲族。开馆列第：均指建造官邸和住宅。东都：隋唐时京都在长安，以洛阳为东都。

　　③乱离：遭乱流离。指唐代中期的安史之乱与末叶的黄巢起义。

　　④五季：五代，即后梁、后唐、后晋、后汉、后周。酷：灾难，困苦。

　　⑤废：荒芜，荒废。丘墟：废墟，荒地。

　　⑥榭：建在高台上的木屋，多为游观之所。

　　⑦焚燎(liǎo)：焚烧。

　　⑧园圃：种植果木菜蔬的园地。此指园林馆第。

【译文】

　　在唐代贞观、开元年间，高官显宦、皇亲国戚在东都洛阳营建公馆府第，号称有一千多处。等到遭乱流离，接下来又有五代时期的灾难，这些馆舍中的池塘竹树，都被兵车蹂躏践踏，荒芜一片，成了废墟；高高的亭子、宽敞的木榭，都被战火焚烧，化为灰烬，与唐王朝一起灭亡，没有留下一处。我因此曾说："馆第园林的荒芜与兴盛，是洛阳兴盛与衰落的征候。"

　　且天下之治乱^①，候于洛阳之盛衰而知^②；洛阳之盛衰，候于园圃之废兴而得，则《名园记》之作，予岂徒然哉^③？

【注释】

　　①且：助词，用在句首，表示提挈，犹夫。

　　②候：观察。

　　③徒然：偶然，无因。

【译文】

　　天下的安定与动乱，观察洛阳的兴盛与衰落就知道了；洛阳的兴盛与衰落，观察馆第园林的荒废与兴盛就知道了，那么撰写《名园记》，我难道是出于偶然无因吗?

嗚呼! 公卿大夫方进于朝①，放乎以一己之私自为②，而忘天下之治忽③。欲退享此乐，得乎④? 唐之末路是也⑤!

【注释】

①进: 进仕，出仕。

②放: 放纵，放荡。自为: 为自己。

③治忽: 治理与忽怠。一说"忽"读为"滑(gǔ)"，义为"乱"。治忽，即治乱。

④得: 行，可以。

⑤末路: 下场，结局。

【译文】

唉! 当公卿大夫们在朝为官之时，放纵一己私心为所欲为，却忘掉了国家的治理与忽怠，想要退休后享受园林之乐，可能吗? 唐朝的下场就是这样啊!

金石录后序

李清照

【题解】

这是北宋著名收藏家赵明诚《金石录》的"后序",声名却远远大过它所附丽的这部书。文章出自李清照之手,是研究该书成书过程与李清照身世经历的重要依据。

这是一部典型的收藏史,一部费力收集藏品又痛心地点点流失的收藏史,一部发生在衰亡时代、重现在回忆之中的收藏史。赵明诚夫妇的收藏,遇到过普通收藏家可能遇到的问题(经济能力、鉴赏眼力、保存与研究所需耗费的心力),面临过很多收藏家可能面临的困境(权力的觊觎、盗贼的窥视、盛名的拖累),也经历了并非所有收藏家都会经历的国破家亡、颠沛流离。

这是一篇特殊的"后序",一部特殊的收藏史。李清照参与了收藏的过程,分享过收藏的乐趣,又在收藏者离开与辞世后承担过保存藏品的重任,承受过散失的痛苦。收集时她保持了与收藏之物的心理距离,写序时她拉开了与收藏行为的时空距离,这使她不仅是参与者、合作者,而且是反思者、批判者,能够看出并写下"人"在这部收藏史中所付出的代价。

《金石录后序》中交织着爱怜与嘲讽、涌动着悲苦与柔情:孜孜勤苦于收藏的丈夫是她的骄傲,"同共勘校"的收藏经历是她的青春与爱情,保存藏品、编订《金石录》是她对死者的纪念与责任;收藏理念上的差异是夫妻感情间的不和谐声音,丈夫对她做出负抱宗器"与身俱存亡"的安排是投给她的一道阴影,丈夫临终前"殊无分香卖屦之意"是她心中的刺痛。

《后序》结构形式独特:以问句开篇,已不寻常;褒扬该书成就后马上继以"惑"之慨叹,更非寻常语调。之后径直转入叙述:新婚夫妇最初从事收藏的欢乐与惋怅，屏居乡里十年的合作与分歧，奔丧、夫死、辗转逃难与藏品散失。这是回忆，又无需刻意回忆，这是她无法忘怀的往事、无处寻觅的失落。"今日忽阅此书，如见故人"，赵明诚金石研究所仅存的硕果，对她而言意义仅止于此。在失去家园、青春、丈夫以及凝聚着全部记忆的藏品之后，李清照悟彻了得失聚散的常理。假如她的清澈目光能够照亮"后世好古博雅者"的心灵，则"后序"或能于纪念之外多一重价值。

右《金石录》三十卷者何①？赵侯德甫所著书也②。取上自三代、下迄五季③，钟、鼎、甗、鬲、盘、彝、尊、敦之款识④，丰碑大碣、显人晦士之事迹⑤，凡见于金石刻者二千卷，皆是正讹谬⑥，去取褒贬⑦。上足以合圣人之道，下足以订史氏之失者⑧，皆载之，可谓多矣。呜呼！自王涯、元载之祸，书画与胡椒无异⑨；长舆、元凯之病，钱癖与《传》癖何殊⑩？名虽不同⑪，其惑一也。

【注释】

①右《金石录》三十卷：古书从右向左直行写刻，本文为《金石录》一书的"后序"，故如此说。右，指前面。

②赵侯德甫：赵明诚，字德甫，北宋密州诸城（今山东诸城）人，徽宗朝宰相赵挺之之季子，李清照的丈夫。侯，古代五等封爵之一，后常用以称呼州郡长官。赵明诚曾为莱州、淄州、建康、湖州太守，故称为侯。

③三代：夏、商、周三朝。

④钟、鼎、甗（yǎn）、鬲（lì）、盘、彝、尊、敦（duì）：泛指古代各种铜器。钟，古代乐器。鼎、甗、鬲，都是古代炊具，以青铜或陶制成，此处刻有铭文，当是铜器。鼎分圆、方两种，圆鼎两耳三足，方鼎两耳四足。甗分两层，上部是透底的甑（zèng），下部是鬲。上可蒸，下可煮。外形上大下小。鬲，口圆，似鼎，三足中空而曲。彝、尊，都是酒器。鼓腹侈口，高圈足，形制较多，常见的有圆形及方形。盛行于

商及西周。敦，古代食器，用以盛黍、稷、稻、粱等。形状较多，一般为三短足，圆腹，二环耳，有盖。圈足的敦，盖上多有提柄。流行于春秋战国时期。款识：古代钟鼎彝器上铸刻的文字。关于款和识的区别，说法不一。或谓款是阴字，是凹入者，刻画成之，识是阳字，是挺出者；或谓款在外，识在内；或谓花纹为款，篆刻为识。

⑤丰碑大碣：此处泛指高大的石牌。古代石碑，方顶者谓之碑，圆顶者谓之碣。显人：有声望的人。晦士：犹隐士，韬晦之士。

⑥是正：订正，校正。

⑦去取：舍弃或保留。褒贬：赞扬或贬低。

⑧史氏：史官，史家。失：错误，失误。

⑨王涯、元载之祸，书画与胡椒无异：王涯，字广津，唐文宗时宰相，喜收藏书画，"家书多与祕府侔，前世名画，尝以厚货钩致，或私以官，凿垣纳之，重复秘固，若不可窥者"。后因谋诛宦官，事泄被杀，"为人破垣，剔取奁轴金玉，而弃其书画于道"（《新唐书·王涯传》）。元载，字公辅，唐代宗时宰相，因贪赃而赐自尽，家财尽被没收，有"钟乳五百两"，"胡椒至八百石，它物称是"（《新唐书·元载传》）。

⑩长舆、元凯之病，钱癖与《传》癖何殊：和峤，字长舆，西晋人，官位显赫，"家产丰富，拟于王者，然性至吝，以是获讥于世，杜预以为峤有钱癖"（《晋书·和峤传》）。杜预，字元凯，西晋名将，"耽思经籍，为《春秋左氏经传集解》"。"时王济解相马，又甚爱之，而和峤颇聚敛，预常称'济有马癖，峤有钱癖'。武帝闻之，谓预曰：'卿有何癖？'对曰：'臣有《左传》癖。'"（《晋书·杜预传》）病，癖好。《传》，此处指《左传》。

⑪名：名声，名誉。

【译文】

右边的《金石录》三十卷是什么？是赵侯德甫编著的书。收取上自夏、商、周三代以来、下至五代末年，无论是钟、鼎、甗、鬲、盘、彝、尊、敦上的款识，还是石碑上的名人或隐士的事迹，凡是刻于金石、为人所见的文字共计二千卷，赵侯都一一校正错字讹句，进行取舍评价。那些上足以合乎圣人所讲的大道，下足以订正史官记述错误的金石文字，都被载录下来了，可以说是数量众多了。唉！从王涯、元载遭遇横祸来看，收藏古雅的书画和聚敛鄙陋的胡椒没什么不同；从和峤、杜预溺于所好来看，庸俗的钱癖和儒雅的《左传》癖有什么差别？名声虽然不同，但是他们迷恋外物的性质其实是一样的。

　　余建中辛巳始归赵氏①。时先君作礼部员外郎②，丞相作礼部侍郎③，侯年二十一，在太学作学生④。赵、李族寒⑤，素贫俭。每朔望谒告⑥，出，质衣⑦，取半千钱，步入相国寺⑧，市碑文果实归，相对展玩咀嚼⑨，自谓葛天氏之民也⑩。后二年，出仕宦，便有饭蔬衣练⑪，穷遐方绝域⑫，尽天下古文奇字之志⑬。日就月将⑭，渐益堆积。丞相居政府⑮，亲旧或在馆阁⑯，多有亡诗、逸史、鲁壁、汲冢所未见之书⑰。遂尽力传写，浸觉有味⑱，不能自已。后或见古今名人书画、三代奇器⑲，亦复脱衣市易。尝记崇宁间⑳，有人持徐熙《牡丹图》㉑，求钱二十万。当时虽贵家子弟，求二十万钱，岂易得耶？留信宿㉒，计无所出而还之，夫妇相向惋怅者数日。

【注释】

　　①建中辛巳：宋徽宗建中靖国元年（1101）。归：女子出嫁。古人认为女人以夫家为家，故谓嫁为归。

　　②先君作礼部员外郎：李清照之父李格非当时为礼部员外郎。先君，已故的父亲。

　　③丞相：赵明诚之父赵挺之，时为礼部侍郎，崇宁四年（1105）官至尚书右仆射，即宰相。

　　④太学：国学，古代设于京城的最高学府，主要传授儒家经典。

　　⑤寒：贫贱，低微。

赵明诚跋跋欧阳修墨迹手卷《集古录跋尾》（局部）

⑥朔望：阴历每月初一为朔，十五为望。谒告：请假，这里指朔望日的例行休假。

⑦质：典当。

⑧相国寺：北宋汴京最大的庙宇。原名建国寺，北齐天保六年（555）建。唐睿宗旧封相王，重建后改名相国寺，宋再加扩建，称大相国寺。每月朔望及初三、初八日开放。据《东京梦华录》卷三："殿后资圣门前，皆书籍、玩好、图画之类。"

⑨展玩：赏玩。

⑩葛天氏：传说中的远古帝名，一说为远古时期的部落名。其时为治世，不言而信，不化而行。陶渊明《五柳先生传》："衔觞赋诗，以乐其志，无怀氏之民欤？葛天氏之民欤？"

⑪饭蔬：指简单粗劣的食物。《论语·述而》："饭蔬食，饮水，曲肱而枕之，乐亦在其中矣。"衣练（shū）：以粗布为衣。练，粗麻织物。

⑫遐方：远方。绝域：极远的地域。

⑬古文奇字：泛指古文字。此指古书。古文，上古的文字，泛指甲骨文、金文、籀文和战国时通行于六国的文字。奇字，汉王莽时六体书之一，大抵根据古文加以改变而成。《隋书·经籍志一》："汉时以六体教学童，有古文、奇字、篆书、隶书、缪篆、虫鸟。"

⑭日就月将：日积月累。语出《诗经·周颂·敬之》："日就月将，学有缉熙于光明。"孔颖达疏："日就，谓学之使每日有成就；月将，

谓至于一月则有可行。"

⑮丞相居政府：徽宗崇宁元年（1102），赵挺之自吏部尚书迁尚书右丞，寻迁右仆射，故曰居政府。

⑯馆阁：北宋有昭文馆、史馆、集贤院三馆和秘阁、龙图阁等阁，分掌图书经籍和编修国史等事务，通称"馆阁"。元丰三年（1080）改制后，合并为秘书省。

⑰亡诗：指今本《诗经》305篇以外的诗。逸史：指散失、隐没的史籍或正史以外的史事。鲁壁：汉武帝时，"鲁恭王好治宫室，坏孔子旧宅，以广其居，于壁中得先人所藏古文虞、夏、商、周之书及传、《论语》、《孝经》，皆蝌蚪文字。"（孔安国《古文尚书序》）汲冢：西晋太康二年（281），汲郡人不准盗发魏襄王墓（或云魏安釐王冢），得竹书数十车，都用先秦蝌蚪文写成，共计75篇。晋武帝命荀勖撰次，以为《中经》。原简早已不传。

⑱浸：逐渐，越来越。味：旨趣，意义。

⑲或：有时。

⑳崇宁：宋徽宗年号，1102年—1106年。

㉑徐熙《牡丹图》：徐熙，五代南唐著名画家。金陵（今江苏南京）人，一作钟陵（今江西进贤西北）人。生卒年月不可详考。出身名门，终身不仕，专心绘画，号称"江南布衣"。善画花木、禽鱼、蝉蝶、蔬果，独创"落墨"法，以墨色为主，近于写意，同时讲究线与色的相互结合，注重表现对象的精神特质，从而创造出"清新洒脱"的花鸟画新风格。《牡丹图》即以此法画就，受到后人高度评价，谓"妙于生意，能不失真"（《广川画跋》卷三《书徐熙画〈牡丹图〉》）。

㉒信宿：连宿两夜，亦指两三天。

㉓怅怅：惆怅，因失意或失望而感伤、懊恼。

【译文】

我在建中辛巳那年嫁到赵家。当时我父亲是礼部员外郎，赵侯的父亲赵丞相是礼部侍郎，赵侯二十一岁，正在太学作学生。赵家和李家都是寒微之族，平素贫乏节俭。每月初一、十五太学放假，赵侯就出去把衣服典给当铺，获取五百钱，步行到相国寺，买些碑文和水果等零食回家。我们面对面坐着，边玩赏碑文边吃着零食，自认为是葛天氏时自由快乐之人。过了两年，赵侯出外做官，便萌生了宁可吃粗茶淡饭、穿布衣，也要走遍最为辽远的地方、搜尽天下所有古文奇字的志愿。日积月累，搜集的资料越积越多。丞相在政府任职，亲戚故旧有在秘书省工作的，常能见到很多亡诗、逸史、鲁壁、汲冢所未见的珍稀图书。他就竭尽所能地抄写，沉浸其中，觉得越来越有趣味，不能自止。之后有时见到古今名人字画、三代珍奇器物，即使脱下身上的衣服换钱，也要把它买下来。我还记得崇宁年间，有人拿来徐熙的《牡丹图》，要价二十万钱。当时即使是富贵人家的子弟，要二十万钱，哪里容易筹得呢？我们把画留了两夜，仍然没办法筹足这笔钱，只好还给他，我们夫妻相对，为此惋惜惆怅了好几天。

后屏居乡里十年①，仰取俯拾，衣食有余。连守两郡②，竭其俸入③，以事铅椠④。每获一书，即同共勘校，整集签题⑤；得书画彝鼎，亦摩玩舒卷⑥，指摘疵病⑦，夜尽一烛为率⑧。故能纸札精致、字画完整，冠诸收书家。余性偶强记⑨，每饭罢，坐归来堂烹茶⑩，指堆积书史，言某事在某书某卷第几叶第几行，以中否角胜负，为饮茶先后。中，即举杯大笑，至茶倾覆怀中，反不得饮而起。甘心老是乡矣⑪，故虽处忧患困穷而志不屈⑫。收书既成⑬，归来堂起书库，大橱簿甲乙⑭，置书册。如要讲读，即请钥上簿⑮，关出卷帙⑯。或少损污，必惩责揩完涂改⑰，不复向时之坦夷也⑱。是欲求适意⑲，而反取憀栗⑳。余性不耐㉑，始谋食去重肉，衣去重采㉒，首无明珠翡翠之饰，室无涂金刺绣之具。遇书史百家㉓，字不刓缺、本不讹谬者㉔，辄市之，储作副本。自来家传《周易》、《左氏传》，故两家者流，文字最备。于是几案罗列，枕席枕藉㉕，意会心谋㉖，目往神授㉗，乐在声色狗马之上。

【注释】

①屏居乡里：隐居家乡。徽宗大观元年（1107）赵挺之罢相，不久病逝。次年，赵明诚与李清照回青州故第（赵挺之虽为密州诸城人，然据《宋宰辅编年录》，后移居青州）。

②连守两郡：赵明诚于宣和三年（1121）出守莱州，治所在今山东掖县，建康元年（1126）移守淄州，即下文之淄川，治所在今山东淄博。

③俸入：官员的俸禄收入。

④铅椠（qiàn）：古人书写文字的工具，亦代指文章和典籍。此指校订古书。铅，铅粉笔。椠，木板片。

⑤签题：即题签，为书籍、卷册封面题写标签。

⑥摩玩：观摩玩赏。舒卷：舒展和卷缩。

⑦指摘：挑出错误，加以批评。

⑧率：标准，限度。

⑨性：天赋，天性。偶：恰巧，正好。强记：记忆力强。

⑩归来堂：在青州故第内，因屏居乡里，故取陶渊明《归去来兮辞》之义命名。

⑪乡：指某种境界或情况。

⑫屈：屈服，使屈服，折节。

⑬成：齐备。

⑭簿甲乙：指分类编定目录登记。簿，登录，记入册籍。甲乙，西晋初年，秘书监荀勖将图书分为甲、乙、丙、丁四部，中国历史上具有长期影响的图书四部分类法从此真正确立下来。至《隋书·经籍志》，始用经、史、子、集作为类别名称。

⑮请钥：申请领取钥匙。请，敬辞，用以代替某些动词，表示恭敬、慎重，或使语气委婉。上簿：登记在簿册上。

⑯关出：领出。关，索要，领取，发放。

⑰惩责：责罚。完：修缮。

⑱坦夷：坦率平易。引申为随便，不在意。

⑲适意：称心，合意。此指使自己开心。

⑳憀(liáo)栗: 烦恼, 忧惧不安。憀, 聊赖, 悲思。

㉑不耐: 不能忍受。

㉒食去重肉, 衣去重采: 重肉, 两种以上的肉食。重采, 指多种颜色的华美衣服。

㉓书史: 典籍, 指经史一类书籍。

㉔刓(wán)缺: 磨损残缺。讹谬: 讹误错谬, 多指文字、训读方面。

㉕枕藉: 物体纵横相枕而卧, 言其多而杂乱。

㉖意会: 内心领会。心谋: 会合。

㉗目往: 注目。神授: 心神专注。

【译文】

后来我们退隐青州家乡十年, 自给自足, 衣食有余。赵侯又接连做了两任太守, 竭尽其全部薪俸, 来从事典籍收藏与校勘。每得到一本书, 我们就一同校勘, 整理成集, 题写标签。得到书画彝鼎, 我们也要观摩玩赏, 舒展卷缩, 指点批评其中的瑕疵和毛病, 每夜以一支蜡烛燃尽为标准。所以我们收集的书画, 纸张精美细致、字迹画幅完整, 居于诸位收书家之首。我恰好天生记忆力强, 每天吃完饭, 我们坐在归来堂煮茶, 指着堆积的书卷史册, 说某件事记在某书某卷第几页第几行, 以能否说对来角逐胜负, 决定饮茶的先后次序。说中了, 就举着茶杯大笑, 以至于茶杯倾倒, 茶水都洒在怀中, 反而喝不到茶, 还得起来抖落衣服上的水渍。我们甘愿在这种境界里终老此生, 故而即使处在忧患困窘之中, 志趣也没有改变。收集图书已经齐备, 归来堂建起书库, 在大书橱上标注类别, 放置书册。如果要讲习诵读, 就要申请领钥匙开锁, 在簿子上登记, 然后才能领出书卷。有时稍稍损坏了、弄脏了, 赵侯定然责罚我揩拭修缮、涂抹改写, 不再像从前那样坦率平易了。这是本想寻求开心, 反而自取烦恼悲伤了。我的性子不能忍受这种状况, 于是开始谋划着每餐不吃两样以上的肉菜, 不穿两种以上色彩的衣服, 头上不戴明珠翡翠的饰物, 居室没有涂金刺绣的家具。遇见经史和诸子百家之书, 凡是字迹没有磨损残缺、版本没有讹误错谬的, 就买下来, 作为副本储存。我家一向以来世代相传《周易》和《左传》，所以与这两家经学相关的图书，文字最为完备。于是或在桌案上整齐地排列着，或在床榻上杂乱地摆放着，心中想起来则悠然神会，眼睛看过去则心驰神往，这种快乐远在歌舞、女色、玩狗、跑马之上。

李清照像

　　至靖康丙午岁①，侯守淄川。闻金寇犯京师②，四顾茫然，盈箱溢箧，且恋恋，且怅怅③，知其必不为己物矣。建炎丁未春三月④，奔太夫人丧南来⑤。既长物不能尽载⑥，乃先去书之重大印本者，又去画之多幅者，又去古器之无款识者；后又去书之监本者、画之平常者、器之重大者⑦。凡屡减去，尚载书十五车。至东海，连舻渡淮，又渡江，至建康⑧。青州故第，尚锁书册什物，用屋十余间，期明年春再具舟载之。十二月金人陷青州，凡所谓十余屋者，已皆为煨烬矣⑨。

【注释】

　　①靖康丙午岁：宋钦宗靖康元年（1126）。

　　②金寇犯京师：《宋史·钦宗本纪》：靖康元年正月，金人进犯京师汴梁。李纲斩杀百余名金军，金人撤退。二月，钦宗罢免李纲以

讨好金人。太学生陈东等人以及数万民众伏阙上书，请求复用李纲及种师道。钦宗被迫恢复李纲右丞相之位，充任京城防御使，组织东京保卫战，暂时击退了金人的进攻。

③且恋恋，且怅怅：且，连词，连接两个动词，表示两件事同时进行。恋恋，依依不舍。怅怅，失意不快的样子。

④建炎丁未春三月：靖康二年（1127）正月，金人攻占汴梁，四月挟徽、钦二帝北归。五月，康王赵构在南京（今河南商丘）即位，改元建炎。此谓"春三月"，其时尚用靖康年号。

⑤太夫人：此指赵明诚之母。汉制，列侯之母称太夫人，后世官吏之母，不论存殁，亦称太夫人。

⑥长（cháng）物：什物。多余的物件。

⑦监本：在古代图书出版史上，国子监刻书始于五代时期冯道主持刊刻"九经"。此当指冯道以来的国子监所刻的书，这在当时是通行的版本，与民间和私人刻本相比，监本不为藏家所重。

⑧至东海，连舻渡淮，又渡江，至建康：东海，海州。宋代海州属淮南东路，在今江苏连云港。连舻，舟船相连。建康，今江苏南京。

⑨煨烬：灰烬，燃烧后的残余物。

【译文】

靖康丙午年，赵侯在淄州做太守。听说金军进犯京师，我们环视四周，惘然失意，看着满箱满柜的金石字画，既恋恋不舍，又惘怅不已，知道它们以后必然不是我们的东西了。建炎丁未年三月间，我婆婆去世，赵侯和我去南方奔丧。既然不能将所有物品都随身装运，于是先去掉又重又大的印本书，又去掉多幅的字画，又去掉没有款识的古器；后来又去掉国子监刻本的书籍、艺术水准平常的画作、沉重硕大的古器。总共经过几次削减，还是装了十五辆车。先陆行到达海州，舟船相连渡过淮水，然后又渡过长江，抵达建康。青州故宅还锁着书册器物，占用了十几间屋子，希望明年春天再准备舟船把它们运走。十二月，金军攻陷青州，那十几间屋子里的东西，已经全部化为灰烬了。

建炎戊申秋九月[1]，侯起复[2]，知建康府。己酉春三月罢[3]，具舟上芜湖，入姑熟，将卜居赣水上[4]。夏五月至池阳[5]，被旨知湖州[6]，过阙上殿[7]。遂驻家池阳，独赴召[8]。六月十三日始负担舍舟，坐岸上，葛衣岸巾[9]，精神如虎，目光烂烂射人[10]，望舟中告别。余意甚恶[11]，呼曰："如传闻城中缓急[12]，奈何？"戟手遥应曰[13]："从众！必不得已，先弃辎重[14]，次衣被，次书册卷轴，次古器；独所谓宗器者[15]，可自负抱，与身俱存亡，勿忘之！"遂驰马去。途中奔驰，冒大暑，感疾[16]。至行在[17]，病痁[18]。七月末，书报卧病。余惊怛[19]，念侯性素急，奈何病痁？或热，必服寒药，疾可忧。遂解舟下，一日夜行三百里。比至[20]，果大服柴胡、黄芩药[21]，疟且痢[22]，病危在膏肓[23]。余悲泣仓皇[24]，不忍问后事。八月十八日遂不起[25]，取笔作诗，绝笔而终，殊无分香卖履之意[26]。

【注释】

①建炎戊申：南宋高宗建炎二年（1128）。

②起复：古代官员遭父母丧，守制尚未满期而应召任职。

③己酉春三月罢：己酉，建炎三年（1129）。罢，解除，免去。

④具舟上芜湖，入姑熟，将卜居赣水上：芜湖，今安徽芜湖。姑熟，一作姑孰，今安徽当涂。卜居，择地居住。赣水，今江西赣江，联系下文来看，当指洪州（今江西南昌）。

⑤池阳：今安徽贵池。

⑥被旨：承奉圣旨。湖州：今浙江湖州。

⑦过阙上殿：指入朝见皇帝。

⑧赴召：应朝廷征召。

⑨葛衣：用葛布制成的夏衣。岸巾：古人头巾均覆额，掀起头巾露出前额叫岸巾，形容态度洒脱或衣着简率不拘。

⑩烂烂：光亮貌，光芒闪耀貌。

⑪意甚恶：情绪非常不好。恶，不好，一说指不祥。

⑫缓急：指危急之事或发生变故之时。此指金军进犯。

⑬戟手：伸出食指和中指指人，以其似戟，故云。常用以形容愤怒或勇武之状。

⑭辎重：外出时携载的物资。

⑮宗器：宗庙祭器。

⑯途中奔驰，冒大暑，感疾：冒，顶着，不顾。感疾，患病。

⑰行在：皇帝出行所在之地，此指建康。

⑱病疟（shān）：患疟疾。疟疾是经蚊叮咬而感染疟原虫所引起的虫媒传染病，以间歇性寒战、高热、出汗为典型特征。

⑲惊怛（dá）：惊恐。

⑳比至：及至，到。

㉑柴胡：多年生草本植物，以根入药，味苦，性微寒，有解热作用。黄芩：多年生草本植物，以根入药，味苦，性寒，有清热燥湿、泻火解毒作用。

㉒疟且痢：疟疾同时又患上了痢疾。

㉓膏肓：古代医学以心尖脂肪为膏，心脏与膈膜之间为肓。《左传·成公十年》："疾不可为也，在肓之上，膏之下，攻之不可，达之不及，药不至焉，不可为也。"后遂用以称病之难治者。

㉔仓皇：匆忙急迫。

㉕不起：病不能愈。

㉖殊：竟，竟然。分香卖履：东汉末年，曹操造铜雀台，临终时吩咐诸妾："汝等时时登铜雀台，望吾西陵墓田。"又云："余香可分与诸夫人。诸舍中无为，学作履组卖也。"见晋陆机《吊魏武帝文》序。后以"分香卖履"喻临死不忘妻妾。履，单底鞋。多以麻、葛、皮等制成。

【译文】

建炎戊申年秋九月，赵侯守孝尚未期满，被朝廷征召，任命为建康知府。己酉年三月解职，我们乘舟西上芜湖，进入姑熟，打算在赣江一带择地居住。夏五月行至池阳，圣旨让他做湖州知州，上任前要先入朝拜见皇帝。于是他把家安在池阳，独自应朝廷征召去上任。六月十三日，担着行李离船，他坐在岸上，穿着葛布制成的夏衣，掀起头巾露出额头，精神十足，虎虎生威，看人时目光炯炯，望着船中和我告别。我的心绪非常恶劣，高呼说："如果听到传闻说城中情势紧迫，我怎么办？"赵侯伸出食指和中指指着我，远远地回答说："众人怎么办，你就怎么办吧！迫不得已，就先丢弃携带的物资，其次丢弃衣服被褥，其次丢弃书册画轴，其次丢弃古代器物，唯独那些宗庙祭器，你要自己随身携带，与自己共存亡，别忘了！"说完就骑马飞驰而去。他在路上策马急行，顶着酷暑，得了病。到达皇帝的行宫，成了疟疾。七月末，捎来家书报告说卧病在床。我又惊慌又害怕，想着赵侯性格一向急躁，得了这时寒时热的疟疾可怎么好？一旦发热，他必然服用寒凉属性的药物，这样的话病情就让人担忧了。于是我赶忙解缆乘舟东下，一天一夜赶了三百里路。等我到达，他果然已经大量服用柴胡、黄芩等药，结果又是疟疾又是痢疾，病势危重，已入膏肓了。我悲伤哭泣，匆忙急迫之间不忍心问他身后之事如何安排。八月十八日他就已无法起身，取笔作诗，写完就去世了，竟然没对我做任何安排。

葬毕，余无所之。朝廷已分遣六宫①，又传江当禁渡。时犹有书二万卷，金石刻二千卷，器皿、茵褥可待百客，他长物称是②。余又大病，仅存喘息。事势日迫③，念侯有妹婿任兵部侍郎，从卫在洪州，遂遣二故吏，先部送行李往投之④。冬十二月，金寇陷洪州⑤，遂尽委弃⑥，所谓连舻渡江之书⑦，又散为云烟矣。独余

秦景公簋拓片

少轻小卷轴书帖⑧，写本李、杜、韩、柳集⑨，《世说》、《盐铁论》⑩，汉唐石刻副本数十轴，三代鼎鼐十数事⑪，南唐写本书数箧，偶病中把玩⑫，搬在卧内者，岿然独存⑬。

秦景公簋

【注释】

①分遣六宫：指建炎三年七月，因避金人南下，隆裕太后孟氏率六宫逃往洪州。六宫，皇帝后宫之总称。

②称（chèn）是：与此相称或相当。

③事势：情势，形势，情况。

④部送：押送囚犯、官物、畜产等。这里指运送。行李：此指金石书刻等。

⑤冬十二月，金寇陷洪州：据《宋史·高宗纪》，金人攻陷洪州在十一月。

⑥委弃：弃置，舍弃。

⑦所谓：所说的，用于复说、引证等。

⑧轻小：指分量轻，篇幅小。书帖：字帖，墨迹。

⑨写本：手抄本，与"刻本"相对。

⑩《世说》：南朝时期一部主要记述魏晋人物言谈轶事的笔记小说，由刘宋宗室临川王刘义庆组织文人编写而成。该书原名《世说》，因汉代刘向曾著《世说》（早已亡佚），后人为区别起见，遂称此书为《世说新书》。宋代以降，晏殊将此书八卷删定成三卷，通称《世说新语》。李清照所拥有的本子，或尚为八卷本《世说》。《盐铁论》：西汉桓宽根据汉昭帝时所召开的盐铁会议记录整理而成的一部著作，书中保存了西汉中期较丰富的经济史料。

⑪事：件。

⑫把玩：握在或置在手中赏玩。

⑬岿然：高大独立的样子。

【译文】

安葬他之后，我没处可去。朝廷已经分别遣散后官，又有传闻说长江即将禁渡。当时我还有图书二万卷，金石碑刻二千卷，器皿、被褥的数量足可招待百位客人之用，其他物品与此数量相当。我又得了场大病，仅有一息尚存。形势日渐紧迫，考虑到赵侯有位妹婿担任兵部侍郎，当时正在洪州随从护卫，于是我就派遣两位从前的属吏，先押送行李前去投奔他。十二月，金贼攻陷洪州，那些东西就全部丢失了。前面所说的舟船相连运过长江的那些书，又消散为云烟了。唯独剩下少量轻巧短小的卷轴字帖，手抄本李白、杜甫、韩愈、柳宗元的诗文集，《世说》、《盐铁论》，几十轴汉唐时期石刻的副本，十几件夏商周三代的鼎鼐，几箱南唐写本书，我偶尔病中把玩，把它们搬到卧室内，所以才单单保存了下来。

　　上江既不可往①，又虏势叵测②，有弟远任敕局删定官③，遂往依之。到台④，台守已遁；之剡⑤，出睦⑥，又弃衣被，走黄岩⑦，雇舟入海，奔行朝⑧，时驻跸章安⑨。从御舟，海道之温，又之越⑩。庚戌十二月放散百官⑪，遂之衢⑫。绍兴辛亥春三月⑬，复赴越；壬子⑭，又赴杭。先，侯疾亟时⑮，有张飞卿学士携玉壶过视侯，便携去，其实珉也⑯。不知何人传道⑰，遂妄言有"颁金"之语⑱，或传亦有密论列者⑲。余大惶怖⑳，不敢言，亦不敢遂已，尽将家中所有铜器等物，欲赴外庭投进㉑。到越，已移幸四明㉒。不敢留家中，并写本书寄剡。后官军收叛卒，取去，闻尽入故李将军家。所谓岿然独存者，无虑十去五六矣㉓。惟有书画砚墨，可五七簏㉔，更不忍置他所，常在卧榻下，手自开阖。在会稽㉕，卜居士民钟氏舍㉖。忽一夕，穴壁负五簏去。余悲恸不已㉗，重立赏收赎。后二日，邻人钟复皓出十八轴求赏，故知其盗不远矣。万计求之，其余遂不可出，今知尽为吴说运使贱价得之㉘。所谓岿然独存者，乃十去其七八。所有一二残零、不成部帙书册㉙，三数种平平书帖，犹复爱惜，如护头目㉚，何愚也耶！

【注释】

①上江：长江从安徽流入江苏，故旧称安徽为上江，江苏为下江。此指江西。

②叵测：不可度量，不可推测。

③敕局删定官：职掌收集诏书并编纂成书的官员。

④台：台州，今浙江临海县。

⑤剡(shàn)：剡县，今浙江嵊县。

⑥睦：睦州，今浙江建德。按，此时清照追随宋高宗奔亡入海，系走浙东，似不太可能到浙西的睦州。《说郛》卷十七《瑞桂堂暇录》作"之嵊在陆"，疑是。

⑦黄岩：今浙江黄岩。

⑧行朝：行在。

⑨驻跸(bì)：皇帝途中驻扎。跸，原意指皇帝出行时的清道。章安：镇名，宋时属台州，临近台州湾。

⑩越：越州，今浙江绍兴。

⑪庚戌：建炎四年（1130）。放散：解散。

⑫衢：衢州，今浙江衢州。

⑬绍兴辛亥：绍兴元年（1131）。

⑭壬子：绍兴二年（1132）。

⑮疾亟(jí)：病情危急。

⑯珉(mín)：似玉的美石。

⑰传道：转述，传说。

⑱妄言：胡说，随便说说。颁金：把玉壶送给金人，意即通敌。

颁，赏赐，分赏。

⑲论列：指言官上书检举弹劾。

⑳惶怖：恐惧。

㉑外庭：国君听政的地方。对内廷、禁中而言。投进：进献给皇上。

㉒四明：今浙江宁波。

㉓无虑：大约，总共。

㉔篚：用竹子等物编成的箱子。

㉕会稽：今浙江绍兴。

㉖士民：古代四民之一，泛指士大夫阶层和普通读书人。亦泛指百姓。

㉗悲恸：悲伤痛哭。

㉘吴说：字傅朋，钱塘（今杭州）人，当时著名书画家，曾任福建路转运判官。运使：转运使的简称。

㉙部帙：书籍的部次卷帙。

㉚头目：脑袋和眼睛，借指性命。

【译文】

上江一带既然已不可往，金贼攻势又难预料，我弟弟李远当时担任勑局删定官，我便前去投靠他。我到台州，台州太守已经逃跑了；我又到剡县，出睦州，丢弃衣服被褥急奔黄岩，从那里雇船入海，奔赴行在，当时皇帝正驻扎在章安。我追随御船，经海道到达温州，又去越州。庚戌年十二月，朝廷遣散百官，于是我去了衢州。绍兴辛亥年春三月，我再次前往越州；壬子年，又到杭州。起初，赵侯病情危重时，有位张飞卿学士携带一把玉壶来看望赵侯，随即就带走了，其实那壶只是用一种似玉的美石雕成的。不知是谁转述此事，于是就有人信口胡说，传出我们把玉壶送给金人的话。还有传言说，也有言官已将此事秘密报告给皇帝了。我极度恐惧，不敢说什么，也不敢就这样算了，于是带着家中所有铜器等物品，想到外朝进献给皇帝。我到达越州，皇帝已移驾前往四明。我不敢将这些东西留在家中，就将其连同写本书寄存在剡县。后来官军搜捕叛逃的士卒，顺便将这些东西取走，听说全都没入从前的李将军家了。前面所说的单单保存下来的东西，大约又去掉十分之五六了。只有书画砚墨，大约五七箱，再也舍不得放在其他地方，就一直放在我睡觉的床榻之下，亲手开启和闭合。在会稽时，我租住一户姓钟的人家。忽然有一天晚上，有人在墙壁上挖了个洞，又取走了五箱。我悲伤地哭个不停，立下重赏，决心把它们赎回来，过了两天，邻居钟复皓拿出十八轴书画索取赏金，我因此才知道那个盗贼离我并不遥远。我想尽办法求他，其余的东西他最终也不肯拿出来，现在我才知道原来全被转运使吴说以很低的价钱买走了。前面所说的单单保存下来的东西，就去掉十分之七八了。我所保有的只有一两本残缺零散、凑不成全套的书册，以及三四种极为普通的字帖，我还是倍加爱惜，像爱护自己的性命一样，这是多么愚昧啊！

今日忽阅此书，如见故人。因忆侯在东莱静治堂①，装卷初就，芸签缥带②，束十卷作一帙。每日晚吏散③，辄校勘二卷，题跋一卷④。此二千卷，有题跋者五百二卷耳。今手泽如新⑤，而墓木已拱⑥，悲夫！

【注释】

①东莱：莱州东莱郡，今山东掖县。静治堂：赵明诚在山东做郡守时的书斋名。

②芸签：书签的雅称，古人藏书多用芸香驱蠹虫，故名。签，悬于卷轴一端或贴于封面的署有书名的竹、牙片，纸或绢条。缥带：淡青色的带子，用以捆扎卷轴。

③散：解决，了结。散去。

④题跋：题写跋语。

⑤手泽：手汗，后多用以称先人或前辈的遗墨、遗物等。

⑥墓木已拱：墓前树木可以两手合抱，喻人死已久。此时距赵明诚之死（1129），已有六年。

135

金石录后序

【译文】

今天忽然看到这本《金石录》，如同见到我死去的丈夫。于是想起赵侯在东莱的静治堂，书卷刚刚装订好，他给它们贴上散发着芸香味儿的书签，系上淡青色的带子，每十卷束成一套。每天晚上公务了结，就校勘两卷，并为一卷题写跋语。这两千卷中，有题跋的只有五百零二卷。现在他的墨迹如同刚写上去，可是墓前的树木却已然双手合抱了，真令人悲伤啊！

昔萧绎江陵陷没，不惜国亡而毁裂书画①；杨广江都倾覆，不悲身死而复取图书②。岂人性之所著③，死生不能忘之欤？或者天意以余菲薄④，不足以享此尤物耶⑤？抑亦死者有知⑥，犹斤斤爱惜⑦，不肯留在人间耶？何得之艰，而失之易也！

【注释】

①昔萧绎江陵陷没，不惜国亡而毁裂书画：梁元帝萧绎建都江陵，承圣三年（554）西魏兵攻陷江陵，萧绎"命舍人高善宝焚古今图书十四万卷……叹曰：'文武之道，今夜尽矣！'……或问何意焚书，帝曰：'读书万卷，犹有今日，故焚之！'"（《资治通鉴》卷一六五）

②杨广江都倾覆，不悲身死而复取图书：隋炀帝杨广大业十四年（618）在江都（今江苏扬州）被宇文化及所杀。据《大业拾遗记》载，唐高祖武德四年（621）平定东都洛阳后，上官魏奉旨将观文殿所藏新书八千卷载回长安，梦见炀帝大叱道："何因辄将我书向京师？"船行黄河，值风覆没，一卷未剩。上官魏又梦见炀帝喜曰："我已得书！"

③著（zhuó）：着意，贪恋。

④菲薄：鄙陋，指德才等。常用为自谦之词。

⑤尤物：珍奇之物。此指珍贵的文物。

⑥死者：指赵明诚。知：知觉，省悟。

⑦斤斤：过分着意。

【译文】

唉，当年江陵陷落，梁元帝萧绎不痛惜国家灭亡，却忙着焚毁书画；隋炀帝杨广在江都被杀，不悲伤自己身死，死后的魂魄仍把失去的图书取回去。难道人性所贪恋的东西，不管是死是生都不能忘记吗？或者是上天以为我德才鄙陋，没资格享有这些珍奇之物呢？还是死了的赵侯尚有知觉，仍过分着意爱惜，不肯把它们留在人间呢？为什么得到是那么艰难，而失去是这样容易呢？

呜呼！余自少陆机作赋之二年①，至过蘧瑗知非之两岁②，三十四年之间，忧患得失，何其多也！然有有必有无，有聚必有散，乃理之常③。人亡弓，人得之④，又胡足道？所以区区记其终始者⑤，亦欲为后世好古博雅者之戒云。

【注释】

①少陆机作赋之二年：指十八岁。杜甫《醉歌行》说"陆机二十作《文赋》"，李清照十八岁嫁赵明诚，故云。陆机（261—303），字士衡，吴郡华亭（今上海松江）人，西晋文学家、书法家，"少有奇才，文章冠世"（《晋书·陆机传》），与其弟陆云合称"二陆"。

②过蘧瑗知非之两岁：指五十二岁。蘧瑗知非，《淮南子·原道训》："蘧伯玉年五十而知四十九年之非。"后因以"蘧瑗知非"为不断迁善改过之典，亦代指五十岁。过两岁，即五十二岁。蘧瑗，字伯玉，春秋时卫国大夫。

③理：道理，事理。常：正常状态或秩序。

④人亡弓，人得之：《孔子家语》："楚王出游，亡弓，左右请求之。王曰：'止。楚王失弓，楚人得之，又何求之！'孔子闻之，曰：'惜乎其不大也！不曰"人遗弓，人得之"而已，何必楚也。'"

⑤区区：拘泥，局限。

【译文】

唉！我从十八岁到五十二岁，在这三十四年之间，我所经历的忧患得失是多么多啊！然而，有有必定有无，有聚必定有散，这是事理的正常状态。有人丢了弓，有人捡到它，又有什么值得说呢？之所以这么固执拘泥地记述事件的始末过程，也是想让我们的经历成为后世那些喜好古物、渊博雅正的人的鉴戒。

绍兴二年玄黓岁壮月朔甲寅易安室题^①。

【注释】

①绍兴二年玄黓（yì）岁壮月朔甲寅：绍兴二年八月初一。玄黓，天干壬的别称，用以纪年。壬年称玄黓。《尔雅·释天》："太岁在壬曰玄黓。"绍兴二年，岁在壬子，故云。壮月，阴历八月。《尔雅·释天》："八月为壮。"朔，阴历初一。按，此处记题序年份似有脱误，历来学者颇多考证。如序作于绍兴二年，则与文中其他诸处交代相抵触，且李清照五十二岁当为绍兴五年（1135），岁在乙卯。一说"甲寅"当指绍兴四年甲寅（1134），但又与"玄黓"不符。而且无论绍兴二年、四年还是五年，八月初一的干支记日均不是"甲寅"。故此序写作时间尚存疑待考。易安室：李清照室名，取义于陶渊明《归去来兮辞》"审容膝之易安。"

【译文】

绍兴二年八月初一日易安室题。

金石录后序

东京梦华录序

孟元老

【题解】

靖康二年（1127）金军攻破东京，掳掠徽、钦二帝及大量人口、财物北归，北宋灭亡。许多中原人士流落南方，故国之思时时萦绕心头，"故老闲坐，必谈京师风物"（周煇《清波别志》）。成书于绍兴十七年（1147）的《东京梦华录》即是这种背景下的产物。该书主要记载徽宗崇宁至宣和（1102—1125）年间东京汴梁的情况，内容包括京城建筑格局、官署衙门分布、朝会大典、民风习俗、时令节日、饮食起居、歌舞百戏等，与同时代画家张择端所作《清明上河图》一样，描绘了东京城内王公贵族、庶民百姓的日常生活情景，是研究北宋都市生活的重要历史文献。

作者自序亦有名。序文分两个部分：第一部分描绘自己"数十年烂赏叠游，莫知厌足"的京师繁华盛景，多用四字或六字的整齐骈体句式，节奏铿锵流转；第二部分交代写作动机与书名来由，以散体句式为主，充满感伤惆怅之情。

繁华与衰落的咏叹，是中国文学的永恒主题；在慨叹中反省与借鉴，也是历史功利主义的寻常模式。这篇序文在强烈对比中突出对失落繁华的惋惜与眷恋，反省意识却是缺失的。作者"华胥之梦"里的年代，是一个恣纵耽乐、对于灾难惘然无知的年代；作者梦醒后的忧虑，也只是担心现实中业已失落的繁华，将会再度消逝于人们的记忆。作者的创作动机，是要让繁华梦境经由他的记忆而重现，通过他的记述而定格；他渴望能有同梦者，补足其对繁华的记忆，印证他曾经的欢乐。

这部笔记吸引研究者目光之处，一是它所保存的十二世纪城市生活的详细史料，另一方面则是身份神秘的作者。自序署名"幽兰居士孟元老"，其人生平事迹不见于他书记载。清代学人常茂徕认为可能就是艮岳的督造者孟揆，理由是《东京梦华录》遍录东京名胜佳景，于艮岳却一字不提，有意隐瞒自己与这一劳民伤财、直接导致方腊起义的败国工程的关系。从序文的思想看，作者也许只是繁华汴梁的一个经历者，其学识水平不足以支持其对历史兴亡的深刻反思；亦或者，真如常氏所疑，他，就是参与制造繁华并促使繁华成梦的那个人。

仆从先人宦游南北①，崇宁癸未到京师②，卜居于州西金梁桥西夹道之南③。渐次长立，正当辇毂之下④，太平日久，人物繁阜⑤。垂髫之童⑥，但习鼓舞⑦；斑白之老⑧，不识干戈⑨。时节相次⑩，各有观赏。灯宵月夕⑪，雪际花时⑫，乞巧登高⑬，教池游苑⑭。举目则青楼画阁，绣户珠帘。雕车竞驻于天街⑮，宝马争驰于御路⑯。金翠耀目，罗绮飘香。新声巧笑于柳陌花衢⑰，按管调弦于茶坊酒肆⑱。八荒争凑⑲，万国咸通⑳。集四海之珍奇，皆归市易㉑；会寰区之异味㉒，悉在庖厨。花光满路，何限春游㉓；箫管喧空㉔，几家夜宴。伎巧则惊人耳目㉕，侈奢则长人精神。瞻天表则元夕教池㉖，拜郊孟享㉗。频观公主下降㉘，皇子纳妃。修造则创建明堂㉙，冶铸则立成鼎鼐。观妓籍则府曹衙罢㉚，内省宴回㉛；看变化则举子唱名㉜，武人换授㉝。仆数十年烂赏叠游㉞，莫知厌足。

【注释】

①仆：自称的谦词。先人：亡父。宦游：外出求官或做官。

②崇宁癸未：宋徽宗崇宁二年（1103）。

③金梁桥：在汴梁城西，金水门和梁门之外，"金梁晓月"为当时汴京八景之一。夹道：指两壁间的狭窄小道。

④辇毂（gǔ）之下：代指京城。辇毂，皇帝的车舆。

⑤人物：指人与财物、财富。繁阜：繁盛，繁多。

⑥垂髫：指儿童或童年。髫，儿童垂下的头发。

⑦鼓舞：击鼓跳舞。

⑧斑白：头发黑白相杂，谓年老。

⑨干戈：干和戈是古代常用武器，因以"干戈"为兵器通称。亦指代战争。

⑩时节：四时的节日。相次：依为次第，相继。按，《东京梦华录》卷六至卷十依次记四时节日。

⑪灯宵：指阴历正月十五灯节。《东京梦华录》卷六："正月十五日元宵，大内前自岁前冬至后，开封府绞缚山棚，立木正对宣德楼，游人已集御街两廊下。奇术异能，歌舞百戏，鳞鳞相切，乐声嘈杂十余里。"月夕：指阴历八月十五中秋节。《东京梦华录》卷八："中秋夜，贵家结饰台榭，民间争占酒楼玩月。丝篁鼎沸，近内庭居民，夜深遥闻笙竽之声，宛若去外。间里儿童，连宵嬉戏。夜市骈阗，至于通晓。"

清明上河图（局部）

⑫雪际：下雪时。《东京梦华录》卷十"十二月"："此月虽无节序，而豪贵之家，遇雪即开筵，塑雪狮，装雪灯雪□，以会亲旧。"花时：百花盛开的时节，常指春日。《东京梦华录》卷六："大抵都城左近，皆是园圃，百里之内，并无闲地。次第春容满野，暖律暄晴，万花争出，粉墙细柳，斜笼绮陌，香轮暖辗，芳草如茵，骏骑骄嘶，杏花如绣，莺啼芳树，燕舞晴空，红妆按乐于宝榭层楼，白面行歌近画桥流水，举目则秋千巧笑，触处则蹴踘疏狂，寻芳选胜，花絮时坠，金樽折翠簪红，蜂蝶暗随归骑。"

⑬乞巧：旧时风俗，阴历七月七日夜（或七月六日夜）妇女在庭院向织女星乞求智巧，称为"乞巧"。《东京梦华录》卷八："至（七月）初六日七日晚，贵家多结彩楼于庭，谓之'乞巧楼'。铺陈磨喝乐、花瓜、酒炙、笔砚、针线，或儿童裁诗，女郎呈巧，焚香列拜，谓之'乞巧'。"登高：《东京梦华录》卷八："都人多出郊外登高，如仓

143

王庙、四里桥、愁台、梁王城、砚台、毛驼冈、独乐冈等处宴聚。"

⑭教池：指汴梁城西的金明池，本为教习水军之池，后供游玩观赏。游苑：供游玩的苑囿，此指琼林苑等御苑。《东京梦华录》卷七："三月一日，州西顺天门外开金明池、琼林苑，每日教习车驾上池仪范。虽禁从士庶许纵赏，御史台有榜不得弹劾。池在顺天门外街北，周围约九里三十步，池西直径七里许。入池门内南岸，西去百余步，有面北临水殿，车驾临幸，观争标锡宴于此。"宋代词牌有【教池回】。

⑮雕车：饰有雕花、彩绘的车，装饰华丽的车。天街：京城中的街道。

⑯御路：汴梁皇城宣德楼至朱雀门北的道路，称为御街。

⑰新声：新创制的乐曲，新颖美妙的乐音。巧笑：美好的笑。柳陌：植柳之路。花衢：花街。均指妓院。

⑱按管调弦：也作"弄管调弦"，即弄竹弹丝，指演奏管弦乐器。按，敲击，弹奏。管，古乐器名，亦为以管发声乐器的总称。调，调试，调弄，演奏。弦，弦乐器。

⑲八荒：八方荒远的地方。凑：趋，奔赴。

⑳万国：万邦，天下，各国。

㉑市易：交易买卖。

㉒寰区：天下，人世间。

㉓何限：多少，几何。

㉔箫管：排箫和大管，泛指管乐器。

㉕伎巧：精美奇巧的工艺品。《东观汉记·刘般传》："时五校尉官显职闲，府寺宽敞，舆服光丽，伎巧毕给，故多以宗室肺腑居之。"宋苏舜钦《谘目二》："终日嬉游廛市间，以鬻伎巧绣画为业。"

㉖天表：天子的仪容。北宋元宵节皇帝与民同乐，据《东京梦华录》卷六"元宵"，"正月十四日，车驾幸五岳观、迎祥池"，即文中所谓"教池"；正月十五，"宣德楼上，皆垂黄缘，帘中一位，乃御座。用黄罗设一彩棚，御龙直执黄盖掌扇，列于帘外。……万姓皆在露台下观看，乐人时引万姓山呼"；"十六日车驾不出，自进早膳讫，登门

乐作，卷帘，御座临轩，宣万姓。先到门下者，犹得瞻见天表"。

㉗拜郊孟享：帝王宗庙祭礼于每年的四孟（孟春、孟夏、孟秋、孟冬）举行，故称孟享。据《东京梦华录》卷十，孟冬祭享仪式在汴梁城南郊举行，皇帝车驾南薰门，至青城斋宫，诣郊坛行礼，"坛上设二黄褥，位北面南，曰昊天上帝，东南面曰太祖皇帝"。郊毕驾回，"法驾仪仗铁骑鼓吹入南薰门。御路数十里之间，起居幕次，贵家看棚，华彩鳞砌，略无空闲去处"。

㉘下降：指公主出嫁。《东京梦华录》卷四有"公主出降"仪式的描写。

㉙明堂：古代帝王宣明政教的地方。凡朝会、祭祀、庆赏、选士、养老、教学等大典，都在此举行。据《东京梦华录》卷二"宣德楼前省府宫宇"："宣德楼前，左南廊对左掖门，为明堂颁朔布政府。"

㉚妓籍：犹乐籍，借指入乐籍的妓女。府曹：指府署的一个部门。

㉛内省：宫中。

㉜变化：此处指人生境遇的瞬间改变。唱名：科举时代殿试后，皇帝呼名召见登第进士。宋高承《事物纪原·学校贡举部·唱名》："《宋朝会要》曰：'雍熙二年三月十五日，太宗御崇政殿试进士，梁颢首以程试上进，帝嘉其敏速，以首科处焉。十六日，帝按名一一呼之，面赐及第。'唱名赐第，盖自是为始。"

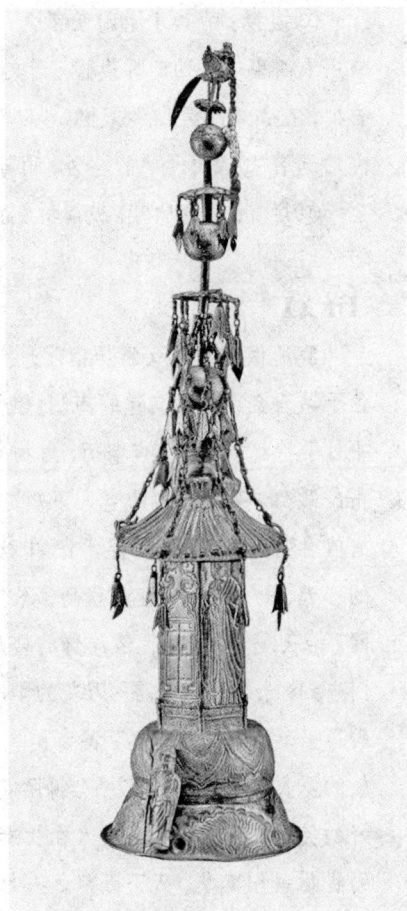
玲珑银塔

㉝换授：酌其才能调任官职。《宋史·儒林传七·刘清之》："又言用人四事……四曰听换授。谓文武之官不可用违其才，然不当许之自列，宜令文武臣四品以上，各以性行材略及文武艺，每岁互举堪充左右选者一人，于合入资格外，稍与优奖。"

㉞烂赏：随意欣赏，纵情玩赏。

【译文】

我随做官的先父游历南北，崇宁癸未年来到京城汴梁，择地居住于城西金梁桥西夹道的南侧。我渐渐长大成人，正在天子脚下，太平日子持续既久，人口繁衍，财物盛多。头发披垂的儿童只知道学习击鼓跳舞，头发斑白的老人不知道战争。四时节日相继，每个节日都有值得观赏的内容。元宵灯节、中秋月夜，飞雪绵绵的冬季、百花盛开的春天，七夕乞巧、重九登高，还有教习水军的池塘、游目观光的苑囿。抬眼观望，但见青漆涂饰的楼房、彩绘华丽的阁馆、雕绘华美的门户、珍珠缀成的帘幕。雕花的华车竞相停驻于京城的街道，名贵的骏马争着在御路上奔驰。黄金和翠玉制成的饰物耀花了人的眼睛，轻软的罗衣绣带飘散着芳香。柳陌花街上能听到新制的乐曲、看到美好的笑靥，茶馆酒店里有人在吹奏竹管、弹拨丝弦。八方荒远之地的货物争相凑集，天下万邦之人都来这里通商。汇集四海的珍宝奇物，皆在市场上交易买卖；会合天下异常的美味，全在厨房里烹饪加工。花的色彩充满道路，多少次春日出游；排箫大管响彻天空，几家人举行夜宴。精巧的工艺让人耳目一新，奢侈的风气令人精神振奋。想瞻望天子仪容，则有元宵节期间的宣德楼观灯和驾幸迎祥池的机会，也可以等候在皇帝南郊拜祭天帝、祖先之后回宫的路上。人们频频观看公主出嫁，皇子娶亲。修造方面则创建了明堂，冶炼铸造方面则转眼制成鼎鼐等器具。要观看入了乐籍的妓女，则可等候各位官员在政府部门办公完毕回家，或从宫中赴宴归来；要看人之境遇的瞬间变化，则可看新科进士由皇帝呼名召见，武将酌其才能调任官职。我几十年间纵情观赏、不断游玩，永远不知满足。

一旦兵火①，靖康丙午之明年②，出京南来，避地江左③，情绪牢落④，渐入桑榆⑤。暗想当年，节物风流⑥，人情和美，但成怅恨。近与亲戚会面，谈及曩昔，后生往往妄生不然⑦。仆恐浸久⑧，论其风俗者失于事实，诚为可惜。谨省记编次成集⑨，庶几开卷得睹当时之盛⑩。古人有梦游华胥之国⑪，其乐无涯者⑫。仆今追念，回首怅然，岂非华胥之梦觉哉⑬？目之曰《梦华录》。然以京师之浩穰⑭，及有未尝经从处，得之于人，不无遗阙。倘遇乡党宿德⑮，补缀周备⑯，不胜幸甚⑰。

【注释】

①一旦：一天之间，形容事发突然。兵火：指1127年金兵攻占汴梁。

②靖康丙午：钦宗靖康元年（1126）。

③避地：迁地以避灾祸。江左：指长江下游以东地区。长江下游流向东北，自江北来看，江东在左，江西在右。

④牢落：孤寂，无聊。

⑤桑榆：日落时光照桑榆树端，因以指日暮。比喻晚年，垂老

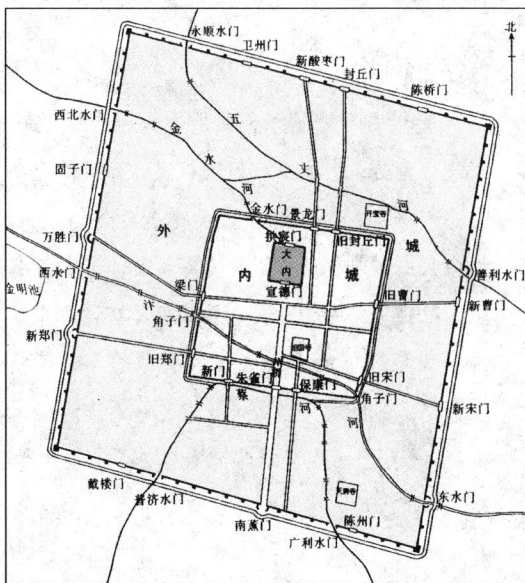

北宋东京城
　　作为北宋都城，东京是全国最大的城市，也是当时世界上最大的城市之一。

之年。

⑥节物：各个季节的风物景色。风流：风韵美好动人。

⑦后生：年轻人，小伙子。妄：胡乱，随便。

⑧浸（qīn）久：渐渐久远。浸，渐渐。

⑨谨：谨慎，慎重。省记：记忆，回忆。

⑩庶几：希望，但愿。

⑪华胥之国：传说中的仙国，据说黄帝曾梦游其地。《列子·黄帝》："（黄帝）昼寝，而梦游于华胥氏之国。华胥氏之国在弇州之西，台州之北，不知斯齐国几千万里。盖非舟车足力之所及，神游而已。其国无师长，自然而已；其民无嗜欲，自然而已……黄帝既寤，怡然自得。"后用以指理想的安乐和平之境，或作梦境的代称。

⑫无涯：无穷尽，无边际。

⑬觉：梦醒。

⑭浩穰：众多，繁多。

⑮乡党：泛称家乡。周制，一万二千五百家为乡，五百家为党。此指汴京旧都。宿德：年老有德者。

⑯补缀：补充辑集。

⑰幸甚：表示非常庆幸或幸运。

【译文】

突然之间遭遇了金兵的战火，靖康丙午年的第二年，我离开汴京流落南方，迁居江东躲避战乱，情绪孤寂聊落，渐入桑榆晚景。暗暗想起当年，各个季节的风物景色美好动人，民情风俗和谐优美，如今只成惆怅怨恨。近来与亲戚们会面，谈起从前，未曾经历过的年轻人往往凭空想象，认为不可能真有过那般繁盛。我担心天长日久，讲论当年风俗的人会失去事实原貌，那实在是太可惜了。因此我慎重回忆、编订次序、纂成此集，希望读者翻开书卷，就可目睹当时的盛况。曾经有古人梦游华胥仙国，那种快乐无穷无尽。我现今追念往事，回首之间怅然若失，难道不也是从华胥美梦中醒来吗？所以给它起个题目叫《梦华录》。然而因为京师风物浩瀚繁多，以及有我从来未曾到过的地方，从别人那里听来，因此不无遗漏缺失。倘若遇到来自汴梁故都的年高有德之人，对此书进行补充辑集，使其周全完备，我将不胜荣幸之至。

此录语言鄙俚①，不以文饰者②，盖欲上下通晓尔③，观者幸详焉④。

【注释】

①鄙俚：粗野，庸俗。

②文饰：文辞修饰。

③通晓：透彻地了解。

④详：了解，知悉。

【译文】

这部《梦华录》语言粗野俚俗，之所以不进行文辞修饰的原因，是想让上流士子和下层民众都能读懂罢了，希望读者理解我的意图。

绍兴丁卯岁除日幽兰居士孟元老序①。

【注释】

①绍兴丁卯：宋高宗绍兴十七年（1147年）。

【译文】

绍兴丁卯年除夕幽兰居士孟元老序。

指南录后序

文天祥

【题解】

文天祥（1236—1283），字宋瑞，又字履善，别号文山，吉州庐陵（今江西吉安）人。他于理宗宝祐四年（1256）考中状元时，南宋局势已是日薄西山。开庆元年（1259）元兵攻宋，宦官董宋臣劝理宗迁都，朝臣无人敢言，文天祥力主抗敌，献防御之策，但未被采纳，便弃官归家。后任湖南提刑、知赣州等地方官。德祐元年（1275）元军进逼愈急，文天祥以家产充军费，起兵勤王。德祐二年正月，元兵三面围攻临安，南宋左、右丞相相继逃跑；十九日，文天祥被派往元营谈判。他不辱国体，慷慨陈词，触怒元朝丞相伯颜，被扣留并解送大都，行至镇江时逃脱，历尽艰险而逃归福州。五月中，他取意"臣心一片磁针石，不指南方不肯休"（《扬子江》），将出使、被扣及逃归途中记述遭遇的诗篇编成《指南录》，并于痛定思痛之后回顾那段惊心动魄、九死一生的经历，以跌宕起伏、淋漓慷慨的文笔写成《指南录后序》，依次叙述出使元营的目的、在北营的斗争、辗转逃归的经历以及诗集的成书经过，表明舍生取义、死而无憾的决心。文中写到逃亡途中"及于死"的十八种危恶险境，千载之后读来，犹令人为之提心吊胆；写到对"生也幸，而幸生也何所为"的痛苦思考，以及效法古人"誓不与贼俱生"、"鞠躬尽力，死力而已"的慷慨赴义决心，直催人泪下。《指南录后序》中交织着亲与君、家与国、存与亡、北与南、生与死的一系列矛盾，彰显出这位民族英雄如日月经天般的浩然正气、至死不渝的赤胆忠心以及救亡图存的报国宏愿。

八年后，宋亡被囚的文天祥拒绝元人的威逼利诱，留下"人生自古谁无死，留取丹心照汗青"的千古名句慷慨赴死，谁能说这不是《指南录后序》中种种思考的深化与升华呢？

德祐二年二月十九日①，予除右丞相，兼枢密使，都督诸路军马②。时北兵已迫修门外③，战、守、迁皆不及施。缙绅、大夫、士萃于左丞相府④，莫知计所出。会使辙交驰⑤，北邀当国者相见⑥。众谓予一行为可以纾祸⑦。国事至此，予不得爱身⑧；意北亦尚可以口舌动也⑨。初，奉使往来，无留北者；予更欲一觇北⑩，归而求救国之策。于是辞相印不拜⑪，翌日以资政殿学士行⑫。

【注释】

①德祐二年：即端宗景炎元年（1276，五月改元）。二月：据史实当作正月。德祐（1275—1276），宋恭帝赵㬎年号。

②除：拜官，授职。枢密使：宋时为枢密院长官，掌管国家兵权的大臣。都督诸路军马：官名，全国军队的统帅。都督，统帅。路，当时的行政区域名，大致相当于现在的"省"。

③北兵：指元兵。全文皆以"北"代"元"，有不承认元的政权之意。迫：逼近，接近。修门：楚国郢都的城门，后泛指京都城门。这里借指南宋国都临安的城门。

④缙绅、大夫、士：指大小官员。缙绅，插笏于绅带间，旧时官宦的装束，亦借指士大夫。缙，同"搢"，插。绅，官服的大带。萃：聚集。左丞相：指吴坚（1213—1276），字彦恺，号实堂，浙江仙居人。淳祐四年（1244）进士。德祐元年（1275）元军兵临皇都临安城下，曾以签书枢密院事出使元军求和。德祐二年（1276）正月升任左丞相兼枢密使，与贾余庆赴元营议降，后又为祈请使，赴元大都（今北京）递呈降表与国玺，旋被元朝羁留大都，当年病故。

⑤会：适逢。使辙：使者的车马，代指使者。交驰：交相奔走，往来不断。形容宋、元两方使者来往频繁，反映军事外交斗争的剧烈。

⑥当国者：主持国事的人，如丞相。

⑦一行：行走一次。纾（shū）祸：解除祸患。

⑧爱身：爱惜生命，贪生怕死。

⑨意：料想。口舌：指劝说、争辩、交涉时的言辞、言语。动：感

动，说服。

⑩觇(chān)：窥视，侦察。

⑪不拜：不受官，不就职。拜，敬受。

⑫翌日：第二天。资政殿学士：官名，掌管皇帝文书，备皇帝顾问。

【译文】

德祐二年二月十九日，我被任命为右丞相，兼任枢密使，都督诸路军马。当时北兵已逼近国都城门，迎战、守城或迁都的方案，都来不及实施了。大小官员聚集在左丞相府里，谁都想不出办法来。适逢双方使者车辆往来频繁，北军邀请宋朝主持朝政的人相见。众人认为我走一趟是可以解除祸患的。国家大事到了这种地步，我不能爱惜生命；而且我料想北人也还可以用言辞去打动。先前，奉命出使往来双方之间的人，没有被扣留在北边的，我更想侦察一下北人的情况，归来后谋求救国的方略。于是辞却丞相官印，没有就任，第二天以资政殿学士的身份出使北军。

初至北营，抗辞慷慨①，上下颇惊动②，北亦未敢遽轻吾国③。不幸吕师孟构恶于前④，贾余庆献谄于后⑤，予羁縻不得还⑥，国事遂不可收拾⑦。予自度不得脱⑧，则直前诟虏帅失信⑨，数吕师孟叔侄为逆⑩，但欲求死，不复顾利害。北虽貌敬，实则愤怒。二贵酋名曰"馆伴"⑪，夜则以兵围所寓舍，而予不得归矣。

【注释】

①抗辞：严辞。

②上下：指元军大小首领。

③遽(jù)：立刻。轻：轻视。

④吕师孟：南宋叛将吕文焕之侄，任兵部侍郎。德祐元年十二月出使元营，请求向元称侄纳币，以成和议，元军不许。文天祥曾上书请斩吕以振士气。构恶：作恶。

⑤贾余庆献谄于后：指文天祥辞相印后，贾余庆任右丞相，在文天祥被元军扣留期间，令学士起草皇帝诏书，要天下州郡都归附元朝，并开列土地清册，向元朝投降。献谄，用卑贱的态度向人讨好。

⑥羁縻：扣留，软禁。

⑦收拾：整理，整顿。

⑧自度：自己衡量，自忖。

⑨诟虏帅失信：虏帅指元军统帅伯颜丞相。他原先说定事情办完便让文天祥回去，结果只放回卖国求降的南宋使臣贾余庆与吴坚等人，却软禁了文天祥，因此文天祥骂他"失信"。下文的"诋大酋"亦指此事。诟，责骂。虏，古代对北方外族的贬称。

⑩数吕师孟叔侄为逆：吕师孟的叔父吕文焕，本是镇守襄阳的主将，投降元朝，并引元军南下，吕师孟做内应。文天祥骂伯颜失信时，吕文焕从旁劝解。文天祥怒斥吕文焕叔侄叛逆误国，罪当诛杀。数，数落，责备，列举罪状。为逆，做叛逆（之臣）。

⑪二贵酋：指元军将领蒙古岱（也写作"忙古歹"）和索多（也写作"唆都"）。贵酋，少数民族的头领，此指元军高级官员。馆伴：古代陪同外族宾客人士的官员。

153

【译文】

刚到北军兵营时，我严词抗争，激昂慷慨，北军上下都很惊慌震动，也不敢马上就轻视我国。不幸的是，先有吕师孟与我结怨，后有贾余庆向敌献媚，我被扣留，不能回国，国事就不可整顿了。我自己估计脱不了身了，就径直上前责骂敌军统帅不守信用，列举吕师孟叔侄叛国投敌行径，只想求死，不再顾及个人安危。北人虽然表面上尊敬我，实际上却很生气。两个重要头目名义上是陪同使臣的官员，夜晚却让士兵包围我的住所，因而我就不能回国了。

未几，贾余庆等以祈请使诣北①。北驱予并往，而不在使者之目②。予分当引决③，然而隐忍以行④，昔人云"将以有为也"⑤。至京口⑥，得间奔真州⑦，即具以北虚实告东西二阃⑧，约以连兵大举。中兴机会⑨，庶几在此。留二日，维扬帅下逐客之令⑩。不得已，变姓名⑪，诡踪迹⑫，草行露宿⑬，日与北骑相出没于长淮间⑭。穷饿无聊⑮，追购又急⑯，天高地迥，号呼靡及⑰。已而得舟，避渚州⑱，出北海⑲，然后渡扬子江⑳，入苏州洋㉑，展转四明、天台，以至于永嘉㉒。

【注释】

①未几，贾余庆等以祈请使诣北：指德祐二年二月初六，右丞相贾余庆等去大都向元主请降。祈请使，南宋求和的专使。北，指元都城大都，今北京。

②目：目录，名单。

③分：本分。引决：自杀，引刀自裁。

④隐忍：克制忍耐。

⑤昔人云"将以有为也"：这是引用唐朝南霁云的话。详见前《张中丞传后叙》。

⑥京口：今江苏镇江。

⑦间(jiàn)：机会，空子。真州：今江苏仪征。

⑧具：完全。虚实：指内部的实际情况。告：此指写信告知。东西二阃(kǔn)：指淮东制置使李庭芝，淮西制置使夏贵。恭帝降元后，李庭芝仍苦守扬州，后兵败，被元军杀害。夏贵时已降元，文天

蒙古骑兵押送战俘图

祥不知道。阃，原意为郭门，借指将帅或大臣。

⑨中兴：中途振兴，转衰为盛。此指恢复宋朝的国威。

⑩维扬帅下逐客之令：文天祥到真州时，扬州谣传元人派一丞相来真州劝降。李庭芝信以为真，命真州安抚使苗再成杀文天祥。苗不忍，将其骗出城外，拿出李庭芝的命令给他看，让他留在城外。后见文天祥不像来劝降的，就派人领他赴扬州，想跟李庭芝说明情况。文天祥到扬州城外，听守门人说制置司正下令捕他，只得改变姓名逃走。扬州，淮东制置司驻地。帅，指李庭芝。

⑪变姓名：文天祥为躲避追捕，改姓名为刘洙，改籍贯为清江。

⑫诡：隐匿，隐藏。

⑬草行露宿：在草野中赶路，露天歇宿。形容行旅的艰辛或迫促。

⑭相出没：(彼此)互相出现或隐没，不碰在一块。长淮：指当时的淮东路一带，今江苏长江以北地区。

⑮穷：处境困窘。无聊：贫穷无依。

⑯追购：悬赏追捕。

⑰靡及：达不到。

⑱避渚州：避开长江中的沙洲，因已被元军占领。

⑲北海：长江口以北的海面。

⑳扬子江：即长江。

㉑苏州洋：长江入海口以南的海面。

㉒展转：亦作"辗转"，曲折地经过许多地方。四明：今浙江宁波。天台：今浙江天台。永嘉：今浙江温州。

【译文】

　　不久，贾余庆等人以祈请使身份前往北人的都城。北人驱使我一同前往，但我并不在使者名单之中。我按理应当自杀，然而还是克制忍耐着一起走了，因为前人说过"想要借此有所作为"。到达京口，我得到机会逃奔真州，就把北军的实际情况完全告诉了淮东、淮西两位制置使，约他们联合兵力大举反攻北军。国家复兴的机会，或许就在此一举了。在真州停留了两天，驻守扬州的淮东统帅下了逐客令。迫不得已，我变易姓名，隐藏踪迹，在草野中行走，在露天下歇宿，每天与北军骑兵出没在长淮一带。困窘饥饿，无依无靠，元军悬赏追捕又很紧急，天高地远，大声呼喊，没人听到。不久我找到一条船，避开北军占领的江中沙洲，逃出江口以北的海面，然后渡过扬子江，进入苏州洋，辗转经过四明、天台，最后到达永嘉。

呜呼！予之及于死者不知其几矣！诟大酋当死[①]；骂逆贼当死[②]；与贵酋处二十日[③]，争曲直，屡当死；去京口，挟匕首以备不测[④]，几自到死；经北舰十余里，为巡船所物色，几从鱼腹死[⑤]；真州逐之城门外，几彷徨死[⑥]；如扬州，过瓜洲扬子桥，竟使遇哨，无不死[⑦]；扬州城下，进退不由，殆例送死[⑧]；坐桂公塘土围中，骑数千过其门，几落贼手死[⑨]；贾家庄几为巡徼所陵迫死[⑩]；夜趋高邮，迷失道，几陷死[⑪]；质明，避哨竹林中，逻者数十骑，几无所逃死[⑫]；至高邮，制府檄下，几以捕系死[⑬]；行城子河，出入乱尸中，舟与哨相后先，几邂逅死[⑭]；至海陵，如高沙，常恐无辜死[⑮]；道海安、如皋，凡三百里，北与寇往来其间，无日而非可死[⑯]；至通州，几以不纳死[⑰]；以小舟涉鲸波[⑱]，出无可奈何，而死固付之度外矣！呜呼！死生，昼夜事也[⑲]，死而死矣；而境界危恶，层见错出[⑳]，非人世所堪。痛定思痛[㉑]，痛何如哉！

【注释】

①诟大酋：骂元军统帅伯颜，指上文"诟虏帅失信"事。诟，呵斥，指责。当：该当，会。

②骂逆贼：指上文"数吕师孟叔侄为逆"事。

③贵酋：指上文名为"馆伴"的蒙古岱和索多。

④不测：意外。

⑤"经北舰十余里"至"几从鱼腹死"三句：文天祥等从京口乘船逃奔真州，至七里江，元军巡逻兵想上船盘查，适逢潮退而无法

驶近文天祥等乘坐的小船，幸免于难。物色，搜寻。从鱼腹，葬身鱼腹，指投水自杀。

⑥真州逐之城门外，几彷徨死：指上文"维扬帅下逐客之令"事。之，指代文天祥自己。彷徨，徘徊，进退两难。

⑦"如扬州"至"无不死"四句：瓜洲，在今江苏扬州南四十里大运河入长江处，与京口隔江相对。扬子桥：在扬州城南十五里。竟使，假如真的。哨，指元军哨兵。

⑧"扬州城下"至"殆例送死"三句：不由，不由己，不能自主。殆，几乎。例，类乎，等于。

⑨"坐桂公塘"至"几落贼手死"三句：文天祥等走到扬州城外，发现元军骑兵，便躲进小山上一座被战火烧毁的屋子里，因瓦椽皆无，仅余土墙，故称"土围"。晚上，元军数千骑兵从土围后经过，"时门前马足与箭筒之声，历落在耳，只隔一墙。幸而风雨大作，北骑径去"（《指南录·至扬州》）。

⑩贾家庄几为巡徼所陵迫死：文天祥等晚上行至扬州城北贾家庄，五个当地巡察官咆哮而至，挥刀要杀他们。他们行贿后方免于难。巡徼（jiào），军中担任巡察的人，此指扬州宋军的巡徼。陵迫，欺凌迫害。

⑪"夜趋高邮"至"几陷死"三句：文天祥等晚上从贾家庄奔高邮（今江苏高邮），途中迷了路，又遇大雾，一行人走散，有的被北骑伤害，有的逃走，剩下的又没有粮食。

⑫"质明"至"几无所逃死"四句：文天祥等迷路后，天刚亮，见元军骑兵赶来，便躲入路旁竹林中。不久，元军几十个骑兵绕竹林吆喝，三四次经过文天祥身边，没被发现。他们听说元军要烧竹林，便设法雇人送至高邮。质明，天刚亮。

⑬"至高邮"至"几以捕系死"三句：此指李庭芝通令各府县捕捉文天祥之事。制府，制置司衙门。檄，征召或声讨的文书，此指通缉令。捕系，逮捕。

⑭"行城子河"至"几邂逅死"四句：先一天，宋元两军交战。文天祥等走到城子河时，看到积尸盈野，河中流尸无数。上下约二十里水

面，没有间断。文天祥诗句"一日经行白骨堆"（《发高沙》），说的就是这里的情况。城子河，在高邮县境内。哨，此指元军巡逻船。相后先，敌前我后，或敌后我前，避免与敌船同行。邂逅，意外相遇。

⑮"至海陵"至"常恐无辜死"三句：海陵，今江苏泰州。高沙，在高邮西南。无辜，无罪。

⑯"道海安"至"无日而非可死"四句：道，取道。海安、如皋，今江苏海安、如皋。凡，总计。寇，指土匪。

⑰至通州，几以不纳死：文天祥等到达通州，通州守官杨师亮因接到李庭芝捉拿文天祥的通令，城门上锁。元军追兵迫近，文天祥等仓皇逃避。通州，今江苏南通。

⑱涉：渡。鲸波：巨浪。

⑲死生，昼夜事也：死生，偏义复词，指"死"。昼夜，白天和晚上，引申为早晚，此作"迟早"解。

⑳层见（xiàn）错出：不断地交错出现。见，通"现"。

㉑痛定思痛：痛苦的事情过去之后，回想当初的痛苦。

【译文】

唉！我到达死亡边缘不知有多少次了！责骂元军统帅会被处死；痛骂叛国贼会被处死；与元军大头目相处二十天，争辩是非，多次会被处死；逃离京口，带着匕首以防意外，几乎自杀而死；经过北军舰队游弋的十多里水面，被巡逻船搜寻，几乎葬身鱼腹而死；在真州被赶出城门外，几乎因走投无路而死；前往扬州，经过瓜洲扬子桥，假使遇上北军哨兵，没有不死的；在扬州城下，进退不由自主，几乎等于送死；坐在桂公塘的土围中，北军几千骑兵经过门口，几乎落到敌人手里而死；在贾家庄，几乎被巡查的军官凌辱逼迫而死；夜晚奔往高邮，迷失道路，几乎陷于困境而死；天刚亮，在竹林里躲避哨兵，巡逻的骑兵多达几十个，几乎无法逃脱而死；到达高邮，制置司衙门捉拿我的公文已经下发，我几乎被逮捕而死；在城子河航行时，穿行于凌乱的浮尸之中，我们的小船与北军巡逻船或前或后，几乎遭遇敌人而死；到了海陵，前往高沙，常常担心无辜冤死；取道海安、如皋，共计三百里路，北军与土匪在这一带往来，我没有一天不可能死去；到了通州，几乎因为不让进城而死；乘着小船远涉惊涛骇浪，实在是出于没有别的办法，死的问题，早就不把它放在心上了！唉！死，是迟早会发生的事情，死就死吧；可是处境是那样危急险恶，而且不断地交错出现，真不是人间所能忍受的。痛苦平定之后，再追想当初的痛苦，那是何等的悲痛啊！

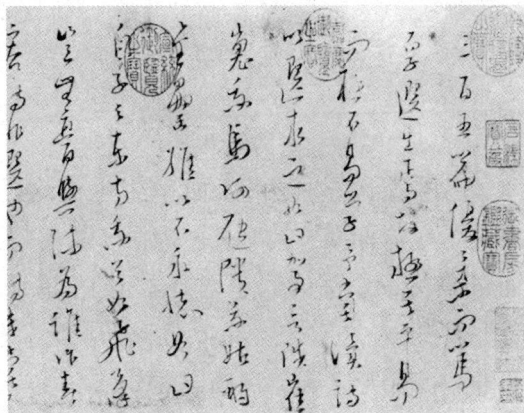

文天祥手迹
行书《木鸡集序》

指南录后序

　　予在患难中，间以诗记所遭①。今存其本，不忍废。道中手自抄录②，使北营，留北关外③，为一卷；发北关外，历吴门、毗陵④，渡瓜洲，复还京口，为一卷；脱京口，趋真州、扬州、高邮、泰州、通州，为一卷；自海道至永嘉、来三山⑤，为一卷。将藏之于家，使来者读之⑥，悲予志焉。

【注释】

　　①间：间或，有时候。所遭：遇到的境况，遭遇。

　　②手自：亲手。

　　③留：扣留。北关外：指临安城北元军驻地皋亭山。

　　④吴门：今江苏苏州。毗陵：今江苏常州。

　　⑤三山：福州的别称。

⑥来者：后来的人。悲：怜悯。

【译文】

我在患难中，有时用诗记述遭遇的事情。现在保留着那些诗稿，舍不得丢掉。在逃亡的路上亲手抄录，出使北营，拘留在北关外这段时间的诗，作为一卷；从北关外出发，经过吴门、毗陵，渡江到瓜洲，再回到京口这段时间的诗，作为一卷；从京口脱身，奔赴真州、扬州、高邮、泰州、通州这段时间的诗，作为一卷；从海路到永嘉、再来到三山这段时间的诗，作为一卷。我将把它收藏在家里，让后来人读到它，悲悯我的心志。

呜呼！予之生也幸，而幸生也何为？所求乎为臣，主辱，臣死有余僇①；所求乎为子，以父母之遗体行殆②，而死有余责。将请罪于君，君不许；请罪于母，母不许；请罪于先人之墓。生无以救国难，死犹为厉鬼以击贼，义也③；赖天之灵、宗庙之福，修我戈矛④，从王于师，以为前驱，雪九庙之耻⑤，复高祖之业⑥，所谓"誓不与贼俱生"，所谓"鞠躬尽力，死而后已"⑦，亦义也。嗟夫！若予者，将无往而不得死所矣。向也使予委骨于草莽⑧，予虽浩然无所愧怍⑨，然微似自文于君亲⑩，君亲其谓予何？诚不自意返吾衣冠⑪，重见日月⑫，使旦夕得正丘首⑬，复何憾哉！复何憾哉！

【注释】

①死有余僇：犹死有余辜，虽死不足抵其罪。形容罪大恶极。僇，通"戮"，杀。

②遗体：旧谓子女的身体为父母所生，因称子女的身体为父母的"遗体"。行殆：冒险行事。《礼记·祭义》："身也者，父母之遗体也。行父母之遗体，敢不敬乎？……一举足而不敢忘父母，是故道而

不径，舟而不游，不敢以先父母之遗体行殆。"

③死犹为厉鬼以击贼，义也：厉鬼，恶鬼。义，符合正义或道德规范。

④修我戈矛：语出《诗经·秦风·无衣》："岂曰无衣？与子同袍。王于兴师，修我戈矛。与子同仇！"

⑤九庙：指帝王的宗庙。古时帝王立庙祭祀祖先，有太祖庙及三昭庙、三穆庙，共七庙。王莽增为祖庙五、亲庙四，共九庙。后历朝皆沿此制。

⑥高祖：多为开国之君的庙号。

⑦鞠躬尽力，死而后已：恭敬勤谨，尽心竭力工作，一直到死为止。语出诸葛亮《后出师表》："臣鞠躬尽力，死而后已，至于成败利钝，非臣之明所能逆睹也。"

⑧委：舍弃，丢弃。

⑨浩然：正大豪迈貌。愧怍：惭愧。

⑩自文：自为文饰，掩盖过错。

⑪自意：自料，自认为。衣冠：借指文明礼教。

⑫日月：喻指帝后。语本《礼记·昏义》："故天子之与后，犹日之与月。"

⑬丘首：犹首丘。相传狐死时必正首向故丘。《礼记·檀弓上》："古之人有言曰，'狐死正丘首'，仁也。"孔颖达疏："所以正首而向丘者，丘是狐窟穴根本之处，虽狼狈而死，意犹向此丘。"后以"首丘"比喻归葬故乡。

【译文】

唉！我能死里逃生算是幸运了，可是幸运地活下来，又能干什么呢？希望做个忠臣，可是国君受辱，做臣子的虽死不足以抵其罪；希望做个孝子，却用父母留给自己的身体去冒险行事，即使死了也难偿罪责。将向国君请罪，国君不答应；向母亲请罪，母亲不答应；我只好向祖先的坟墓请罪。人活着不能拯救国难，死后还要变成恶鬼去击杀贼寇，这就是符合正义；仰赖上天的神灵、祖宗的福泽，修整我的武备，跟随国君出征，作为先锋，洗雪朝廷的耻辱，恢复开国皇帝的基业，古人所说"发誓不与贼人共存"，所说"恭敬勤谨，尽心竭力工作，至死方休"，这也是符合正义。唉！像我这样的人，将是无处不可以死了。以前，假使我埋骨荒野，我虽正大豪迈、问心无愧，但还是稍微显得像是自为文饰，掩盖对国君、对父母的过错，国君和父母会怎么说我呢？实在没想到我能返回文明礼教之邦，重新见到帝后，即使立刻死在故国的土地上，我还有什么遗憾呢！还有什么遗憾呢！

是年夏五，改元景炎①，庐陵文天祥自序其诗②，名曰《指南录》。

【注释】

①是年夏五，改元景炎：这年三月，宋恭帝降元，五月赵昰（端宗）在福州即位，改元。景炎，宋端宗年号，1276—1278年。

②序：本义是次第，引申为按次第排列，此指编定诗的卷次。

【译文】

这一年夏天五月，改年号为景炎，庐陵文天祥编定自己的诗集，命名为《指南录》。

指南录后序

录鬼簿序

钟嗣成

【题解】

元曲与楚骚、汉赋 、六朝骈文、唐诗、宋词并列为擅一代之胜的文学，这朵绚丽奇葩却是由当时无数才秀人微的曲作家以其辛酸血泪浇灌而成。元代是汉族文人的一场噩梦，蒙古统治者长期取消科举、实行民族歧视，汉族文人被切断了传统文化许诺的"学而优则仕"的晋身之路，沦为九流之末。教坊行院、勾栏瓦肆成为落拓文人谋生寄迹、倾洒才华的舞台，才高命薄、取湮当代成为许多人共同的命运。如果不是曾经出现过《录鬼簿》这样一部书，我们可能无从追寻关汉卿、马致远、王实甫这些杰出戏曲家的生平事迹，甚至有可能不知道他们的名字。

《录鬼簿》由钟嗣成撰写，记载元代一百多位散曲、戏曲家的姓字、行实以及作品名目，是元人记述曲家的唯一专著。后人了解元曲家生平与元曲史轮廓、考定元剧著作权，主要依据此书，因此它已成为戏曲研究者案头必备的文献。

钟嗣成（约1277—1345以后），字继先，号醜斋。汴梁（今河南开封）人。屡试不中，曾做过掾史之类的小吏，郁郁不得其志。他生活在元曲盛行的时代，居住在南方戏曲活动中心杭州；他本人是位曲家，与当时曲家多有交往。天历元年（1129）的短短几个月，他的几位挚友相继辞世。他担心随着岁月流逝，这些"高才博识"而"门第卑微，职位不振"的朋友会被历史不公正地埋没，故于次年编定《录鬼簿》，以使"已死未死之鬼得以传远"；并自序其书，申明创作宗旨。

朋友相继为鬼，促使他以"鬼"命名其书，亦以"鬼"结撰其序。序文第一部分阐述对人生的思考："已死之鬼"为生死之道，"未死之鬼"为其人之悲，"不死之鬼"为价值所在；第二部分阐述使初学者

"青胜于蓝"、使剧作家"得以传远"的创作动机。文中激荡着冷静的思索、热情的赞叹以及对正统观念的不屑一顾。作者自嘲"余亦鬼也",时至今日,他的文集与剧作俱已失传,他的这部书却使那些创造了灿烂戏曲文化的剧作家得以流芳千古,如其所希望的那样"日月炳煌,山川流峙",成为"不死之鬼"。钟嗣成这个已死的未死之鬼,定会感到莫大欣慰。

　　贤愚寿夭、死生祸福之理,固兼乎气数而言①,圣贤未尝不论也。盖阴阳之屈伸②,即人鬼之生死。人而知夫生死之道③,顺受其正,又岂有岩墙桎梏之厄哉④?虽然,人之生斯世也,但以已死者为鬼,而不知未死者亦鬼也。酒罂饭囊、或醉或梦、块然泥土者⑤,则其人与已死之鬼何异?此固未暇论也⑥。其或稍知义理⑦,口发善言,而于学问之道,甘于暴弃⑧,临终之后,漠然无闻⑨,则又不若块然之鬼为愈也⑩。

【注释】

　　①兼:同时具有或涉及几种事物或若干方面。气数:气运,命运。

　　②阴阳:古代指宇宙间贯通物质和人事的两大对立面,指天地间化生万物的二气。屈伸:进退。

　　③而:如果。

　　④顺受其正,又岂有岩墙桎梏之厄哉:语出《孟子·尽心上》:"莫非命也,顺受其正。是故知命者不立乎岩墙之下。尽道而死者,正命也。桎梏死者,非正命也。"顺受,顺从地接受。正,正命,儒家以顺应于天道、得其天年而死为得"正命",泛指寿终而死,与"非命"相对。岩墙,墙之将覆者,比喻危险之地。桎梏,刑具,脚镣手铐,指拘系、囚禁。

　　⑤酒罂饭囊:比喻只会吃饭、不会做事的人。酒罂,酒瓶。块然,木然无知的样子。

⑥未暇：没有时间顾及。

⑦义理：道理。

⑧暴弃：糟蹋，自暴自弃。

⑨漠然：寂静的样子。无闻：没有名声，不为人知。

⑩愈：贤，胜过。

166

【译文】

贤能愚笨、长命早夭、死生祸福的道理，原本就应和命运放在一起来谈，往圣先贤也曾有所论及。阴阳二气的消退与增长，就是生而为人、死而为鬼。人如果知道那些关于生死的道理，就可以顺应天道、得其天年而死，又怎会自取被危墙覆压、被刑具拘系的厄运呢？虽然这样，人们活在这个世界上，只会把已经死了的人当成是鬼，却不知道未死的人也可以是鬼。那些酒囊饭袋、醉生梦死、泥土般木然无知的人，这样的人即使活着，和已死之人变成的鬼又有什么区别？这本无需多谈。他们或许稍稍知晓一些道理，嘴里说着一些好话，但是对于学识方面的大道，却甘心自暴自弃，死后也没有一点儿名声，那还不如木然无知的鬼更好了。

　　余尝见未死之鬼吊已死之鬼①，未之思也，特一间耳②。独不知天地开辟③，亘古迄今④，自有不死之鬼在。何则？圣贤之君臣，忠孝之士子，小善大功，著在方册者⑤，日月炳煌⑥，山川流峙，及乎千万劫无穷已⑦，是则虽鬼而不鬼者也。

【注释】

①吊：祭奠死者或对遭丧事及不幸者给予慰问。

②特：只。间：差别，距离。

③独：却。

④亘古：自古以来，从来。

⑤方册：典籍，史册。古代文字写在方版或竹木简上，简简相连

为册。

⑥炳煌：昭明。

⑦劫：佛教名词。梵文kalpa的音译，"劫波"（或"劫簸"）的略称。意为极久远的时节。穷已：穷尽，终了。

【译文】

我曾看见这样一些未死的人间之鬼去吊唁那些已死的阴间之鬼，没想过吊与被吊者之间只有这么一点儿差别。他们却不知道开天辟地，从古到今，本有不死的鬼存在。为什么呢？圣明的君主、贤能的大臣，忠于君国、孝于父母的士子，他们那些小的善行、大的功绩，载入史册，如日月昭明炳映，像山川耸峙奔流，经历千千万万年也不会穷尽，这样他们虽属阴间之鬼，人们却不把他们当成鬼来看待。

今因暇日，缅怀故人。门第卑微，职位不振①，高才博识，俱有可录，岁月弥久②，湮没无闻③。遂传其本末，吊以乐章④。复以前乎此者，叙其姓名，述其所作。冀乎初学之士刻意词章⑤，使冰寒于水、青胜于蓝⑥，则亦幸矣。名之曰《录鬼簿》。

感天动地窦娥冤

【注释】

①门第卑微，职位不振：王国维《宋元戏曲史》："杂剧之作者，大抵为布

衣，否则为省掾内史之属。"振，显扬。

②弥久：长久，愈久。

③湮没：埋没。

④遂传(zhuàn)其本末，吊以乐章：《录鬼簿》卷上记"前辈名公乐章传于世者"，如关汉卿、白朴等人，吊以《凌波仙》曲，如写关汉卿："珠玑语唾自然流，金玉词源即便有，玲珑腑脏天生就。风月情，忒惯熟。姓名香，四大神洲。驱梨园领袖，总编修师首，捻杂剧班头。"《录鬼簿》卷下记"方今才人相知者，为之作传，以《凌波仙》曲吊之"，比如写张可久："水光山色爱西湖，照耀乾坤《今乐府》，苏堤渔唱文相助。又吴盐，余意续。新乐府，惊动林、苏。荆山玉，合浦珠，压倒群儒。"传，作传，记载。本末，始末，原委。吊，凭吊。乐章，古代指配乐的诗词。

⑤刻意：潜心致志，用尽心思。词章：诗文的总称，此处指元曲，即钟嗣成所谓"传奇"。

⑥冰寒于水、青胜于蓝：比喻学生胜过老师，或后人胜过前人。语出《荀子·劝学》："青，取之于蓝，而青于蓝；冰，水为之，而寒于水。"

【译文】

我现在利用闲暇时间，追念相知旧友。他们门第卑微，官职不显，但才智过人，学识广博，方方面面都有值得记载的东西，但是随着时光流逝越来越久，他们的事迹恐被埋没而不为后人所知。于是我记载了他们的生平事迹、始末原委，并作《凌波仙》乐章作为凭吊。生于他们之前的那些戏曲家，我也记录其姓名，叙述其作品，希望初学之人潜心致志于词曲创作，从而能够像冰寒于水、青胜于蓝，超越前辈，那也就很幸运了。我将这部书命名为《录鬼簿》。

嗟乎！余亦鬼也，使已死未死之鬼得以传远，余又何幸焉！若夫高尚之士、性理之学①，以为得罪于圣门者②，吾党且啖蛤蜊③，别与知味者道。

【注释】

①若夫：至于。用于句首或段落的开始，表示另提一事。性理之学：人性与天理之学。

②得罪：冒犯，触怒。圣门：孔子的门下，亦泛指传孔子之道者。

③党：犹类。且啖蛤蜊：语本《南史·王融传》："不知许事，且食蛤蜊。"表示不屑一顾。且，姑且，暂且。啖，吃。

【译文】

唉！我其实也是人间之鬼呀！倘使我能让已经死去的未死之鬼得以流传久远，我又是何其幸运啊！至于那些所谓的志行高洁的人、深谙人性与天理学问的人，认为我冒犯了圣人的门徒，我辈且吃蛤蜊，也不屑与之理论，另和深解其味的人去谈论就是了。

至顺元年龙集庚午①，月建甲申②，二十二日辛未古汴钟嗣成序③。

【注释】

①至顺元年：公元1330年，元文宗的年号。龙集庚午：相当于说"岁次庚午"，龙指岁星。

②月建：指旧历每月所建之辰。古代以北斗七星斗柄的运转作为定季节的标准，将十二地支和十二个月份相配，用以纪月，以通常冬至所在的十一月（夏历）配子，称建子之月，类推，十二月建丑、正月建寅、二月建卯，直到十月建亥，如此周而复始。月建甲申是指这一年的七月。

③二十二日辛未：辛未是干支纪日。古汴：指开封。钟嗣成自称古汴人，实寓居杭州。

【译文】

至顺元年七月二十二日古汴州人钟嗣成序。

陶庵梦忆自序

张　岱

【题解】

　　晚明才人张岱的《陶庵梦忆》以追忆笔调叙写生平经历闻见的诸般人事、名胜、景物，文字清新洗练，意境深远悠长，在散文史上享有盛誉，甚至被诩为"明文第一"。

　　张岱（1597—1679），字宗子，又字石公，号陶庵，又号蝶庵，山阴（今浙江绍兴）人。生于明之季世，长于豪富之门，中岁遭遇国破家亡，有《自为墓志铭》述其经历：

　　　　少为纨绔子弟，极爱繁华。好精舍，好美婢，好娈童，好鲜衣，好美食，好骏马，好华灯，好烟火，好梨园，好鼓吹，好古董，好花鸟，兼以茶淫橘虐、书蠹诗魔，劳碌半生，皆成梦幻。年至五十，国破家亡，避迹山居，所存者破床碎几、折鼎病琴，与残书数帙、缺砚一方而已。布衣蔬食，常至断炊。回首二十年前，真如隔世。

　　晚年的贫困潦倒在张岱却是甘心的，他以佛家的果报之说，消释了命运巨变中的种种"不可解"。《陶庵梦忆》是遗民忏悔之书，书中记录作者前五十年浪漫奢华生活中的种种得意，"持向佛前，一一忏悔"。当我们把它当作案头枕边的消闲读物，心驰神往于书中那些温馨诗意的画面时，需要看清绮丽繁华中弥漫着的悲凉与寂寞，需要领悟《自序》所提示的立意本旨。

　　《自序》开篇"陶庵国破家亡"，将个人与家国命运紧紧连在一起，是古今罕有的字字血泪之语。然后以惨苦笔墨写其生之疑惑、生之目的、生之艰难，以斩绝语调写其生之领悟，以凄清虚幻之语写其生之安慰，以荒唐的笑话冷冷嘲讽自己"大梦将寤，犹事雕虫"的痴迷与名根一点，坚如舍利的执著。这种卑微落魄之中的痴迷与执著，正是文化得以传承的内在动力。中国文学有"梦"的传统，有人梦得庸俗、醒得窝囊，有人梦得真诚、醒得透彻，并把他们的梦认真记录下来，留给后人品味享受。张岱对"靡丽繁华，过眼皆空"的了悟以及他的"痴"，让人想到"茅椽蓬牖，瓦灶绳床，其晨夕风露，阶柳庭花，亦未有妨我之襟怀笔墨"的曹雪芹。同是历过一番梦幻之后，曹氏选择用"满纸荒唐言"编织一个梦，张岱选择用历历如画笔回忆一个梦，并在回忆中找到了心的归属。

    陶庵国破家亡，无所归止，披发入山^①，駴駴为野人^②。故旧见之，如毒药猛兽，愕窒不敢与接^③。作自挽诗，每欲引决，因《石匮书》未成^④，尚视息人世^⑤。然瓶粟屡罄^⑥，不能举火^⑦，始知首阳二老，直头饿死，不食周粟^⑧，还是后人妆点语也^⑨。

【注释】

①披发入山：谓入山隐居。

②駴駴（hài）：惊骇貌。

③愕窒：惊愕得不敢出气。窒，气塞。接：接触。

④《石匮书》：张岱利用家藏资料所著纪传体明史，起自洪武，迄于天启，共二百二十卷；又有《石匮书后集》六十三卷，记载崇祯朝及南明史事。邵廷采《明遗民所知传》："丙戌后，屏居卧龙山之仙室，短檐危壁，沉淫于明一代纪传，名曰《石匮藏书》，以拟郑思肖之《铁函心史》也。"

⑤视息：仅存视觉、呼吸等，谓苟全活命。

⑥瓶：泛指腹大颈长的容器，此指盛米器具。

⑦举火：生火做饭。

⑧"始知"至"不食周粟"三句：用伯夷、叔齐故事。周武王灭商后，伯夷、叔齐义不食周粟，隐于首阳山，采薇而食，后来饿死。事见《论语·季氏》、《孟子·万章下》、《史记·伯夷列传》等。直头，径直。

⑨妆点：渲染敷衍。

【译文】

陶庵国破家亡，没有归宿，披散头发隐居荒山，形体容颜吓人，如同野人一般。故人旧交见我如同毒药猛兽，惊愕至于不敢呼吸，更不敢跟我接触。我自作挽诗，经常想到自杀，因为《石匮书》尚未完成，所以还在人世间苟延残喘。然而米缸经常空空如也，以致不能生火做饭。我这才知道隐居首阳山的伯夷、叔齐二位老先生，直到饿死也不吃周朝的粮食，还是后人渲染夸张的言语啊。

饥饿之余，好弄笔墨。因思昔人生长王、谢[①]，颇事豪华，今日罹此果报[②]。以笠报颅[③]，以篑报踵[④]，仇簪履也[⑤]；以衲报裘[⑥]，以苎报绤[⑦]，仇轻暖也[⑧]；以藿报肉[⑨]，以粝报粻[⑩]，仇甘旨也[⑪]；以荐报床[⑫]，以石报枕，仇温柔也[⑬]；以绳报枢[⑭]，以瓮报牖[⑮]，仇爽垲也[⑯]；以烟报目[⑰]，以粪报鼻，仇香艳也[⑱]；以途报足，以囊报肩，仇舆从也[⑲]。种种罪案[⑳]，从种种果报中见之。

【注释】

①王、谢：六朝望族王氏、谢氏的并称。后以"王谢"为高门世族

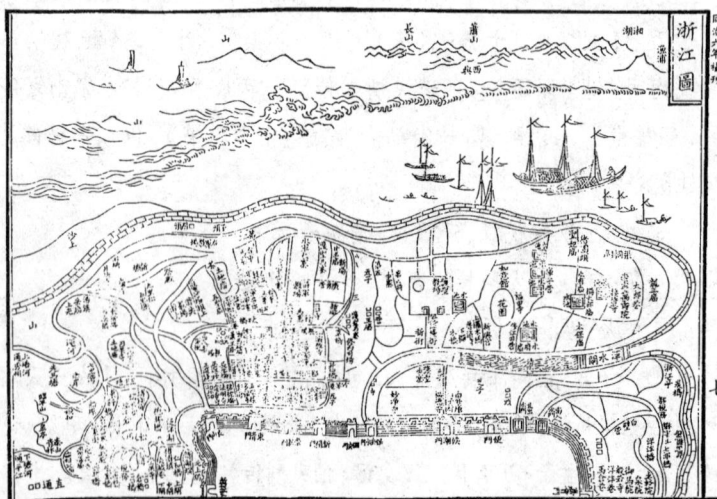

咸淳临安志·浙江图·杭州

的代称。

②罹：被，遭受。果报：佛家所谓因果报应，认为凤世种善因，今生得善果，为恶则得恶报。《法苑珠林》："一善念者，亦得善果报；一恶念者，亦得恶果报。"

③笠：笠帽，用竹篾、箬叶或棕皮等编成，可以御暑，亦可御雨。报：报应，果报。

④蒉（kuì）：盛土的竹器，此指草鞋。踵：脚后跟，亦泛指脚。

⑤仇：仇视，敌视，怨恨。

⑥衲（nà）：补缀过的衣服。裘：皮毛外衣。泛指高级华丽的衣服。

⑦苎（zhù）：苧麻，此指粗麻布衣。绤（chī）：细葛布。

⑧轻暖：轻软暖和的衣服。

⑨藿（huò）：豆叶，此处指野菜。

⑩粝（lì）：粗米。粻（zhāng）：米粮。此处指精粮。《楚辞·离骚》："折琼枝以为羞兮，精琼靡以为粻。"

⑪甘旨：美味的食物。

⑫荐：草席。

⑬温柔：被褥等卧具温暖柔软。

⑭枢：门臼，即门上的转轴。

⑮瓮：小口大腹的陶制汲水罐。

⑯爽垲（kǎi）：高爽干燥。

⑰烟：烟熏色。

⑱香艳：花木芳香艳丽。

⑲舆从：车马随从。舆，车马、轿子。从，随从的仆人。

⑳罪案：罪状，罪名。

【译文】

忍饥挨饿之余，我依然喜好舞文弄墨。因而想到我的先人们生长在王、谢一般的高门世族，过惯了奢侈豪华的生活，今日遭到这种因果报应。以竹笠报应在头颅上，以草鞋报应在双脚上，这是对从前插金玉之簪、穿华美之鞋的报应；以百衲破衫代替皮毛外衣，以粗布麻服代替细致葛衣，这是对从前穿着轻软暖和衣服的报应；以野菜代替肉食，以粗米代替精粮，这是对从前吃着美味可口食物的报应；以草席代替床榻，以石块代替枕头，这是对从前睡着温暖柔软卧具的报应；以绳子系住户枢，以破瓮当作窗子，这是对从前住着高爽干燥居室的报应；以烟熏的颜色报应眼睛，以粪便的臭味报应鼻子，这是对从前欣赏着芳香艳丽的花木的报应；以长途劳顿报应给腿脚，以沉重囊橐报应给肩背，这是对从前乘马坐轿、仆从围随的报应。种种罪状，都可以从种种因果报应中一一见到。

鸡鸣枕上，夜气方回①，因想余生平，繁华靡丽②，过眼皆空，五十年来，总成一梦。今当黍熟黄粱③，车旅蚁穴④，当作如何消受⑤？遥思往事，忆即书之，持向佛前，一一忏悔。不次岁月⑥，异年谱也；不分门类，别《志林》也⑦。偶拈一则，如游旧径，如见故人，城郭人民，翻用自喜⑧，真所谓"痴人前不得说梦"矣⑨。

【注释】

①夜气：黎明前的清新之气。《孟子·告子上》："夜气不足以存，则其违禽兽不远矣。"孟子认为，人在清明的夜气中一觉醒来，思想未受外界感染，良心易于发现，因此用以比喻人未受物欲影响时的纯洁心境。回：环绕，包围。

②靡丽：奢华，奢靡。

③黍熟黄粱：用唐代沈既济的传奇《枕中记》故事，喻指富贵奢华终成虚幻。卢生科场失意，回乡途中借宿邯郸客店，道士吕翁以一瓷枕让其睡卧。卢生倚枕而入梦乡，娶娇妻，中进士，做高官，儿孙满堂，享尽荣华富贵，最后寿终正寝。断气时，卢生惊醒，发现一切如故，店主人蒸的黄粱饭尚未蒸熟。

④车旅蚁穴：用唐代李公佐的传奇《南柯太守传》故事，喻指人世倏忽、富贵虚浮。游侠之士淳于梦醉后被邀入槐安国，被招为金枝

公主驸马，出任南柯郡太守二十年。后与邻国交战失利，继而公主病死，遂遭国王疑惮，被以破车惰卒遣返故乡。突然梦醒，方知前之荣耀蹉跌，悉是醉后一梦，而所谓槐安国者，实乃庭中大槐树穴中的蚁巢而已。旅，旅行。

⑤消受：禁受，忍受。

⑥不次：不排列。

⑦《志林》：指《东坡志林》，北宋苏轼著。记载作者自元丰至元符二十年间之杂说史论，内容广泛，无所不谈。其文则长短不拘，信笔写来，挥洒自如，体现了作者行云流水、涉笔成趣的风格。

⑧翻：反而。用：以，表示凭借或者原因。自喜：自乐，自我欣赏。

⑨痴人前不得说梦：对痴人不能说梦，恐其信以为真。语本《五灯会元·龙门远禅师法嗣·乌巨道行禅师》："祖师西来，直指人心，见性成佛。痴人面前，不得不梦。"痴人，愚笨或平庸之人。

达摩禅师像

175

【译文】

鸡鸣之声达于枕上，黎明凉气正在周遭环绕。于是回想我的一生，所有繁华奢靡，过眼皆为空幻，五十年来，总成一场大梦。如今黄粱美梦已醒、已从蚁穴"槐安国"中回来，应当怎样忍受这种瞬息幻灭呢？于是我遥想往事，有所回忆就书写下来，拿到佛前，一一忏悔。不按岁月先后排列次序，有异于年谱；不按内容分门别类，有别于《志林》。偶尔拈取一则，如同重游旧路，如同重见故人，重见当年的城郭百姓，反而因之自乐。这真是所谓"不要在愚笨之人面前说梦，恐其信以为真"哪。

176

　　昔有西陵脚夫为人担酒①，失足破其瓮，念无所偿，痴坐伫想曰②："得是梦便好。"一寒士乡试中式③，方赴鹿鸣宴④，恍然犹意非真，自啮其臂曰⑤："莫是梦否？"一梦耳，惟恐其非梦，又惟恐其是梦，其为痴人则一也。余今大梦将寤，犹事雕虫⑥，又是一番梦呓⑦。因叹慧业文人⑧，名心难化⑨，正如邯郸梦断，漏尽钟鸣，卢生遗表，犹思摹拓二王，以流传后世⑩。则其名根一点⑪，坚固如佛家舍利⑫，劫火猛烈⑬，犹烧之不失也。

【注释】

　　①西陵：浙江萧山西兴镇的古称。脚夫：旧称搬运货物行李的伕役。

　　②伫想：久立凝思。

　　③乡试：明清两代每三年一次在各省省城举行乡试，中式者称"举人"。中式：科举考试合格。

　　④鹿鸣宴：科举时代，乡举考试后，州县长官宴请得中举子，或发榜次日，宴主考、执事人员及新举人，歌《诗经·小雅·鹿鸣》，作魁星舞，故名。

　　⑤啮（niè）：咬。

　　⑥雕虫：写文章。汉扬雄《法言·吾子》："或问：'吾子少而好赋？'曰：'然，童子雕虫篆刻。'俄而曰：'壮夫不为也。'"

　　⑦梦呓：睡梦中说话。

　　⑧慧业文人：语出《宋书·谢灵运传》："太守孟顗事佛精恳，而为灵运所轻，尝谓顗曰：'得道应须慧业文人，生天当在灵运前，成佛必在灵运后。'顗深恨此言。"慧业，佛教指生来赋有智慧的业缘。

　　⑨名心：求功名之心。化：消除，去除。

　　⑩自"正如"至"流传后世"五句：用汤显祖《邯郸记》故事。卢生享尽人间荣华富贵，临死前给皇帝的遗表中，还表示他有心摹写二王书法，以流传后世。漏尽钟鸣，指夜尽天明，比喻生命的尽头。漏尽，漏刻已尽。蔡邕《独断》："夜漏尽，鼓鸣则起；昼漏尽，钟鸣则

息。"遗表,古代大臣临终前所写的章表,于卒后上奏。摹拓,依样描制,复制。二王,东晋书法家王羲之、王献之父子。

⑪名根:好名的本性、根性。

⑫舍利:梵语,意译"身骨"。释迦牟尼佛遗体火化后结成的坚硬珠状物。又名舍利子。《魏书·释老志》:"佛既谢世,香木焚尸。灵骨分碎,大小如粒,击之不坏,焚亦不燋,或有光明神验,胡言谓之'舍利'。"后泛指佛教徒火化后的遗骸。

⑬劫火:佛家语,指坏劫之末(世界毁灭时)的大火。《仁王经》:"劫火洞然,大千俱坏。"这里指明亡。

【译文】

从前西陵渡口有个脚夫替人担酒,失脚滑倒,打破酒瓮,想着自己没钱赔偿,呆坐着想了很久,说:"这要是做梦就好了。"有个贫苦秀才参加乡试,得中举人,将赴鹿鸣宴,恍惚中还以为这不是真的,自己咬着自己的手臂说:"这不会是做梦吧?"同是一梦,脚夫唯恐它不是梦,秀才又唯恐它真是梦,他们皆是痴愚之人,在这一点上倒是一样的。我现今大梦将醒,还在致力于雕虫小技,则又是一番梦话。因此感叹生而具有智慧业缘的文人,功名之心难以消除,正如邯郸梦醒,漏刻滴尽,钟声响起,卢生在遗表中还想着摹写二王书法,以流传后世。这样看来,一点好名的根性,就像佛家坚硬无比的舍利,任凭坏劫之末的大火猛烈焚烧,仍然烧它不去啊。

古本水浒传序

金人瑞

【题解】

金人瑞即金圣叹（1608—1661），他本名采，字若采，明亡后始更名人瑞，字圣叹。他狂放不羁，能文善诗，然绝意仕进，以为"生死迅疾，人命无常，富贵难求，从吾所好，则不著书其又何以为活也"，所以著述甚多，评点古书亦多，堪称奇才。他以《庄子》、《离骚》、《史记》、《杜诗》、《水浒》、《西厢》为"六才子书"，拟逐一批点，但由于卷入"抗粮哭庙"事件被处斩，仅完成了后两种。

金圣叹批点的《水浒传》称《贯华堂第五才子书水浒传》，这篇序文以《水浒传》作者施耐庵自序的形式冠于书前。文章以闲散自在、活泼跳脱的笔法，自述《水浒传》的创作动机与过程。文章开篇极言"吾生有涯"，面对可忧可痛的迅疾变灭，"何所得乐"成为一个必须考虑的问题。"快意之事莫若友，快友之快莫若谈"，自然过渡到对自己与朋友们在"世人多忙"之时"各随其心"、"以谈为乐"的率性生活的描写。而《水浒传》则是不能与朋友相聚之时的"戏墨"，不求名利，不计得失毁誉，"吾友读之而乐，斯亦足耳"。

据廖燕《金圣叹先生传》，金圣叹"鼎革后，绝意仕进"，"除朋从谈笑外，惟兀坐贯华堂中，读书著述为务"，可见序文中对施耐庵人生观念与创作状态的描述，隐现着金圣叹的身影；而且，那跳脱中隐藏着的无以名状的悲愤与抗争，貌似闲淡而暗藏讥讽的文风，无不与这位不羁才子的性情相符。因此，研究者普遍认为这篇序文系金圣叹托名伪撰。而且，通常认为金圣叹据以批点的这部"贯华堂所藏古本"《水浒传》也是由金圣叹腰斩《水浒》而成。理由是此书只有七十回，以"梁山泊英雄惊恶梦"结束，与通行的百回本、百二十回本不同，没有罗贯中"横添狗尾"（金圣叹语）续作的宋江受招安等情节，而这样一来，《水浒传》的思想倾向就无论如何不是"忠义"，而是金圣叹坚持的诱人为盗的"诲盗"了。

　　人生三十而未娶，不应更娶；四十而未仕，不应更仕；五十不应为家①，六十不应出游。何以言之？用违其时②，事易尽也。朝日初出，苍苍凉凉③，澡头面④，裹巾帻⑤，进盘餐，嚼杨木⑥。诸事甫毕⑦，起问可中⑧，中已久矣。中前如此，中后可知；一日如此，三万六千日何有⑨？以此思忧⑩，竟何所得乐矣。每怪人言"某甲于今若干岁"⑪。夫若干者，积而有之之谓，今其岁积在何许？可取而数之否？可见已往之吾，悉已变灭⑫。不宁如是，吾书至此句，此句以前已疾变灭。是以可痛也！

【注释】

　　①为家：治理家产。为，治理。

　　②用：行事，行动。时：时机，机会。

　　③朝日初出，苍苍凉凉：语出《列子·汤问》："日初出苍苍凉凉，及其日中如探汤，此不为近者热而远者凉乎？"

　　④澡头面：洗脸。澡，本指洗手，后泛指洗涤、沐浴。

　　⑤裹巾帻：古代男人的头巾用全幅细绢做成，所以要"裹"。巾帻，头巾。

　　⑥嚼杨木：指清洁牙齿。杨木，指杨树枝。《隋书·真腊传》："每旦澡洗，以杨枝净齿，读诵经咒。"

　　⑦甫：方才，刚刚。

　　⑧中：中午，日中的时候。

　　⑨三万六千日：一百年，谓人的一生。

　　⑩思忧：悲伤忧愁。

　　⑪某甲：称人的代词，多用于避讳、设言或失名等。

　　⑫变灭：变化幻灭。

【译文】

人生到了三十岁却还未娶妻，就不应再娶；四十岁却还未做官，就不应再做；五十岁不应再治理家产，六十岁不应再出外游玩。为什么这么说呢？因为如果行事违背它们的时机，很容易走到尽头。早晨太阳刚刚升起，日色苍灰，凉凉爽爽，洗头洗脸，裹好头巾，吃完早餐，咀嚼杨木清洁牙齿。诸般事务处理完毕，起身询问可到中午，居然早就过了中午了。中午前是这个样子，中午后就可想而知了；一天之中是这个样子，人活百年，三万六千日又能怎样呢？照这样悲伤忧愁，到底怎样才能找到快乐？每每听到人们说"某某人到现在活了多少岁"，我都感到奇怪。所谓"多少"，说的是通过积累而最终拥有。如今看来，他的年岁积累了多少？可以拿出来数一数吗？可见从前的我，全都已经变化了，幻灭了。不仅如此，当我书写到这句话，这句以前的语句，也已迅疾变化幻灭了。所以才值得痛心啊！

快意之事莫若友①，快友之快莫若谈。其谁曰不然？然亦何曾多得。有时风寒，有时泥雨，有时卧病，有时不值。如是等时，真住牢狱矣。舍下薄田不多②，多种秫米③。身不能饮，吾友来，需饮也；舍下门临大河，嘉树有荫④，为吾友行立蹲坐处也；舍下执炊爨、理盘榼者⑤，仅老婢四人，其余凡畜童子大小十有余人⑥，便于驰走迎送、传接简帖也⑦；舍下童婢稍闲，便课其缚帚织席⑧。缚帚所以扫地，织席供吾友坐也。吾友毕来，当得十有六人，然而毕来之日为少，非甚风雨，而尽不来之日亦少，大率日以六七人来为尝矣⑨。吾友来，亦不便饮酒。欲饮则饮，欲止先止，各随其心。不以酒为乐，以谈为乐也。吾友谈不及朝廷，非但安分，亦以路遥，传闻为多。传闻之言无实，无实即唐丧唾津矣⑩；亦不及人过失者，天下之人本无过失，不应吾诋诬之也。所发之言不求惊人，人亦不惊；未尝不欲人解，而人卒亦不能解者，事在性情之际⑪，世人多忙，未曾尝闻也。

金圣叹手书扇面

吾友既皆绣谈通阔之士⑫，其所发明⑬，四方可遇⑭。然而每日言毕即休，无人记录。有时亦思集成一书，用赠后人。而至今阙如者⑮，名心既尽，其心多懒，一；微言求乐⑯，著书心苦，二；身死之后，无能读人，三；今年所作，明年必悔，四也。

【注释】

①快意：心情爽快舒适。快，舒适，畅快。

②舍下：谦称自己的家。薄田：贫瘠的田，有时也用以谦称自己的田地。

③秫米：糯米，富于黏性，可做糕点，亦可酿酒。

④嘉树：佳树，美树。

⑤炊爨（cuàn）：烧火煮饭。盘榼（hé）：盛食物的盘。左思《娇女诗》："并心注肴馔，端坐理盘榼。"

⑥童子：古代指未成年的仆役。

⑦驰走：快跑，疾驰。简帖：书束。

⑧课：督促。帚：以细竹枝或去粒的高粱穗、黍子穗等扎成的扫地用具。

⑨大率：大抵，大致。尝：通"常"，普通，平常。

⑩唐丧：徒劳，乌有。

⑪性情：真情实感。

⑫绣谈：形容谈吐文辞华丽。通阔：通达疏阔。

⑬发明：阐述，阐发。

⑭四方：天下，各处。遇：得志，见赏。

⑮阙如：空缺不书。

⑯微言：精深微妙的言辞。

【译文】

　　能让人心情爽快舒适的莫如朋友，能让朋友舒适畅快的办法莫如谈天。谁说不是呢？可是这种机会何尝多得。有时刮风阴寒，有时泥泞下雨，有时卧病在床，有时访友不遇。碰到这些时候，简直像是住在牢狱了。我家田地不多，但是种了许多可以酿酒的糯米。我自己不善饮酒，我的朋友们来，需要饮酒；我家门前正对大河，绿树成荫，是我的朋友们散步、静立、蹲坐的地方；我家烧火煮饭、整理杯盘的只有四名老女仆，此外养着大大小小十几个年轻仆人，以便于东奔西跑、迎来送往、传递接收朋友们的书柬；我家的仆人婢女们一有余闲，我就督促他们扎笤帚、织席子。扎笤帚是用来扫地的，织席子是供我朋友们坐着的。我的朋友全来，得有十六人，然而一下子全来的日子比较少，但是如果不是风雨太大，全不来的日子也比较少，大致以每天来六七个人为平常情况。我的朋友们来，也不一定喝酒。想喝的人就喝，想停杯的人就先停杯，各随他们的心意。我们不以饮酒为乐，而以谈天为乐。我的朋友们谈天，从不涉及朝廷政事，不仅安守本分，而且也是因为距离京城路途遥远，知道的消息也以传闻为多。传闻的话并不确实，说些不确实的话，等于浪费唾沫；我们也不谈论别人的过失，因为天下之人本来并无过失，不应任由我们去诋毁诬蔑他们。我们所说的话并不希求惊动他人，他人也并未被惊动；未尝不希望他人理解，他人最终也不能理解我们，是因为我们谈论的事情关涉真情实感，世人大多忙忙碌碌，不曾亲耳倾听我们的谈话。我的朋友都是些锦心绣口、通达疏阔之士，他们所阐述的道理，在天下四方都能被人赏识。然而每天说完也就算了，没人记录下来。有时也想把这些谈论汇集成为一书，用以留赠后人。然而至今未曾动笔，求名之心已经消尽，我的心思时常懒散，这是原因之一；发言精深微妙是为了寻求快乐，一旦著书立说只能心生烦苦，这是原因之二；即使写书，死了之后，没人能够读懂，这是原因之三；今年所写成的书，明年再看必定懊悔，这是原因之四了。

　　是《水浒传》七十一卷，则吾友散后，灯下戏墨为多①；风雨甚，无人来之时半之。然而经营于心②，久而成习，不必伸纸执笔，然后发挥③。盖薄莫篱落之下④，五更卧被之中，垂首捻带、睇目观物之际⑤，皆有所遇矣。或若问："言既已，未尝集为一书，云何独有此传⑥？"则岂非此传成之无名⑦，不成无损，一；心闲试弄，舒卷自恣⑧，二；无贤无愚，无不能读，三；文章得失，小不足悔，四也。呜呼哀哉！吾生有涯，吾呜乎知后人之读吾书者谓何⑨。

水浒人物卷子——宋江

183

水浒人物卷子——李逵

但取今日，以示吾友，吾友读之而乐，斯亦足耳。且未知吾之后身读之谓何，亦未知吾之后身得读此书者乎，吾又安所用其眷念哉⑩。

【注释】

①戏墨：戏笔。

②经营：指艺术构思。

③发挥：阐发，把意思或道理充分表达出来。

④薄莫：傍晚，太阳快落山的时候。莫，通"暮"。

⑤捻(niǎn)：用手指搓或转动。睇(tī)目：纵目。

⑥云何：为何，为什么。

⑦无名：没有名义，没有正当理由。

⑧舒卷：舒展和卷缩。自恣：放纵自己，不受约束。

⑨呜乎：怎样，怎么。谓何：如何，为何。

⑩安：什么，什么地方。其：指代自己。眷念：怀念，想念。

【译文】

这本《水浒传》七十一卷，则大多是我的朋友们散去之后，我在灯下戏笔写成；也有少半是在风雨大作，无人来访之时写就的。然而我一直在心中构思，时间长了就成为习惯，并不一定非要铺好纸拿出笔，然后才能阐发表达。当我傍晚徘徊篱笆之下，五更躺卧被褥之中，当我垂头捻弄衣带、纵目观览景物之时，心中都会有所感、有所得。如果有人要问："你们聊天之后，未尝集结成为一书，为何单有这部《水浒传》呢？"那么岂不是这部《水浒传》写得成也没有名义，写不成也没有损失，这是原因之一；心情闲适，尝试弄笔，舒展卷缩，皆随我意，这是原因之二；无论贤能之士，还是愚笨之人，无人不能阅读，这是原因之三；文章的得失，本来小到不足悔恨，这是原因之四了。唉！唉！我的生命终有穷尽，我怎能知道后世读我这本书的人说什么呢。只想今天把这本书拿给我的朋友看，我的朋友读了之后感到快乐，这也就足够了。况且我不知道我的来生读到这本书时会说些什么，也不知道我来生还能不能读到这本书，我又思来想去做什么呢？

东都施耐庵序^①。

【注释】

①东都：历代王朝在原京师以东的都城。元代指大梁，故址在今河南开封。施耐庵：元末明初小说家，原籍东都，一说钱塘。博通古今，才气横溢。曾中进士，做过官，与当道不合，弃官回家，从事著述。学界一般认为他是《水浒传》的作者。

【译文】

东都人施耐庵做序。

185

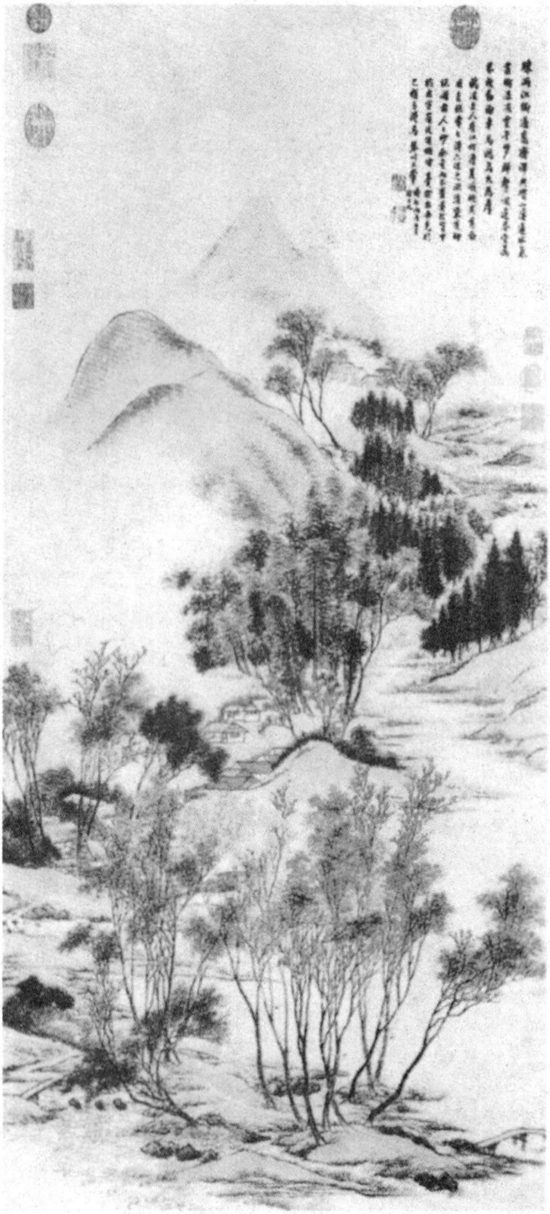

聊斋自志

蒲松龄

【题解】

"朝为田舍郎，暮登天子堂"是隋唐之后贫寒士子的梦想。在日益崎岖黯淡的科举之路上，无数才子英雄黑发为白，韶颜变丑，穷困潦倒，备尝辛酸。因《聊斋志异》而获得不朽声名的蒲松龄，就是一个在科举魔咒下淹蹇落魄的穷书生。

蒲松龄（1640—1715），字留仙，又字剑臣，号柳泉居士。山东淄川（今山东淄博）人。祖上因科甲而颇有名望，至其父蒲盘时家境日衰，弃学经商，将科举热望寄托在幼而颖慧的儿子身上。蒲松龄19岁应童子试，考取县、府、道三个第一，大受山东学政、著名诗人施闰章赏识。此后却屡试不第，靠做幕宾与塾师维持艰难生计，71岁才获得岁贡生头衔。康熙五十四年正月的一个黄昏，他坐在清冷的聊斋窗前瞑目而逝。

"新闻总入鬼狐史，斗酒难消磊块愁"，《聊斋志异》是一部文言文短篇小说集，多谈花妖鬼狐的幻想故事，内容看似荒诞不稽，却曲折反映了社会的黑暗、寄寓着作者的爱恨悲愁。他从年轻时开始创作此书，康熙十八年（1679）基本完成，写下了这篇情词凄切感人的《聊斋自志》。

《自志》分两个部分：一，历数文坛典实，以因鬼诗而知名的屈原和李贺、爱好搜集谈论神鬼故事的干宝和苏轼为追慕榜样，介绍这部神鬼奇幻之书的创作缘起与成书过程；二，讲述自己疑为苦行僧转世的奇异诞生故事，自伤半生落拓，说明自己在艰难困苦中撰写志异之文以寄其孤愤的内在创作动机。在正统文人看来，殚精竭虑于志异的作者是"狂痴"之人，谈狐说鬼的《聊斋》是"放纵之言"，《自志》包含针对这种指责的自辩之意；而"知我者，其在青林黑塞间"的一问，既有当世知音难觅的自伤，亦有必能留名后世的自信。

冠绝当时的文章词赋未能为其博取任何功名，这是蒲氏心中最难消释的块垒。他归结原因为考官眼瞎、考官爱钱、仕途黑暗、公道不彰，因借志异之文施展才华，希望世人理解其"半生沦落，非战之罪"的冤屈。但也有人从中看出作者似乎文风不投时好、治举子业用心不专，认为失意科场有其自身原因。如果此说成立，真是成也《聊斋》、败也《聊斋》了。

披萝带荔，三闾氏感而为《骚》①；牛鬼蛇神，长爪郎吟而成癖②。自鸣天籁③，不择好音④，有由然矣⑤。松落落秋萤之火，魑魅争光⑥；逐逐野马之尘，罔两见笑⑦。才非干宝，雅爱搜神⑧；情类黄州，喜人谈鬼⑨。闻则命笔⑩，遂以成编⑪。久之，四方同人⑫，又以邮筒相寄⑬，因而物以好聚，所积益夥⑭。甚者⑮，人非化外⑯，事或奇于断发之乡⑰；睫在目前，怪有过于飞头之国⑱。遄飞逸兴⑲，狂固难辞⑳；永托旷怀㉑，痴且不讳。展如之人㉒，得毋向我胡卢耶㉓？然五父衢头，或涉滥听㉔；而三生石上，颇悟前因㉕。放纵之言㉖，有未可概以人废者㉗。

【注释】

①披萝带荔，三闾氏感而为《骚》：披萝带荔，语本屈原《九歌·山鬼》："若有人兮山之阿，披薜荔兮带女萝。"三闾氏，指屈原，屈原曾为三闾大夫，《离骚》是其代表作。骚，骚体文，因《离骚》为楚辞代表，后世遂称楚辞体为骚体。

②牛鬼蛇神，长爪郎吟而成癖：晚唐诗人李贺有吟诗之癖。每出行，辄骑弱马，背古锦囊，得句即投其中。其诗风以奇谲幻诞著称。牛鬼蛇神，语出杜牧《李长吉歌诗序》："鲸呿鳌掷，牛鬼蛇神，不足为其虚荒诞幻也。"长爪郎，指李贺，字长吉，以其身材细瘦，指爪修长，故有"长爪郎"之称。李商隐《李长吉小传》："长吉细瘦，通眉，

长指爪。"

③自鸣：自我表白，自我显示。天籁：自然界的声响，如风声、鸟声、流水声等。语出《庄子·齐物论》："女闻人籁而未闻地籁，女闻地籁而未闻天籁夫！"后用以指称诗文发自胸臆，无雕琢之迹。

④好音：悦耳的声音。

⑤由然：原委，来由。

⑥松落落秋萤之火，魑魅（chī mèi）争光：魑魅争光，典出裴启《语林》："嵇中散（康）夜灯火下弹琴。忽有一人，面甚小，斯须转大，遂长丈余，黑单衣，革带。嵇视之既熟，乃吹火灭，曰：'耻与魑魅争光。'"此处反用其意，自嘲一无所长，仅凭微光点点，堪与鬼火一较明暗。松，作者自称，"松龄"之省文。落落，稀疏，零落。魑魅，古谓能害人的山泽之神怪，亦泛指鬼怪。

⑦逐逐野马之尘，罔两见笑：此句自嘲不知天命，热衷科举，欲以区区文才而施展抱负，难免见笑于鬼怪。逐逐，奔忙貌，匆忙貌。野马之尘，典出《庄子·逍遥游》："野马也，尘埃也，生物之以息相吹也。"这里喻尘世名利。罔两见笑，《南史·刘损传》：刘损族人刘伯龙家贫，"及长，贫窭尤甚"，慨然欲贩卖营利，"忽见一鬼，在傍抚掌大笑。伯龙叹曰：'贫穷固有命，乃复为鬼所笑也！'遂止"。罔两，亦作"魍魉"，古代传说中的山川精怪，鬼怪。

⑧才非干宝，雅爱搜神：干宝是东晋著名作家，集古今怪异非常之事而成《搜神记》，为六朝志怪小说的代表作。雅，素常，向来。

⑨情类黄州，喜人谈鬼：据叶梦得《避暑录话》：苏轼以"谤讪朝廷"罪贬为黄州团练副使，日与人聚谈，"有不能谈者，则强之使说鬼。或辞无有，则曰：'姑妄言之！'于是闻者无不绝倒，皆尽欢而去"。

⑩闻则命笔：传说留仙于柳泉摆一茶摊，欲饮者不收茶钱，惟听故事，聚沙成塔，而有《聊斋志异》。虽未必可信，然取作"闻则命笔"之脚注，亦不失聊斋风度。命笔，使笔，用笔，指执笔作文或书画。

⑪成编：成书。编，书的计数单位，指一部书或书的一部分。

⑫同人：志同道合的朋友。

⑬邮筒：古代封寄书信的竹筒。

⑭夥（huǒ）：众多，盛多。

⑮甚者：指情况比较严重或突出的人或事。

⑯化外：未开化的地方。

⑰断发之乡：蛮荒之地。《史记·吴太伯世家》："太伯、仲雍乃奔荆蛮，文身断发。"

⑱飞头之国：古代传说中的怪异地方。唐段成式《酉阳杂俎·异境》："岭南溪洞中，往往有飞头者，故有飞头獠子之号。"

⑲遄（chuán）飞逸兴：王勃《滕王阁序》："遥吟俯畅，逸兴遄飞。"遄飞，勃发，疾速飞扬。逸兴，超逸豪放的意兴。

⑳辞：解说，辩解。

㉑旷怀：豁达的襟怀。

㉒展如之人：语出《诗经·鄘风·君子偕老》："展如之人兮，邦之媛也。"展如，诚真貌。

㉓胡卢：喉间的笑声。

㉔然五父衢头，或涉滥听：《礼记·檀弓》："孔子少孤，不知其墓。殡于五父之衢。人之见之者，皆以为葬也。其慎也，盖殡也。问

聊斋画册

于耶曼父之母，然后得合葬于防。"关于这段文字，历来解释不一。按照孔颖达疏的说法，孔子是其父叔梁纥与其母颜徵在野合（未婚同居）所生，故其母耻而不告孔子父墓所在。孔子母死，孔子想把母亲与父亲合葬，为了打听父墓所在，就想了将母亲"殡于五父之衢"这一有违常礼的办法（殡当在寝而不在外），"于是陬曼父之母，素与孔子母相善。见孔子殡母于外，怪问孔子，孔子因其所怪，遂问陬曼父之母，始知父墓所在，然后得以父母尸枢合葬于防"。五父衢，道名，在今山东曲阜东南。滥听，无稽传说。滥，虚妄不实。

㉕而三生石上，颇悟前因：唐袁郊《甘泽谣·圆观》，叙僧圆观能知前生、今生、来生事，他与李源友善，同游三峡，见一妇人汲水，对李源说："其中孕妇姓王者，是某托身之所。……更后十二年，中秋月夜，杭州天竺寺外，与君相见之期也。"当晚圆观亡而孕妇产子。后十二年秋八月，李源到杭州赴其所约，在天竺寺葛洪川畔，见一牧童唱道："三生石上旧精魂，赏月吟风不要论。惭愧情人远相访，此身虽异性长存。"牧童就是圆观后身。后遂以"三生石"表示情谊前生已定，绵延不断。前因，佛教语，谓事皆种因于前世，故称。

㉖放纵：放任而不受约束。

㉗概：一概，完全。以人废：以人废言，由于人不好，对其言论也加以否定。《论语·卫灵公》："君子不以言举人，不以人废言。"

191

【译文】

身披薜荔、女萝为带的山鬼，三闾大夫屈原为之感伤而创作骚体辞赋；牛首之鬼、蛇身之神，指爪修长的年轻诗人李贺反复吟咏竟成癖好。他们都是自然而然抒其胸臆，不去择取悦耳的声音，这种行为是有来由的。我蒲松龄是那稀疏零落的秋萤发出的点点微光，只能与魑魅争较光辉；我匆匆奔逐世间名利如野马荡起的尘埃，难免被魍魉嘲笑。我的才气不如干宝，但向来爱好搜神记怪；我的性情类似贬居黄州的苏轼，也喜欢听人谈鬼说神。有所听闻，就提笔记录，于是就成了一卷卷鬼故事。时间长了，四面八方志同道合的朋友，又记下他们的听闻，封在竹筒里寄送给我，所以神鬼故事因为我的爱好，积累得越来越多。尤为突出的是，我们并非身处未开化的地方，有的故事竟然比文身断发的荆蛮之地还要奇诡；就在眼前睫间发生的事情，竟然比脑袋可以飞来飞去的岭南溪洞更加怪异。超逸豪放的意兴在笔端疾速飞扬，有人说我狂狷，我确实是难以辩解的；以此作为我豁达襟怀的永恒寄托，有人说我痴傻，我也并不避讳。一本正经之人，该不会看着我喉间发笑吧？然而类似孔夫子殡母于五父道口的故事，或许涉嫌听取虚妄不实之言；可是圆观与李源三生石的故事，也让我深刻悟出前世因缘。书中尽是放纵不拘、随便说说的话，有些不可因我地位卑微、才学浅陋而一概废弃。

　　松悬弧时①，先大人梦一病瘠瞿昙②，偏袒入室③，药膏如钱，圆粘乳际。寤而松生，果符墨志④。且也少羸多病⑤，长命不犹⑥。门庭之凄寂，则冷淡如僧；笔墨之耕耘⑦，则萧条似钵⑧。每搔头自念，勿亦面壁人果是吾前身耶⑨？盖有漏根因⑩，未结人天之果⑪；而随风荡堕，竟成藩溷之花⑫。茫茫六道⑬，何可谓无其理哉！独是子夜荧荧⑭，灯昏欲蕊⑮，萧斋瑟瑟⑯，案冷疑冰。集腋为裘⑰，妄续幽冥之录⑱；浮白载笔⑲，仅成孤愤之书⑳。寄托如此，亦足悲矣。嗟乎！惊霜寒雀，抱树无温；吊月秋虫㉑，偎阑自热㉒。知我者，其在青林黑塞间乎㉓？

【注释】

　　①悬弧：生男。《礼记·内则》："子生，男子设弧于门左，女子设帨于门右。"弧，木弓。

　　②先大人：死去的父亲，指蒲盘。瞿昙（qú tán）：佛祖释迦牟尼的姓，一译乔答摩。亦作佛的代称，后泛指僧人。

　　③偏袒：佛教徒穿袈裟，袒露右肩，以表示恭敬，并便于执持法器。《释氏要览·礼数》："偏袒，天竺之仪也。此礼自曹魏世寖至今也。"

　　④墨志：黑痣。

⑤羸（léi）：瘦弱。

⑥不犹：不同。《诗经·召南·小星》："抱衾与裯，寔命不犹。"毛传："犹，若也。"郑玄笺："不若，亦言尊卑异也。"

⑦笔墨之耕耘：犹卖文度日。耕耘，比喻辛勤劳动。

⑧萧条：匮乏。钵：梵语"钵多罗"之省文，俗称钵盂。

⑨面壁人：《五灯会元》卷一："（禅宗达摩祖师）寓止于嵩山少林寺，面壁而坐，终日默然。人莫之测，谓之壁观婆罗门。"此处泛指佛僧。前身：佛教语，犹前生。

⑩有漏根因：据《五灯会元》，当年达摩祖师从天竺来到东土，去南方见梁武帝。二人对面而坐，一问一答，终因心灵不契，而当面错过。"（帝）问曰：'朕即位以来，造寺写经，度僧不可胜记，有何功德？'曰：'并无功德。'帝曰：'何以无功德？'祖曰：'此但人天小果，有漏之因，如影随形，虽有非实。'帝曰：'如何是真功德？'祖曰：'净智妙圆，体自空寂，如是功德，不以世求。'帝又问：'如何是圣谛第一义？'祖曰：'廓然无圣。'帝曰：'对朕者谁？'祖曰：'不识。'帝不领悟。祖知机不契，是月十九日潜回江北。"按，佛家谓三界之情，由眼、耳、鼻、舌、身、意六根泄漏。"有漏根因"谓未能断绝尘缘，归于寂空。

⑪未结人天之果：谓未得"证果（佛教徒经过长期修行而悟入妙道）"。人天之果，即行善者得到的果报。人天，佛教语，六道轮回中的人道和天道。

⑫藩溷（hùn）之花：《梁书·范缜传》："缜在齐世，尝侍竟陵王子良。子良精信释教，而缜盛称无佛。子良问曰：'君不信因果，世间何得有富贵？何得有贫贱？'缜答曰：'人之生，譬如一树花，同发一枝，俱开一蒂，随风而堕，自有拂帘幌坠于茵席之上，自有关篱墙落于粪溷之侧。……贵贱虽复殊途，因果竟在何处？'"溷，粪坑。

⑬六道：佛教语，谓天道、人道、阿修罗道、畜生道、饿鬼道、地狱道六样轮回去处。

⑭荧荧：烛光微弱貌。唐许浑《下第贻友人》："夜寒歌苦烛荧荧。"

⑮蕊：灯花。灯芯燃烧中结成的花状物。

⑯萧斋：唐张怀瓘《书断》："（梁）武帝造寺，令萧子云飞白大书'萧'字，至今一字存焉。李约竭产，自江南买归东洛，建一小亭以玩，号曰'萧斋'。"后人称寺庙、书斋为"萧斋"。瑟瑟：寒凉貌。

⑰集腋为裘：比喻积少成多。腋，指狐狸腋下的毛皮。语本《慎子·知忠》："故廊庙之材，盖非一木之枝也；粹白之裘，盖非一狐之皮也。"

⑱幽冥之录：南朝刘义庆著《幽冥录》，记神鬼怪异事。

⑲浮白：原意为罚饮一满杯酒，后亦称满饮或畅饮酒为浮白。载笔：携带文具以记录王事。《礼记·曲礼上》："史载笔，士载言。"蒲松龄以史笔自期，自称"异史氏"。

⑳孤愤之书：战国韩非著有《孤愤》。《史记·老子韩非列传》："（韩非）悲廉直不容于邪枉之臣，观往者得失之变，故作《孤愤》。"司马贞《索隐》："孤愤，愤孤直不容于时也。"后以"孤愤"谓因孤高嫉俗而产生的愤慨之情。此指代《聊斋志异》，有双关语义。

㉑吊月：虫儿在月光下哀鸣。

㉒阑：栏杆。

㉓青林黑塞：比喻指知己朋友所在之处。语本杜甫《梦李白二首》："魂来枫林青，魂返关塞黑。"留仙用以指其知己远在他乡，或已辞世，或从未曾有。能识其文者，只在冥冥之中。

《聊斋志异图咏·聂小倩》

【译文】

我出生时，先父梦见一个

面带病容、体态清瘦的和尚，身披袈裟、袒露右肩进入室内，一块铜钱大小的圆形药膏粘在他的乳房旁边。父亲醒来时我刚好降生，胸前有块黑色胎记，果然与他梦中所见完全相符。而且确实我少年时体弱多病，长大后命不如人。我的家门凄凉沉寂，如同冷冷清清的僧舍；我辛勤写作、卖文为生，清贫匮乏如同和尚缘门托钵靠人施舍度日。我每每用手指搔着头皮自己琢磨：难道那个面壁的和尚，真是我的前生？只是因我未能了断尘缘，归于空寂，故而不能悟入妙道、修成人天正果；反而随风飘荡，委堕于地，竟然成为坠落在粪坑旁边的花朵。六道渺茫难知，但又怎能说它没有道理？只是在这子夜时分，烛光微弱昏暗，灯芯结成蕊花；书斋寒凉，桌案冷得让我怀疑它已变成坚冰。就像集聚狐狸腋下的毛皮制成大衣，我日积月累，斗胆续作《幽冥录》；满饮一杯，拿起史笔，却只能写成这充满孤直愤恨之情的《聊斋志异》。我的理想与怀抱只能寄托在这样的文字之中，也足以让我哀痛悲伤啊！唉！寒冷的雀儿被降落的霜花惊动，抓紧了树枝却感觉不到丝毫温暖；唧唧秋虫在月光下哀鸣，偎依着栏杆让自己多一点儿热度。能够理解我的人，也许只有那青青枫林、沉沉关塞中游荡着的幽魂吧？

康熙己未春日^①。

【注释】

①康熙己未：康熙十八年（1679）。

【译文】

康熙己未年春日。

桃花扇小引

孔尚任

【题解】

　　1644年三月，李自成攻占北京，崇祯帝自缢煤山，吴三桂引清兵入关，北方陷入混乱。五月，福王朱由崧在明朝二百年陪都所在地南京建立南明政权。但是这个据长江天险、一度为南中国人瞩望的政权，一年后即土崩瓦解。明末清初不少学者通过历史事实解释其迅速覆灭的原因，孔尚任（1648—1718）则通过舞台艺术形象揭示其没落的必然性。

　　《桃花扇》传奇经孔尚任十余年经营、三易其稿而完成于1699年，是一部"借离合之情，写兴亡之感"的历史剧。明末复社文人侯方域邂逅秦淮名妓李香君，赠其诗扇定情。二人成婚之际，阉党阮大铖赠送妆奁以拉拢侯方域，被香君坚决退回。阮大铖寻机报复，逼侯远走，迫李改嫁。香君以死守楼，血溅诗扇，杨龙友点染血迹而成一枝桃花。南明灭亡后，侯、李偶然相逢，唏嘘之际，道士张薇撕裂诗扇，喝醒痴虫，二人斩断情缘，出家学道。"桃花薄命，扇底飘零"，一面见证侯、李爱情的桃花扇，最后见证了一个朝代的灭亡。

　　大约完成传奇的同时，孔尚任写了《小引》，介绍相关情况：第一，为何采用传奇形式；第二，为何创作这部传奇；第三，创作的甘苦与孤独。孔尚任重视传奇形象生动、易于"警世易俗"的功效，希望通过敷演"南朝新事"，以纸醉金迷的秦淮河上一个风流香艳的才子佳人故事，将导致"三百年之基业"隳败消歇的因素展示给观众看。一部《桃花扇》中，皇帝沉湎酒色，大臣卖官鬻爵，文官爱财，武将怕死，几乎所有可能导致王朝腐败灭亡的因素，都集中于南明政权，难怪连康熙看了之后都皱眉顿足说："弘光弘光，虽欲不亡，其可得乎！"（吴梅《顾曲麈谈·谈曲》）

"桃花扇底送南朝"，一柄异样凄艳的桃花扇送走了短命的南明王朝，一部上演后轰动京城、令故臣遗老"唏嘘而散"的《桃花扇》也葬送了孔尚任的仕途。传奇完成后的第二年，他因一件疑案而被罢官，十几年后死于曲阜石门山的家中。他是孔子的第64代孙，1684年康熙南巡途经曲阜，他因在御前讲经受到赏识而被任命为国子监博士，那是他步入仕途的光辉起点。

传奇虽小道①，凡诗赋、词曲、四六、小说家，无体不备②，至于摹写须眉、点染景物③，乃兼画苑矣④。其旨趣实本于三百篇⑤，而义则《春秋》⑥，用笔行文，又左、国、太史公也⑦。于以警世易俗、赞圣道而辅王化⑧，最近且切⑨。

【注释】

①传奇虽小道：古代正统学者轻视戏曲小说，认为它们不能与正统文学的诗、古文相比，因此称其为"小道"。传奇，指明清以南曲为主的长篇戏曲，以别于北杂剧，是宋元南戏的进一步发展。盛于明嘉靖到清乾隆年间。著名作品有《浣纱记》、《牡丹亭》、《清忠谱》、《长生殿》、《桃花扇》等。小道，礼乐政教以外的学说或技艺。

②四六：文体名。骈文的一种，因以四字、六字为对偶，故名。骈文以四六对偶者形成于南朝，盛行于唐宋。唐以来格式完全定型，遂称"四六"，也称四六文或四六体。

③摹写：描写，描绘。须眉：本义胡须和眉毛，古时以之指称男子，此处泛指人物。

④画苑：绘画艺术荟萃的地方，亦泛指画坛。

⑤旨趣：宗旨，大意。三百篇：相传《诗》原有三千余篇，经孔子删订，存311篇。内6篇有目无诗，实有诗305篇，举其成数称"三百篇"。后即以"三百篇"为《诗经》代称。

⑥义则《春秋》：在义理上取法《春秋》。义，意义，道理。则，仿效，效法。《春秋》，孔子根据鲁国历史档案编定的一部编年体史

书，据说其中贯穿了孔子的"微言大义"，以一字寓褒贬，可以"使乱臣贼子惧"。

⑦用笔行文，又左、国、太史公也：指在写人叙事方面具有很高的造诣，有很高的文学性。用笔，指运用写作技巧。行文，组织文字，表达意思。左，《左传》。国，《国语》。太史公，《太史公书》，西汉司马迁所著《史记》的本名。这三部书都以善于叙事写人著称。

⑧于以：因此，是以。圣道：圣人之道，也特指孔子之道。

⑨近：浅近，浅显。《孟子·尽心下》："言近而指远者，善言也。"

【译文】

传奇虽是难登大雅之堂的小道，但举凡诗赋、词曲、四六文和小说，各种文体都涵盖在内。至于描写人物、点染景物方面，甚至兼有绘画的功能。传奇的宗旨其实依据《诗经》，道义上取法《春秋》，在运用写作技巧表情达意方面，又有《左传》、《国语》和《史记》的优点。因此，传奇在警醒世人、移风易俗、赞助圣人之道、辅佐天子教化方面，言辞最浅近，效果最切当。

今之乐，犹古之乐，岂不信哉？《桃花扇》一剧皆南朝新事①，父老犹有存者②。场上歌舞③，局外指点，知三百年之基业④，隳于何人⑤？败于何事？消于何年？歇于何地？不独令观者感慨涕零，亦可惩创人心⑥，为末世之一救矣⑦。

【注释】

①南朝：指南明，此处特指福王弘光政权。明亡后，几个宗王先后在南部诸省建立政权，历史上统称"南明"。1644年五月，福王朱由崧在南京建立第一个南明政权，以明年（1645）为弘光元年，五月清军攻克南京，朱由崧被俘杀。

②父老：对老年人的尊称。

③场：指表演技艺的空地。

④三百年之基业：明朝1368年建立，统治下限说法不一：一说为1644年，李自成农民起义军入北京，明朝的全国性政权灭亡，历时276年；一说为1645年（清顺治二年），南明福王成为清朝俘虏，历时277；一说为1662年（康熙元年），桂王成为清朝俘虏，朱氏在大陆统治结束，历时294年；一说为1683年（康熙二十二年），沿用桂王年号永历、作为南明政权最后一支势力存在于台湾的郑氏政权降清，历时315年。此"三百年"当是约数。基业，作为根基的事业，多指国家政权。

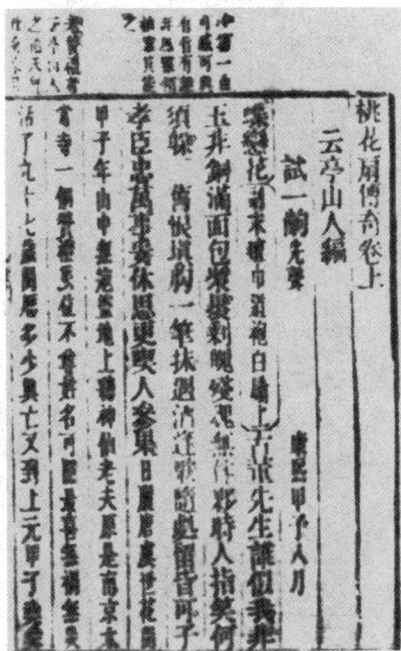

康熙年间刊刻的《桃花扇》书影

⑤隳（huī）：毁坏，废弃。以下"败"、"消"、"歇"同此，都是败坏、消亡之义。

⑥惩创：惩戒，警戒。

⑦末世：指一个朝代衰亡的时期。

【译文】

今天的乐舞，如同古代的乐舞，难道不是吗？《桃花扇》这部杂剧，讲的都是南明新近发生的事情，还有亲历其事的老年人活在世上。戏场上演员歌唱舞蹈，戏场外观众指点评说，可知大明三百年的基业，是由什么人废弃的，是由什么事败坏的，灭亡在哪一年，消歇在哪一地，不只让观众感叹流泪，也可以警戒世人的心灵，成为朝代衰亡时的一种拯救。

盖予未仕时，山居多暇，博采遗闻①，人之声律②，一句一字，抉心呕成③。今携游长安④，借读者虽多，竟无一句一字着眼看毕之人。每抚胸浩叹⑤，几欲付之一火。转思天下大矣，后世远矣，特识焦桐者，岂无中郎乎⑥? 予姑俟之。

【注释】

①遗闻: 过去留下的传闻，逸闻。

②声律: 五声六律，指音乐。

③抉心呕成: 用尽心血写成的意思。抉，挑选。

④长安: 此指清都北京。唐以后诗文中常以"长安"用作都城的通称。

⑤抚胸: 以手捶胸，多表示悲痛。浩叹: 长叹，大声叹息。

⑥特识焦桐者，岂无中郎乎: 东汉时蔡邕(蔡中郎)听见桐木在火中爆裂的声音，知道它是制琴的好材料，把它抢救出来制琴。制成后，琴的尾部遗留有烧焦的痕迹，因此称作焦桐。这两句意思是说《桃花扇》传奇将来总会有人赏识的。

【译文】

我没有进入仕途时，屏居山野，多有闲暇，广泛地搜集采纳过去留下的传闻，依照声律填写曲子，每一句每个字，都是我搜抉捡选、呕心沥血写成。现在携带文稿来到都城，借去阅读的人虽然很多，竟然没有一个逐字逐句、认认真真看完的。我每每捶胸长叹，几乎想把它扔到火里烧掉。转念一想，天下是广大的，后世是久远的，难道就没有蔡中郎赏识这段焦桐吗? 我姑且等着吧。

康熙己卯三月云亭山人偶笔①。

【注释】

①康熙己卯: 康熙三十八年(1699)。云亭山人: 孔尚任的别号。

【译文】

康熙三十八年三月云亭山人偶书。

随园随笔序

袁 枚

【题解】

自康熙二十年（1681）平定三藩之乱至嘉庆元年（1796）白莲教起义的115年间，史称"康乾盛世"。在帝国落日的绚丽余辉所照亮的这一方文化舞台，可以看到《四库全书》的编纂、乾嘉学派的走红、《红楼梦》的成书，以及一个在传为大观园旧址的随园中度过潇洒人生的旷世奇才——袁枚。

袁枚（1716—1797），字子才，号简斋。钱塘（今杭州）人。幼有异禀，聪颖绝伦。早年热衷仕进，"十二举秀才，二十试明光（博学鸿词试），廿三登乡荐（乡试中举），廿四贡玉堂（翰林院）"（《子才子歌示庄念农》）。三年庶吉士，七载任县令，自言"能为百姓办事，不能为大官作奴"，33岁效法陶潜辞官归隐，专事诗文著述，成为十八世纪中后期的诗坛盟主。

以考据为重要特色的汉学在乾嘉时期盛极一时。由于清代统治者实行文化高压政策，一些文人选择远离政治的考据之学远害全身，进而发展到为考据而考据、纠缠于琐碎无聊的问题。袁枚从理论上否定了这种陈腐学风：首先，作为汉学根基的"六经"未可全信；其次，汉学多牵强附会，以琐屑为功，研究方法存在严重弊端；再次，考史证经罕有创造性，学术价值有限；最后，考据习气会束缚诗文创作中"性灵"的表达。但是袁枚并不反对读书，不反对通过读书解决问题，还编成《随园随笔》这部阅读札记。该书看起来很像考据，但是袁枚却在序文中极力表明自己与一般考据家目的完全不同：自己在"资性"上无考据之才，早已"知难而退"；本文非为考据而作，只是读书过程中"随时摘录"以免遗忘。序文寥寥三百余字，语气漫不经心，却明显带有讽刺不屑，反映了袁枚对考据"显学"的态度。

　　袁枚本性是诗人，"才"是他留给时人的印象，他自称"宋玉前生"、"三生杜牧"；但是《周易》"可随则随，逐时而用"的"随"，才是进入他内心世界的关键。他随势造园，随时弃官，随意闲吟，随笔著述，随兴出游，随顺大化游戏人间，临终遗嘱但题"清故袁随园先生之墓"，坚信"千秋万世必有知我者"。恃己之才，随己之性，他演绎了一段潇洒狂傲、精彩绝伦的人生。

　　著作之文形而上①，考据之学形而下②，各有资性③，两者断不能兼。汉贾山涉猎，不为醇儒④；夏侯建讥夏侯胜所学疏阔，而胜亦讥其繁碎⑤。余故山、胜流也⑥，考订数日，觉下笔无灵气，有所著作，惟捃摭是务，无能运深湛之思⑦。本朝考据尤甚，判别同异，诸儒麻起⑧，予敢披腻颜帢、逐康成车后哉⑨？以故自谢不敏⑩，知难而退者久矣。

【注释】

　　①著作：用文字表达意见、知识、思想、感情等。形而上：《易·系辞上》："形而上者谓之道，形而下者谓之器。"道指精神，器指物质。

　　②考据：对古籍的文字意义以及古代的名物、典章制度进行考核辨证。清代学者戴震、顾炎武等人不满宋明理学的空疏，主张学问当以实事求是阐明古义为主。考据之法大致以校勘釐析文本，以训诂贯通字义，以积累资料供研究者应用。袁枚认为考据训诂乃"形而下者"，故属于"器"，是具体的手段。"器"对于"明道"当然有某种作用，可作为"悟入"的工具，但其本身地位甚低。

　　③资性：资质，天性，指天资、品格、禀赋等。袁枚《复答孙覆渊太史书》中曾引元稹"鸟不驾，马不飞，不相能，何相讥"之语，说明人与人天性不同，不必强求。

　　④汉贾山涉猎，不为醇儒：贾山，西汉颍川人，生卒年不详，约

汉文帝元年（前181）前后在世。《汉书·贾山传》："所言涉猎书记，不能为醇儒。"事文帝，言治乱之道，借秦为喻，著为《至言》。其后，帝下铸钱令，山又上书谏阻，遂禁铸钱；又讼淮南王无大罪，宜亟令返国，言多激切，善指事意。涉猎，读书治学或学习其他技能，但作浮浅的阅览或探索，不求深入研究掌握。醇儒，学识精粹纯正的儒者。

⑤夏侯建讥夏侯胜所学疏阔，而胜亦讥其繁碎：《汉书·夏侯胜传》说夏侯胜"为学精孰，所问非一师也"；夏侯建"师事（夏侯）胜及欧阳高，左右采获，又从《五经》诸儒问与《尚书》相出入者，牵引以次章句，具文饰说。胜非之曰：'建所谓章句小儒，破碎大道。'建亦以胜为学疏略，难以应敌。"夏侯胜，字长公，西汉东平人，擅《尚书》、《论语》之学，曾以《尚书》之学传其侄夏侯建，故《尚书》有大小夏侯之学的说法。疏阔，空疏迂阔，不切实际。繁碎，繁杂琐碎。袁枚《考据之学莫盛于宋以后，而近今为尤。余厌之，戏仿太白〈嘲鲁儒〉一首》中有"次山文碎皇甫讥，夏建学琐乃叔恶"之语。

⑥故：本，本来。流：品类，等级。

⑦自"考订数日"至"无能运深湛之思"五句：上引袁枚诗中还有"我亦偶然愿学焉，顷刻挥毫断生趣。捃摭故纸始成篇，弹弄云和辄胶柱。方知文字本天机，若要出新先吐故"之语。捃摭，采取，采集。务，从事，致力。运思，运用心思，构思。深湛（chén），精深，深厚。

⑧本朝考据尤甚，判别同异，诸儒麻起：上引袁枚诗形容当时诸儒考据争辩之状："东逢一儒谈考据，西逢一儒谈考据。不图此学始东京，一丘之貉于今聚。《尧典》二字说万言，近君迷入公超雾。八寸策诋八十宗，遵明揭揭强分疏。或争《关雎》何人作，或指明堂建某处。考一日月必反唇，辨一郡名辄色怒。干卿底事漫纷纭，不死饥寒死章句？"麻起，起者如乱麻，比喻众多。

⑨披腻颜帢（qià），逐康成车后：典出《世说新语·轻诋》："王中郎（坦之）与林公（支遁）绝不相得。王谓林公诡辩，林公道王云：'箸腻颜帢，缯布单衣，挟《左传》，逐郑康成车后，问是何物尘垢

囊！'"魏晋时期儒学衰落，玄风盛行，人们以清谈《老》、《庄》、《周易》相高，名儒王坦之在高僧支遁眼中成了戴着污腻便帽、套着粗布单衣、夹着《春秋左氏传》、紧随在经学家郑康成车后的迂腐人物，甚至被说成是"尘垢囊"（没有真正有用的学问，就像装满废物的垃圾袋子）。上引袁枚诗云："男儿堂堂六尺躯，大笔如椽天所付。鲸吞鳌掷杜甫诗，高文典册相如赋。岂肯身披腻颜袷，甘逐康成车后步！"腻颜帢，帽名。帢是一种便帽，用缣帛缝制。相传为三国时曹操创制，在前面横缝，以区别于后，名曰"颜帢"，以简易随时的形制，纠正汉末王公流行幅巾、浪费资财的弊习。西晋永嘉间稍去其缝，改为无颜帢，东晋人则以"颜帢"为过时的帽子形制。逐，追随。郑康成，郑玄，字康成，东汉著名学者，被称为"经神"。他打破当时经学今、古文各守门户家法的局面，以毕生精力"遍注群经"，不仅集古文经学之大成，而且融古文、今文为一炉，独创"郑学"，当时求学者不远千里投其门下。

⑩谢：惭愧，不安。不敏：不明达，不敏捷。

【译文】

著书立说、抒发己意的文字追求形而上的"道"，考证文献、训

随园图

释字义的学问注重形而下的"器"，分别依赖不同的资质天性，两者绝对不能兼而有之。汉代贾山读书治学涉猎广泛、发表议论善指事意，但是不能成为学识精粹纯正的儒者；夏侯建讥笑夏侯胜所做学问空疏迂阔，而夏侯胜也讥笑夏侯建所做学问繁杂琐碎。我本是贾山、夏侯胜之流的人，考订几天，感觉下笔没有灵气，写了点儿东西，也只是做些采集资料的工作，不能进行精纯深沉的构思。本朝考据之风尤其严重，判别典籍文献中的相同与不同，诸位大儒并起，纷立如麻，我岂敢戴着污腻便帽、追随在郑康成的车后呢？因此自惭不够明达敏慧，很久以前就知难而退，不从事考据研究了。

    然入山三十年，无一日去书不观①，性又健忘，不得不随时摘录②。或识大于经史，或识小于稗官③，或贪述异闻④，或微扶己见⑤。疑信并传，回冗不计⑥，岁月既久，卷页遂多，皆有资于博览。付之焚如⑦，未免可惜，乃题"随园随笔"四字⑧，以存其编。

【注释】

①然入山三十年，无一日去书不观：乾隆十三年（1748）冬，33

岁的袁枚辞官返乡,《解组归随园》有"满园都有山,满山都有书。——位置定,先生赋归欤"之语。十四年春节后携从弟袁树、甥陆建搬运书史典籍,入住随园。十七年因经济拮据赴陕任职,年底即因父丧返归随园。十八年改造随园,入山志定,作《随园后记》:"前年离园,人劳园荒。今年来园,花密人康。我不离园,离之者官。而今改过,永矢勿谖!"

②性又健忘,不得不随时摘录:袁枚《复答孙覆渊太史书》中谈到自己无意刊刻《随园随笔》之事:"老人有《随园随笔》三十卷,因五十年来看书甚多,苦不省记,择其新奇可喜者,随时摘录,终有类于考据,不过为自家备遗忘、资谈锋耳。若刻以示人,便是出尔反尔,行与言违,徒有益于人,转无益于己。即使盛行于世,亦不过《容斋五笔》、《困学记闻》之类而已。""随时摘录"是袁枚在少年时期即已形成的读书之法,他在《对书叹》中说:"我年十二三,爱书如爱命。每过书肆中,两脚先立定。若无买书钱,梦中犹买归。至今所摘记,多半儿时为。"

③识(zhì):记载。稗官:小官,专给帝王述说街谈巷议、风俗故事。小说家出于稗官,后因称野史小说为稗官。

④贪:贪图,片面追求。异闻:新异之事,奇闻。

⑤扶:支援,帮助。

⑥回:邪僻。冗:多余,繁杂。计:计虑,考虑。

⑦焚如:火焰炽盛。《易·离》:"突如其来如,焚如,死如,弃如。"

⑧《随园随笔》:二十八卷,考据文字集。除了成集二十八卷,"此外零星散记未分门类者,尚有三十余卷,皆视同糟粕,所好不存焉","俟枚身后,再行付梓,亦未为晚"(《寄奇方伯》)。此书编成于乾隆四十二年(1777),有乾隆随园刻本。删去的三十余卷,袁枚身后未再付梓。随园,在今江苏南京北小仓山上。小仓山为清凉山余脉,登山可俯视金陵诸处盛景。乾隆十二年(1747)袁枚知江宁,购得康熙时江宁织造隋赫德的私家园林隋园(有隋园乃曹頫家园林、亦即大观园故址之说,然不甚可信),时园倾且颓,废为酒肆。袁枚改建,

易"隋"为"随"，用《周易》"随时之义大矣哉"之义，表明顺应大道、与时浮沉的人生态度。乾隆十三年底辞官，十四年春入住随园。之后除短暂出仕、出游外，在这里度过了将近五十年的悠游岁月。

【译文】

然而我隐居小仓山三十年，没有一天废书不看，天性又健忘，不得不随时摘记抄录。或者从经传正史中记载些大道，或者从稗官野史中记载些小说，或者贪图记述异事奇闻，或者稍微有助于个人的见解。可疑的可信的一并记载，邪僻的冗杂的也并不计虑。天长岁久，卷帙篇幅就越积越多，都有助于广泛阅览。付之一炬，未免可惜，于是就题上"随园随笔"四个字，编成书籍保存下来。

嘻！予老矣。自此以往，假我数年①，有所观便有所记，有所记便有所笔②。此书之成，吾见其进也，未见其止也。

【注释】

①假：授予，给予。《史记·孔子世家》："假我数年，若是，我于《易》则彬彬矣。"

②笔：记述，写作，书写。

【译文】

唉，我老啦。从此以后，如果上天再给我几年时间，我看了书就会有摘记，有摘记就会有写作。这部书的完成，我只能预见它的增进，不能预见它的终止。

随园随笔序